ASSIM VOCÊ ME MATA

OBRAS DA AUTORA PUBLICADAS PELA EDITORA RECORD

Série **Um de nós está mentindo**
Um de nós está mentindo
Um de nós é o próximo

Mortos não contam segredos
Os primos
Assim você me mata

KAREN M. MCMANUS

ASSIM VOCÊ ME MATA

Tradução
Carolina Simmer

1ª edição

Galera

RIO DE JANEIRO

2022

EDITORA-EXECUTIVA
Rafaella Machado
COORDENADORA EDITORIAL
Stella Carneiro
EQUIPE EDITORIAL
Juliana de Oliveira
Isabel Rodrigues
Lígia Almeida
Manoela Alves
PREPARAÇÃO
Edu Luckyficious
REVISÃO
Luiza Miceli

DIAGRAMAÇÃO
Ricardo Pinto
CAPA
Renata Vidal
IMAGEM DE CAPA
Breakermaximus / Shutterstock (painel de papéis), artemiya / Shutterstock (digitais), Digital Storm / Shutterstock (chão de cena do crime), musestudio (loura)
TÍTULO ORIGINAL
You'll be the Death of Me

CIP-BRASIL. CATALOGAÇÃO NA PUBLICAÇÃO
SINDICATO NACIONAL DOS EDITORES DE LIVROS, RJ

McManus, Karen M.
M429a   Assim você me mata / Karen M. McManus ; tradução Carolina Simmer. – 1. ed. – Rio de Janeiro : Galera Record, 2022.

Tradução de: You'll be the Death of Me
ISBN 978-65-5981-096-3

1. Ficção americana. I. Simmer, Carolina. II. Título.

21-75238   CDD: 813
                            CDU: 82-3(73)

Camila Donis Hartmann - Bibliotecária - CRB-7/6472

Copyright © 2021 by Karen M. McManus, LLC.

Todos os direitos reservados.

Proibida a reprodução, no todo ou em parte, através de quaisquer meios.
Os direitos morais da autora foram assegurados.

Texto revisado segundo o novo Acordo Ortográfico da Língua Portuguesa.

Direitos exclusivos de publicação em língua portuguesa
somente para o Brasil adquiridos pela
EDITORA RECORD LTDA.
Rua Argentina, 171 – Rio de Janeiro, RJ – 20921-380 – Tel.: (21) 2585-2000,
que se reserva a propriedade literária desta tradução.

Impresso no Brasil

ISBN 978-65-5981-096-3

Seja um leitor preferencial Record.
Cadastre-se e receba informações sobre nossos
lançamentos e nossas promoções.
Atendimento e venda direta ao leitor:
sac@record.com.br

Para Zachary, Shalyn e Aidan.

1

Ivy

Eu sou fã de listas, mas estou começando a achar que minha mãe exagerou.

— Desculpa, qual é a página? — pergunto, folheando os papéis sobre a mesa da cozinha enquanto minha mãe me observa pelo Skype, atenta.

Intitulado *Viagem do aniversário de vinte anos de casamento dos Sterling-Shepard: instruções para Ivy e Daniel,* o livreto tem onze páginas no total. Frente e verso. Os planos da minha mãe para a primeira vez em que meu irmão e eu vamos ficar sozinhos em casa — por quatro dias — foram organizados com a mesma meticulosidade e precisão militar com que ela faz tudo. Entre as listas e as ligações frequentes por Skype e FaceTime, nem parece que meus pais viajaram.

— Nove — diz ela. Seu cabelo louro está preso no coque banana habitual, e sua maquiagem foi aplicada com perfeição, apesar de ser cinco da manhã em São Francisco. O voo de volta dos meus pais só decola daqui a três horas e meia, mas minha mãe está sempre pronta para tudo. — Logo depois da seção de iluminação.

— Ah, a seção de iluminação. — Meu irmão, Daniel, solta um suspiro dramático do outro lado da mesa enquanto enche uma tigela com Lucky Charms. Daniel, apesar de ter dezesseis anos, gosta de cereais de criancinha. — Eu achava que a gente podia acender a luz quando precisasse e apagar quando não precisasse mais. Me enganei. Me enganei feio.

— Uma casa bem-iluminada intimida ladrões — justifica minha mãe, como se o ato mais criminoso que acontece em nossa rua não fosse pessoas andando de bicicleta sem capacete.

Mas reviro os olhos em pensamento porque é impossível vencer uma discussão contra minha mãe. Ela ensina estatística aplicada no MIT e sabe os dados atualizados de tudo. É por isso que estou procurando a seção *Cerimônia do prêmio CAC* do livreto — tudo que precisamos fazer antes da cerimônia que dará o prêmio de Cidadã do Ano de Carlton para minha mãe, graças à sua contribuição em um relatório estadual sobre o uso abusivo de opioides.

— Achei — anuncio, rapidamente analisando a página em busca de qualquer detalhe que eu possa ter esquecido. — Peguei seu vestido na lavanderia ontem, então isso está resolvido.

— Eu queria falar com você sobre essa parte — diz minha mãe. — O voo está marcado pra chegar às cinco e meia. Na teoria, como a cerimônia começa às sete, daria tempo de trocar de roupa em casa. Mas acabei de lembrar que não expliquei o que fazer se nos atrasarmos e precisarmos ir direto do aeroporto pro Mackenzie Hall.

— Hm. — Encontro seu olhar penetrante através da tela do notebook. — Será que não dá pra você, sei lá, me mandar uma mensagem se isso acontecer?

— Se der, eu mando. Mas você precisa acompanhar as atualizações do voo pro caso de o Wi-Fi do avião não funcionar — orienta minha mãe. — Na vinda, ficamos sem sinal pelo caminho todo. Enfim, se não aterrissarmos antes das seis, quero que você me encontre com o vestido. Vou precisar de sapatos e joias também. Você está com uma caneta? Vou dizer quais são.

Daniel se serve de mais cereal, e tento suprimir o leve ressentimento constante que sinto do meu irmão enquanto corro para anotar as informações. Passo metade do meu tempo me perguntando por que preciso me esforçar duas vezes mais que Daniel em tudo, porém, neste caso, a culpa é minha. Antes dos meus pais viajarem, insisti em cuidar de todos os detalhes da premiação — principalmente por achar que, se eu não fizesse isso, minha mãe se arrependeria de ter me escolhido para apresentá-la, em vez de Daniel. A escolha mais lógica seria meu irmão brilhante, que pulou uma série e faz tudo melhor do que eu em nosso último ano na escola.

Parte de mim acha que minha mãe preferia não ter tomado essa decisão. Especialmente depois de ontem, quando a única coisa em que eu me destacava na escola foi ridiculamente por água abaixo.

Meu estômago se revira enquanto baixo a caneta e afasto a tigela vazia de cereal. Minha mãe, sempre atenta, percebe o movimento.

— Ivy, desculpa. Estou atrapalhando seu café, né?

— Tudo bem. Estou sem fome.

— Mas você precisa comer — insiste ela. — Come uma torrada. Ou uma fruta.

As sugestões não parecem nem um pouco interessantes.

— Não consigo.

Minha mãe franze a testa em preocupação.

— Você não está ficando doente, né?

Antes que eu possa responder, Daniel simula uma tossida alta, dizendo:

— *Boney.*

Eu o encaro com raiva e depois volto a olhar para minha mãe na tela, torcendo para ela não ter entendido.

É óbvio que ela entendeu.

— Ah, querida — diz ela, sua expressão se tornando solidária, com um toque de irritação. — Você ainda está pensando na eleição?

— Não — minto.

A eleição. O fracasso de ontem. Quando eu, Ivy Sterling--Shepard, depois de três mandatos como representante de turma, perdi a eleição do último ano para Brian "Boney" Mahoney. Que se candidatou de brincadeira. O slogan dele era literalmente "Vote no Boney pra eu parar de ser chatoney".

Tá, vai. É uma mensagem meio chiclete. Mas, agora, Boney é representante de turma e não vai fazer nada, enquanto meus planos podiam melhorar a vida dos estudantes do Colégio Carlton. Eu estava em contato com uma fazenda local para termos opções de saladas orgânicas no refeitório, e conversei com um dos orientadores sobre criar um programa de mediação para resolver problemas entre alunos. Sem mencionar a parceria com a biblioteca pública de Carlton para o acervo da escola conseguir oferecer livros digitais e audiolivros junto com cópias físicas. Eu pretendia até organizar, entre os alunos do último ano, uma doação de sangue para o hospital municipal, apesar de eu desmaiar sempre que vejo agulhas.

Mas, no fim das contas, ninguém se importou com nada disso. Então hoje, às dez da manhã em ponto, Boney fará seu discurso de posse para a turma. Se ele seguir a linha dos debates, vamos passar boa parte do tempo ouvindo pausas demoradas e confusas nos intervalos entre piadas sobre peido.

Estou tentando ser forte, mas é triste. A presidência estudantil era o que eu gostava de fazer. A única atividade em que eu era melhor que Daniel. Bom, não exatamente *melhor*, já que ele nunca se deu ao trabalho de se candidatar para nada, mas mesmo assim. Era algo meu.

Minha mãe me olha de um jeito que diz *Hora de ser firme*. Esse é um dos seus olhares mais poderosos, vindo logo depois do *Não ouse falar assim comigo*.

— Querida, eu sei que você ficou decepcionada. Mas, se continuar remoendo isso, vai acabar doente de verdade.

— Quem está doente? — A voz do meu pai reverbera de algum lugar do quarto de hotel. Um segundo depois, ele surge do banheiro vestindo roupas casuais para viagem, esfregando seu cabelo grisalho com uma toalha. — Espero que não seja você, Samantha. Não logo antes de um voo de seis horas.

— Eu estou ótima, James. Estava falando com...

Meu pai se aproxima da mesa da minha mãe.

— É o Daniel? Daniel, você pegou alguma coisa no clube? Fiquei sabendo que um monte de gente teve intoxicação alimentar no fim de semana.

— É, mas eu não como lá — responde Daniel.

Recentemente, meu pai arrumou um emprego para o meu irmão no country clube que ele ajudou a construir na cidade vizinha, e Daniel ganha uma fortuna com as gorjetas, apesar de só limpar mesas. Mesmo que ele *tivesse* comido frutos do mar estragados, é bem provável que fosse continuar trabalhando, só para aumentar sua coleção de tênis caros.

Como sempre, eu venho por último na família Sterling-Shepard. Quase espero que meu pai pergunte sobre nossa bassê, Mila, antes de chegar a mim.

— Ninguém está doente — digo quando o rosto dele surge por cima do ombro da minha mãe. — Eu só... queria saber se posso ir pra escola um pouco mais tarde hoje. Tipo umas onze horas?

As sobrancelhas do meu pai se erguem em surpresa. Nunca perdi uma hora sequer de aula durante todo o ensino médio. Não que eu não fique doente. Mas preciso me esforçar tanto para tirar notas ótimas que tenho medo de perder alguma coisa importante e ficar para trás. A única vez em que faltei por vontade própria foi no sétimo ano, quando escapuli de um passeio na Sociedade de Horticultura de Massachusetts com dois meninos da minha turma que, na época, eu não conhecia muito bem.

Estávamos sentados perto da saída e, em um momento especialmente chato da palestra, Cal O'Shea-Wallace começou a se aproximar da porta do auditório. Cal era o único garoto na minha turma que tinha dois pais, e eu sempre quis ser sua amiga, porque ele era engraçado e tinha um sobrenome duplo igual ao meu, além de usar camisas com estampas chamativas estranhamente hipnotizantes. Ele notou que eu o observava, depois olhou para o menino ao meu lado, Mateo Wojcik, e gesticulou para irmos atrás dele. Mateo e eu nos viramos um para o outro, demos de ombros — *Por que não?* — e fomos.

Achei que a gente ficaria enrolando no corredor por um tempo, nos sentindo culpados, mas a porta da saída estava *bem ali.* Quando Mateo a empurrou, atravessamos para o sol forte e demos de cara com um desfile passando pela rua em comemoração à vitória recente do Red Sox em um campeonato. Em vez de voltarmos para nossas cadeiras, nos misturamos à multidão e passamos duas horas vagando por Boston. Até conseguimos voltar para a Sociedade de Horticultura sem ninguém sentir nossa falta. A experiência — que Cal chamava de "o Dia Mais Feliz da Vida" — fez com que virássemos amigos instantaneamente, e parecia que nossa amizade duraria para sempre.

Durou até o nono ano, que é quase a mesma coisa em anos de criança.

— Por que onze horas? — A voz do meu pai me traz de volta ao presente enquanto minha mãe gira na cadeira para encará-lo.

— O discurso de posse é hoje de manhã — explica ela.

— Ah. — Meu pai suspira, seu rosto bonito abrindo uma expressão solidária. — Ivy, o que aconteceu ontem foi péssimo. Mas a sua inteligência e a sua importância não estão atreladas a isso. Não foi a primeira vez que elegeram um palhaço pra um cargo que ele não merece, e não será a última. A única coisa que você pode fazer é manter a cabeça erguida.

— Com certeza. — Minha mãe concorda com a cabeça de um jeito tão enfático que uma mecha de cabelo quase escapa do coque. Quase. Ele não ousaria. — Além do mais, desconfio de que Brian vai acabar pedindo pra sair. Ele não leva muito jeito pra representante de turma, né? Quando ele encontrar outra coisa mais divertida, você pode ficar com a vaga.

— Isso — diz meu pai, todo alegre, como se virar a reserva de Boney Mahoney não fosse uma maneira vergonhosa de se tornar representante de turma. — E lembre-se, Ivy: a imaginação costuma ser pior do que a realidade. Aposto que hoje não vai ser tão ruim quanto você pensa.

Ele apoia uma das mãos no encosto da cadeira da minha mãe, e os dois sorriem juntos, emoldurados como uma foto na tela do notebook enquanto esperam que eu concorde. Eles são a dupla perfeita: minha mãe, fria e analítica; meu pai, caloroso e exuberante, ambos convencidos de que sempre têm razão.

O problema com meus pais é que eles nunca fracassaram. Samantha Sterling e James Shepard são um casal intimidante desde que se conheceram no curso de Administração da Universidade Columbia, apesar de meu pai ter largado a faculdade seis meses depois, quando resolveu que preferia reformar casas e vendê-las. Ele começou aqui em Carlton, onde nasceu, uma cidade pequena perto de Boston que entrou na moda quase na mesma época em que meu pai comprou duas casas dilapidadas de estilo vitoriano. Agora, vinte anos depois, ele é dono de uma dessas empreiteiras à prova de recessões que sempre consegue comprar imóveis a preço de banana e vendê-los por uma fortuna.

Resumo da ópera: nenhum dos dois entende como é precisar de um dia de folga. Ou de uma manhã de folga.

Mas não consigo continuar reclamando diante do otimismo conjunto dos dois.

— Eu sei — respondo, engolindo um suspiro. — Era só brincadeira.

— Que bom — diz minha mãe, concordando com a cabeça. — E o que você vai vestir hoje?

— O vestido que a tia Helen mandou — falo, me animando um pouco.

A irmã bem mais velha da minha mãe tem quase sessenta anos, mas um excelente gosto — e muito dinheiro para gastar, graças às centenas de milhares de livros de romance que ela vende por ano. Seu último presente para mim veio de um designer belga de quem nunca ouvi falar, e é a roupa mais bonita que já tive na vida. Hoje à noite será a primeira vez que vou usá-la fora do meu quarto.

— E os sapatos?

Não tenho sapatos que façam jus ao vestido, mas isso não vai mudar por enquanto. Talvez a tia Helen resolva esse problema quando vender o próximo livro.

— Um salto preto.

— Perfeito — aprova minha mãe. — Agora, em termos de jantar, vocês não precisam esperar por nós, já que estamos com o horário apertado. Tem o ensopado congelado, ou...

— Vou no Olive Garden com Trevor — interrompe Daniel. — Depois do treino de lacrosse.

Minha mãe franze o cenho.

— Tem certeza de que vai dar tempo?

Essa é a deixa para meu irmão mudar de planos, mas ele não a aceita.

— Vai, sim.

Minha mãe parece pronta para reclamar, mas meu pai bate com as juntas dos dedos na mesa antes de ela conseguir fazer isso.

— É melhor a gente desligar, Samantha — diz ele. — Você ainda precisa fazer a mala.

— Verdade. — Minha mãe suspira. Ela odeia fazer a mala com pressa, então acho que vamos nos despedir, mas então ela acrescenta: — Só mais uma coisa, Ivy. Tudo certo com seu discurso pra cerimônia?

— Tudo, sim. — Passei boa parte do fim de semana escrevendo. — Mandei pro seu e-mail ontem, lembra?

— Ah, eu sei. Ficou ótimo. Só quis dizer... — Pela primeira vez na ligação, minha mãe parece insegura, algo que nunca acontece. — Você vai levar uma cópia impressa, né? Sei que... sei que você fica nervosa quando precisa falar na frente de muita gente às vezes.

Meu estômago se revira.

— Já coloquei na mochila.

— Daniel! — grita meu pai de repente. — Vira o computador, Ivy. Quero falar com seu irmão.

— Quê? Por quê? — pergunta Daniel na defensiva enquanto viro o notebook, minhas bochechas começando a arder ao me lembrar da humilhação. Sei o que está por vir.

— Escuta, filho. — Não enxergo mais meu pai, mas consigo imaginar sua cara de sério. Apesar de ele se esforçar, ela não é nada intimidante. — Você precisa me prometer que não vai, em hipótese alguma, mexer nas anotações da sua irmã.

— Pai, eu não vou... Meu *Deus*. — Daniel se recosta na cadeira, revirando os olhos de um jeito exagerado, e preciso me esforçar muito para não jogar minha tigela de cereal na cabeça dele. — Vocês podem esquecer isso? Era pra ser uma brincadeira. Não achei que ela fosse ler aquela porcaria.

— Isso não é uma promessa — insiste meu pai. — É uma noite importante pra sua mãe. E você sabe como sua irmã ficou chateada da última vez.

Se eles continuarem falando desse jeito, vou acabar vomitando *mesmo*.

— Pai, não tem problema — digo, nervosa. — Foi só uma brincadeira idiota. Já superei.

— Você não parece ter superado — argumenta meu pai. E ele está certo.

Viro o notebook de volta para mim e abro um sorriso falso.

— Já superei, de verdade. É passado.

Pela expressão desconfiada do meu pai, ele não acredita em mim. Nem deveria. Comparado com a humilhação recente de ontem, o que aconteceu na última primavera realmente é passado. Mas, de maneira alguma, eu *superei* aquilo.

A ironia é que não era nem um discurso importante. Eu precisava encerrar o show de talentos da turma do segundo ano, e sabia que ninguém estaria prestando atenção. Mesmo assim, levei um papel com tudo escrito, como sempre faço, porque falar em público me deixa nervosa e eu não queria esquecer nada.

Mas foi só quando subi no palco, na frente da turma inteira, que percebi que Daniel tinha trocado minhas anotações por uma página do último romance erótico da tia Helen sobre bombeiros, *O fogo interior*. E eu simplesmente... entrei em pânico, fiquei desnorteada, e *li*. Em voz alta. Primeiro veio um silêncio confuso, as pessoas achando que eu estava me apresentando no show, e então começaram as risadas histéricas quando elas perceberam que não era o caso. Por fim, uma professora teve que correr no palco e me interromper, bem no momento em que eu descrevia os detalhes anatômicos completos do mocinho.

Ainda não entendo como aquilo aconteceu. Como meu cérebro congelou enquanto minha boca ainda funcionava. Mas foi assim, e fiquei morrendo de vergonha. Especialmente porque não resta dúvida de que aquele foi o momento exato em que a escola inteira começou a me enxergar como uma piada.

Boney Mahoney só oficializou isso.

Meu pai continua passando um sermão em Daniel, apesar de não poder vê-lo.

— Sua tia é uma força criativa brilhante, Daniel. Se você conseguir alcançar metade do sucesso profissional dela, vai ter muita sorte.

— Eu sei — resmunga meu irmão.

— Falando nisso, notei que ela mandou uma cópia para leitura antecipada de *Você não aguenta o calor* antes de virmos. É melhor eu não ouvir uma única palavra desse livro hoje, ou vou...

— Pai. Para — interrompo. — Nada vai dar errado. Hoje vai ser perfeito. — Forço um tom determinado na voz e olho nos olhos da minha mãe, que estão arregalados e preocupados, como se refletissem todos os meus fracassos recentes. Preciso colocar minha vida de volta nos trilhos e apagar esse olhar de uma vez por todas. — Vai ser tudo como você merece, mãe. Prometo.

2

Mateo

O segredo sobre pessoas muito ativas é o seguinte: você só descobre tudo o que elas fazem depois que a vida as obriga a diminuir o ritmo.

Eu achava que ajudava bastante em casa. Pelo menos mais do que meus amigos. Porém, agora que a energia da minha mãe caiu pela metade, é preciso encarar os fatos: o Mateo do passado não fazia porra nenhuma. Estou tentando melhorar, só que, na maior parte do tempo, não tenho a menor ideia do que precisa ser feito até ser tarde demais. Tipo agora, enquanto encaro a geladeira vazia. Penso em como passei cinco horas trabalhando no mercado ontem à noite sem jamais, nem uma única vez, ter cogitado que seria necessário levar comida para casa.

— Ah, querido, desculpa, quase tudo acabou — grita minha mãe da sala, onde está fazendo seus exercícios de fisioterapia. O primeiro andar inteiro da nossa casa tem planta aberta, e, mesmo se não tivesse, tenho quase certeza de que ela tem olhos nas costas. — Não consegui fazer compras nesta semana. Você pode tomar café na escola?

A comida do refeitório do Colégio Carlton é horrível, mas só o Mateo do passado diria uma coisa dessas.

— Tá, sem problemas — respondo, fechando a porta da geladeira ao mesmo tempo em que minha barriga ronca.

— Aqui. — Eu me viro, e minha prima Autumn, sentada à mesa da cozinha com uma mochila meio aberta diante de si, joga uma barra de cereal para mim.

Eu a pego, abro a embalagem e mordo metade de uma vez.

— Você é um anjo — resmungo de boca cheia.

— O que eu não faço por você, prirmão?

Faz sete anos que Autumn mora com a gente, desde que seus pais morreram em um acidente de carro quando ela tinha onze anos. Minha mãe já cuidava de mim sozinha na época — ela e meu pai haviam acabado de se divorciar, horrorizando a família porto-riquenha dela, enquanto a família polonesa dele nem se abalou —, fora que Autumn é minha prima por parte de pai. Isso deveria ter colocado minha mãe como última pessoa na lista de responsáveis por cuidar de uma órfã pré-adolescente traumatizada, especialmente porque tem um monte de casais na minha família paterna. Mas minha mãe sempre foi a "Adulta que Resolve a Porra Toda"

E, ao contrário dos outros, ela queria cuidar de Autumn.

— Aquela menina precisa de nós, e nós precisamos dela — me disse ela em resposta às minhas reclamações indignadas, enquanto pintava meu antigo quarto de brinquedos em um tom alegre de lavanda. — A gente precisa cuidar dos nossos, né?

No começo, não gostei nada daquilo. Autumn aprontava bastante na época, o que era obviamente normal, mas bem desconfortável para minha versão de dez anos de idade. Nunca dava para saber o que causaria um ataque — ou qual objeto inanimado ela resolveria socar. Na primeira vez que minha mãe nos levou para fazer compras, um caixa sem noção disse para minha prima:

— Mas que cabelo ruivo bonito! Você e seu irmão nem se parecem.

A expressão de Autumn endureceu.

— Ele é meu *primo* — ralhou ela em uma voz tensa, seus olhos se arregalando e ficando brilhantes. — Eu não tenho irmão. Não tenho ninguém.

Então ela deu um soco no estande de doces ao lado da caixa, assustando o funcionário.

Eu me abaixei para juntar as embalagens caídas enquanto minha mãe segurava os ombros de Autumn e a puxava para longe. Sua voz estava tranquila, como se ninguém estivesse tendo um colapso nervoso.

— Bom, acho que agora você tem um irmão *e* um primo — disse ela.

— Um prirmão — falei, guardando as barras de chocolate nos lugares errados.

Autumn soltou uma quase risada, e o apelido colou.

Minha prima joga outra barra de cereal para mim depois de eu acabar com a primeira em três mordidas.

— Você vai trabalhar no mercado hoje? — pergunta ela.

Dou outra mordida enorme antes de responder.

— Não, no Garrett's. — É o meu trabalho favorito: um bar simples e pequeno onde limpo as mesas. — Hoje é seu dia de quê? Garçonete?

— Van da morte — responde Autumn.

Um dos seus empregos é na Sorrento's, uma empresa que amola facas, o que significa que ela visita restaurantes pela grande Boston em uma van branca surrada com uma faca gigante estampada na lateral. O apelido é fácil de entender.

— Como você vai pra lá? — pergunto.

Nós só temos um carro, então precisamos nos organizar com o transporte.

— Gabe vem me buscar. Se você quiser carona pra escola, posso pedir.

— Nem pensar.

Não me dou ao trabalho de esconder minha careta. Autumn sabe que detesto seu namorado. Os dois começaram a sair pouco antes de se formarem, na primavera passada, e achei que não duraria nem uma semana. Ou talvez eu só tivesse torcido por isso. Nunca fui com a cara de Gabe, mas passei a ter uma "implicância irracional", segundo Autumn, depois da primeira vez em que o escutei atender o telefone dizendo *"Dígame"*. Algo que ele ainda faz o tempo todo.

— Que diferença faz pra você? — pergunta ela sempre que reclamo. — É só um cumprimento. Para de ficar procurando motivos pra odiar as pessoas.

Isso é coisa de gente que gosta de se mostrar. Ele nem fala espanhol.

Gabe e minha prima não combinam, a menos que você pense que os dois se equilibram: Autumn se importa demais com as coisas, Gabe está cagando para tudo. Ele costumava ser o líder do grupinho festeiro do Colégio Carlton e, agora, está tirando um "ano de folga". Até onde me consta, isso significa que ele se comporta como se ainda estivesse na escola, mas sem precisar fazer dever de casa. Ele não trabalha e, ainda assim, de algum jeito, conseguiu comprar um Camaro novinho, que fica acelerando na frente da nossa casa sempre que vem buscar Autumn, só para ser ridículo.

Ela cruza os braços e inclina a cabeça para mim.

— Tudo bem. É você quem vai ter que andar por quase dois quilômetros só por ser teimoso e rancoroso.

— Pois é — resmungo, terminando minha segunda barra de cereal e jogando a embalagem no lixo.

Talvez eu só tenha inveja de Gabe. Ultimamente, fico incomodado com qualquer um que tenha mais do que precisa sem ter que fazer esforço nenhum. Eu trabalho em dois lugares, e Autumn, que se formou no Colégio Carlton na primavera passada, em três. Mesmo assim, não é suficiente. Não desde as duas rasteiras que levamos.

Eu me viro quando minha mãe entra na cozinha, andando devagar e se esforçando para não mancar. Primeira rasteira: em junho, ela foi diagnosticada com artrose, uma doença de merda que afeta as juntas e não devia acontecer em pessoas com sua idade. Ela faz fisioterapia o tempo todo, mas só consegue caminhar sem sentir dor quando toma anti-inflamatórios.

— Como você está se sentindo, tia Elena? — pergunta Autumn em um tom animado demais.

— Ótima! — responde minha mãe, parecendo ainda mais empolgada.

Minha prima aprendeu com uma mestre. Trinco os dentes e afasto o olhar, porque não consigo fingir feito as duas. É sempre um baque ver minha mãe, que corria maratonas de cinco mil quilômetros e jogava softbol todo fim de semana, lutando para vir da sala de estar até a cozinha.

Não é como se eu esperasse que a vida fosse justa. Faz sete anos que aprendi que não é, quando um motorista bêbado destruiu o carro dos pais de Autumn sem sofrer nem um arranhão. Mas saber disso não adianta de nada.

Minha mãe chega à ilha da cozinha e se apoia nela.

— Você se lembrou de pegar meu remédio? — pergunta ela para minha prima.

— Aham. Toma. — Autumn revira a mochila, pega um saco branco de farmácia e o entrega para minha mãe. Os olhos da minha prima rapidamente encontram os meus antes de baixarem enquanto ela volta a enfiar a mão na mochila. — E aqui está o troco.

— Troco? — As sobrancelhas da minha mãe se erguem diante da pilha de notas de vinte que Autumn oferece. O remédio custa uma fortuna. — Não achei que fosse sobrar troco. Quanto?

— Quatrocentos e oitenta dólares — diz Autumn, inexpressiva.

— Mas como... — Minha mãe parece completamente perdida. — Você usou meu cartão de crédito?

— Não. O plano só cobrou vinte dólares desta vez. — Minha mãe ainda não fez qualquer menção de pegar o dinheiro, então Autumn se levanta e o coloca sobre a bancada diante dela. Então senta de novo e pega um elástico na mesa. Ela começa a prender o cabelo em um rabo de cavalo, despreocupada e tranquila. — O farmacêutico disse que a prescrição mudou.

— Mudou? — repete minha mãe.

Eu encaro o chão, porque seria impossível olhar para ela.

— É. Ele disse que existe um genérico agora. Mas não se preocupa, é o mesmo remédio.

Autumn é uma ótima atriz, mas meus ombros continuam tensos, porque nunca vi ninguém ter um detector de mentiras tão bom quanto a minha mãe. O fato de ela só piscar uma vez, surpresa, e depois abrir um sorriso agradecido é um sinal de como os últimos meses foram difíceis.

— Bom, essa é a melhor notícia que recebi em muito tempo.

Ela tira um vidro âmbar do saco da farmácia, abre a tampa e observa o interior como se não conseguisse acreditar que é o mesmo remédio. Então parece se dar por satisfeita, porque vai até o armário ao lado da geladeira, pega um copo e o enche com água da torneira.

Autumn e eu prestamos atenção em todos os seus passos até ela engolir o comprimido. Há semanas minha mãe vem pulando doses, tentando fazer o último frasco durar bem mais do que deveria, porque nossa situação financeira anda péssima.

O que me leva à segunda rasteira: minha mãe tinha seu próprio negócio, um boliche chamado Strike-se, que era um ponto famoso de Carlton. Autumn e eu trabalhávamos com ela, e era muito divertido. Até seis meses atrás, quando um garoto escorregou em uma pista encerada demais e se machucou tanto que seus pais resolveram nos processar. Quando a poeira baixou, não havia como salvar o Strike-se, e minha mãe estava desesperada para vender tudo. O grande empreiteiro de Carlton, James Shepard, comprou o boliche por uma miséria.

Eu não devia sentir raiva disso. *São negócios, não é nada pessoal*, sempre diz minha mãe. *Ainda bem que foi o James. Ele vai construir algo legal.* E, sim, isso deve ser verdade. Ele mostrou para minha mãe seus planos para um boliche e centro de entretenimento bem mais sofisticado que o Strike-se, mas que não é completamente descabido para o tamanho da cidade, e pediu a ela para trabalhar como consultora quando o projeto estiver mais perto do fim. Talvez minha mãe até consiga um emprego corporativo bacana no fim das contas. Bem no fim das contas.

Mas o negócio é o seguinte: a filha de James, Ivy, era minha amiga. E apesar de isso fazer um tempo, eu estaria mentindo se dissesse que não foi péssimo ficar sabendo dos planos de James por ele, não por ela. Porque sei que Ivy presta atenção nessas coisas. Ela recebe esse tipo de notícia muito antes de todo mundo. E podia ter me avisado, mas não avisou.

Não sei por que me importo. Não é como se isso fosse mudar qualquer coisa. E não é como se a gente ainda se falasse. Mas quando James Shepard chegou aqui em casa com seu notebook dourado e seus planos, sendo tão legal, charmoso e educado, enquanto mostrava como sua empresa iria reconstruir algo a partir das cinzas do sonho da minha mãe, a única coisa em que eu consegui pensar foi: *Porra, Ivy, você podia ter me contado.*

— Está ouvindo, Mateo? — Minha mãe está parada na minha frente, estalando os dedos na minha cara. Eu nem notei quando ela se mexeu, então devo estar perdido em pensamentos há um tempo. Droga. Minha mãe fica preocupada quando me distraio assim. Obviamente, ela me encara como se tentasse enxergar dentro do meu cérebro. Às vezes, acho que ela o arrancaria do meu crânio se pudesse. — Tem certeza de que não quer ir comigo pro Bronx? A tia Rose ia adorar ver você.

— Tenho aula — lembro a ela.

— Eu sei. — Minha mãe suspira. — Mas você nunca falta, e acho que seria bom tirar um dia de folga. — Ela se vira para Autumn. — Pros dois. Vocês andam trabalhando demais

Ela tem razão. Seria incrível tirar um dia de folga — se isso não envolvesse passar pelo menos sete horas em um carro com a amiga de faculdade dela, Christy. Christy se ofereceu para bancar a motorista assim que minha mãe disse que queria ir à festa de aniversário de noventa anos da tia Rose, o que foi muito gentil, porque minha mãe não consegue mais dirigir por tanto tempo. Mas Christy fala sem parar. *Sem parar.* E todas as conversas acabam se voltando para as coisas que ela e minha mãe faziam na faculdade e que eu preferia passar o resto da vida sem saber.

— Bem que eu queria — minto. — Mas o Garrett's está desfalcado hoje.

— O Sr. Sorrento também precisa de mim — diz Autumn, rápido. Ela gosta dos monólogos de Christy tanto quanto eu.

— Sabe como é. As facas precisam ser amoladas. Mas a gente liga pra tia Rose pra dar parabéns.

Antes de a minha mãe conseguir responder, um rugido familiar invade meus ouvidos e me faz trincar os dentes. Vou até a porta da frente e a abro, saindo para a varanda. Como esperado, o Camaro vermelho de Gabe está parado na frente da garagem, o motor acelerando enquanto ele balança um braço para fora da janela do motorista e finge não me ver. Gabe está praticamente deitado no banco, mas não o suficiente para esconder seu cabelo penteado para trás e os óculos escuros espelhados. Será que eu o odiaria menos se ele não parecesse tão escroto o tempo todo? Não dá para saber.

Levanto as mãos e começo a bater palmas devagar enquanto Autumn surge ao meu lado, olhando de mim para o carro com uma expressão confusa.

— O que você está fazendo? — pergunta ela.

— Aplaudindo o motor do Gabe — digo, batendo palmas com tanta força que elas ardem. — Parece que ele gosta de ser o centro das atenções.

Autumn empurra meu braço, acabando com o aplauso.

— Deixa de ser babaca.

— O babaca é ele — digo no automático. Já estamos cansados de ter essa briga.

— Anda, gata — grita Gabe, levantando o braço e gesticulando para ela se mexer. — Você vai se atrasar pro trabalho.

O celular de Autumn toca em sua mão, e nós dois olhamos para a tela.

— Quem é Charlie? — pergunto por cima de outro rugido do motor. — O substituto do Gabe? Diz que sim, por favor.

Imagino que ela vá revirar os olhos, mas, em vez disso, minha prima rejeita a ligação e enfia o celular na mochila.

— Ninguém.

Minha nuca se arrepia. Eu conheço esse tom, e ele não indica nada bom.

— Ele faz parte do esquema? — pergunto.

Ela balança a cabeça, decidida.

— Quanto menos você souber, melhor.

Eu *sabia*.

— Você vai fazer paradas extras hoje?

— Bem provável.

Meu maxilar pulsa.

— Não faz.

A boca dela se aperta em uma linha fina.

— Eu preciso fazer.

— Por mais quanto tempo? — Também já estamos cansados de ter essa briga.

— Enquanto eu puder — responde Autumn.

Ela puxa a mochila para cima do ombro e encontra meu olhar; a pergunta que ela passou semanas me fazendo está estampada em seu rosto. *A gente precisa cuidar dos nossos, né?*

Não quero concordar com a cabeça, mas de que outra forma eu deveria responder?

É. Precisamos.

3

Cal

— É laranja — digo para Viola quando ela coloca o donut na minha frente.

— Bem, dã. — Viola pode ter quarenta e poucos anos, mas revira os olhos com o mesmo ar insolente de qualquer adolescente do Colégio Carlton. — É o farelo do Cheetos.

Cutuco a lateral do donut, hesitante. Meu dedo volta laranja--fluorescente.

— E o gosto é bom?

— Querido, você conhece o lema aqui na QUERO. — Ela apoia a mão no quadril e inclina a cabeça, me incentivando a terminar a frase.

— Quanto mais estranho, melhor — digo, obediente.

— Isso mesmo. — Ela me dá um tapinha no ombro antes de se virar de volta para a cozinha. — Espero que você goste do seu donut de creme com cobertura de farelo de Cheetos.

Encaro o bolinho laranja no meu prato com um misto de ansiedade e medo. A QUERO DONUTS é meu lugar favorito para tomar café da manhã em Boston, mas fazia tempo que eu não vinha. É difícil encontrar alguém disposto a encarar esse tipo específico de donut sem ironia. Minha ex-namorada, Noemi, não come glúten e é adepta da alimentação limpa, então se recusava a pisar aqui, não importava o quanto eu implorasse. Por algum motivo, isso só piora o fato de ela ter terminado comigo no Galáxia Veggie.

— Não sei o que aconteceu com você. É como se tivesse virado outra pessoa — me disse ela enquanto comia uma salada de couve kale e seitan na semana passada. — Parece que ETs abduziram o Cal de verdade e deixaram só o corpo pra trás.

— Hm, tudo bem. Nossa. Que pesado — resmunguei, sentindo uma pontada de mágoa, apesar de eu já esperar por aquilo. Não por *aquilo*, exatamente, mas por algo parecido. A gente quase não se viu a semana toda, e aí, do nada, ela mandou uma mensagem dizendo *Vamos no Galáxia Veggie amanhã*. Desconfiei que aquilo não fosse um bom sinal, e não só porque odeio couve kale. — Ando meio distraído, só isso.

— Você não parece distraído. Parece... — Noemi jogou as tranças por cima de um ombro e franziu o nariz, pensando. Ela estava bem bonita, e fiquei um pouco triste quando me dei conta do quanto eu gostava dela no começo. Eu ainda gostava dela, só que... as coisas tinham se complicado. — Que você parou de tentar. Que faz as coisas porque acha que precisa fazer, mas não é autêntico. *Você* não é autêntico. Quer dizer, olha só pra isso — acrescentou ela, gesticulando para o meu prato. — Você comeu quase um prato todo cheio de couve kale sem nem reclamar. Você é um robô.

— Eu não sabia que criticar suas escolhas de comida era um pré-requisito pra ser um bom namorado — resmunguei, enfiando outra garfada de couve na boca.

Então quase me engasguei, porque, juro por Deus, só coelhos deviam comer aquela porcaria. Alguns minutos depois, Noemi gesticulou para pedir a conta e insistiu em pagar, e fiquei solteiro de novo. Mais ou menos. A verdade é que Noemi deve ter percebido que estou interessado em outra pessoa há um tempo, mas ela não precisava pulverizar minha autoestima como vingança.

— Cuida de você por um tempo, Cal — aconselhou meu pai quando aconteceu.

Bom, um dos meus pais. Tenho dois — e uma mãe biológica que encontro algumas vezes por ano; ela é amiga deles da época de faculdade e foi barriga de aluguel dos dois há dezessete anos —, mas chamo ambos de pai. O que é bem simples — para mim —, apesar de alguns dos meus colegas de classe acharem muito confuso. Boney Mahoney, em específico, vivia me perguntando na época do ensino fundamental:

— Mas como eles sabem com quem você está falando?

É fácil. Sempre digo a palavra com um tom levemente diferente para cada um dos meus pais, algo que começou de forma tão natural quando eu era pequeno que nem me lembro de fazer isso. Mas esse não é o tipo de coisa que se explica para um cara como Boney, que entende essas sutilezas de comunicação tão bem quanto um tijolo. Então eu respondia que usava o nome deles, Wes e Henry. Apesar de eu não fazer isso, a menos que esteja falando sobre os dois com outra pessoa.

Enfim, Wes é o pai com quem converso sobre coisas pessoais.

— A vida não se resume a namoros — disse ele quando Noemi e eu terminamos. Ele é reitor da Universidade Carlton, e tenho certeza de que passa metade do tempo com medo de que eu arrume uma certidão de casamento antes de um diploma de bacharelado. — Tenta passar mais tempo com seus amigos, só pra variar.

Ah, sim. Ele falou como se nunca tivesse conhecido meus amigos, o que é verdade, porque meu círculo de amizades no Colégio Carlton é unido pela conveniência. Somos as pessoas aleatórias da escola, que param de se falar no instante em que pinta algo melhor, voltando com o rabo entre as pernas quando a opção mais interessante desaparece. A última vez que tive amigos de verdade foi no ensino fundamental. Wes, que sabe muito mais sobre minha vida social do que qualquer cara de dezessete anos com respeito próprio deveria permitir, diz que isso só acontece porque sou viciado em relacionamentos desde o nono ano. E eu digo que o problema é o contrário. É o velho debate do ovo ou a galinha.

Pelo menos minha nova namorada gosta das mesmas coisas que eu: arte, histórias em quadrinhos e cafés da manhã cheios de calorias e zero valor nutricional. Bom, *namorada* talvez seja forçar a barra. Lara e eu ainda não definimos as coisas. É complicado, mas estou interessado o suficiente para ter passado quarenta minutos no trânsito só para comer donuts esquisitos com ela.

Espero que isso aconteça, de toda forma.

Dez minutos depois, meu donut está frio. Meu celular vibra, e o nome de Lara aparece junto com uma fileira de emojis de cara triste. *Desculpa, não vou conseguir ir! Tive um imprevisto.*

Engulo minha decepção, porque as coisas são assim com Lara. Sempre aparece um *imprevisto*. Quando entrei no carro, eu sabia que havia 50% de chance de eu comer sozinho. Puxo o prato na minha direção, mordo um pedaço enorme no donut de creme com cobertura de farelo de Cheetos e mastigo, pensativo. Doce, salgado, com um toque forte de queijo processado. É delicioso.

Termino o restante em três mordidas, limpo as mãos em um guardanapo e olho para o relógio na parede. O trajeto até Carlton no contrafluxo do trânsito vai levar menos de meia hora, e ainda não são nem oito da manhã. Tenho tempo para mais uma coisa. Minha bolsa carteiro está no chão ao meu lado, e estico o braço para puxar o notebook. O navegador já está aberto no meu site antigo da WordPress e, com alguns cliques, abro a primeira webcomic que desenhei.

O dia mais feliz da vida
Escrito e ilustrado por Calvin O'Shea-Wallace

Mostrei todas as minhas webcomics para Lara algumas semanas atrás, e ela imediatamente disse que esta era a melhor de todas. O que é um pouco ofensivo, já que eu tinha doze anos quando a desenhei, mas ela falou que tem uma "energia pura" que falta nas histórias mais recentes. E talvez ela tenha razão. Eu a comecei depois daquele dia no sétimo ano, quando fugi de um passeio da escola com Ivy Sterling-Shepard e Mateo Wojcik para darmos uma volta por Boston, e cada imagem transmite uma animação parecida com a que senti quando saí impune de algo tão absurdo.

Além do mais, na minha humilde opinião, os desenhos não são tão distantes da realidade. Tem Ivy, com sua mistura pouco comum de olhos castanhos e cabelo louro, seu rabo de cavalo onipresente balançando ao vento e uma expressão que é metade preocupada, metade empolgada. Os seios dela talvez sejam maiores do que eram na época, e até do que são agora, mas já era de se esperar. Eu tinha doze anos.

Admito que Mateo não foi desenhado com tanto apego à realidade. O herói de *O dia mais feliz da vida* deveria ser eu, com ele sendo meu fiel escudeiro. A ideia não teria vingado se eu o tivesse desenhado com aquele ar de bonitão marrento que já chamava atenção das garotas do sétimo ano. Então, sua versão em quadrinhos era mais baixa. E mais magra. Talvez ele tivesse um leve problema de acne. Mesmo assim, suas falas eram as melhores.

— Olha! É você! — Dou um pulo ao ouvir a voz de Viola enquanto ela estica o braço por cima do meu ombro para pegar o prato vazio. Parei no desenho que só mostra eu correndo pelo Boston Common no auge da ruivice dos meus doze anos, com uma camisa de estampa floral. — Quem desenhou?

— Eu — respondo, mudando para uma nova imagem em que meu rosto não esteja tão destacado. Esta também exibe Ivy e Mateo. — Quando tinha doze anos.

— Nossa, mas que coisa. — Viola brinca com o pingente de caveira pendurado por cima da sua camisa dos Ramones. Ela foi baterista de uma banda de punk-rock quando tinha a minha idade, e acho que seu estilo não mudou nos últimos trinta anos. — Você é realmente talentoso, Cal. Quem são os outros dois?

— Só uns amigos.

— Acho que nunca vi os dois aqui.

— Eles nunca vieram.

Digo isso em um tom despreocupado, dando de ombros, mas as palavras me deixam tão desanimado quanto o discurso de *Você não é autêntico* de Noemi. Ivy e Mateo foram os melhores amigos que já tive, mas quase não falei com eles depois do nono ano. É normal que as pessoas se afastem quando chegam ao ensino médio, acho, e não é como se o término da nossa amizade tivesse sido um evento dramático e escandaloso. Nós não brigamos, não nos voltamos uns contra os outros, nem dissemos o tipo de coisa de que nos arrependeríamos depois.

Mesmo assim, não consigo parar de pensar que foi tudo culpa minha.

— Quer outro donut? — pergunta Viola. — Acho que você vai gostar do novo de avelã com bacon.

— Não, valeu. Vou me atrasar pra escola se eu não for agora — digo, fechando o notebook e o guardando de volta na bolsa. Deixo o dinheiro na mesa, o suficiente para três donuts, só para compensar minha falta de tempo para esperar a conta, e penduro a bolsa no ombro. — Até logo.

— Espero que seja logo mesmo — grita Viola, enquanto desvio de um casal de hipsters com camisas de estampas geométricas e o mesmo corte de cabelo. — A gente estava com saudade de você.

No geral, não acredito em destino. Mas, quando saio do carro no estacionamento do Colégio Carlton e quase esbarro em Ivy Sterling-Shepard, não parece ser uma mera coincidência.

— Oi — diz ela enquanto seu irmão, Daniel, resmunga um quase cumprimento e passa direto por mim.

Ele cresceu bastante desde o primeiro ano do ensino médio — tem dias que mal o reconheço andando pela escola em seu uniforme de lacrosse. Ninguém devia ser tão bom em tantas coisas diferentes. Não é saudável para o ego.

Ivy o observa se afastar como se estivesse pensando a mesma coisa, mas então volta a atenção para mim.

— Cal, nossa. Faz um século que a gente não se vê.

— Pois é. — Eu me apoio na lateral do meu carro. — Você não estava na Escócia, ou coisa assim?

— É, por seis semanas no verão. Minha mãe foi dar aula lá.

— Deve ter sido bem legal.

É provável que tenha sido bom para Ivy se distanciar um pouco, depois daquela situação toda no show de talentos do ano passado. Eu assisti da segunda fileira do auditório, com Noemi e seus amigos, que morreram de rir.

Tudo bem, eu ri junto. Era impossível não achar graça. Mas me senti culpado depois, me perguntando se Ivy me viu. O pensamento me enche de vergonha, então acrescento rápido:

— Que coisa esquisita. Eu acabei de pensar em você.

Nunca pintou nenhum clima além de amizade entre mim e Ivy, então não fico com medo de ela interpretar o que falei do jeito errado, tipo *Nossa, gata, você não sai da minha cabeça.* Mas fico um pouco surpreso quando ela responde:

— Sério? Eu também. Em você, quer dizer.

— Jura?

— Sim. Fiquei tentando me lembrar da última vez em que faltei a uma aula — explica ela, pressionando o botão do chaveiro para trancar o Audi preto ao seu lado. Eu o reconheço do ensino fundamental, então com certeza é o carro antigo dos seus pais, mas ainda assim. É um carro bom demais para uma estudante do ensino médio. — Foi no dia em que fugimos do passeio da escola.

— Era exatamente nisso que eu estava pensando — digo e, por um segundo, trocamos um sorriso conspirador. — Ah, e parabéns pra sua mãe.

Ela pisca.

— Quê?

— A Cidadã do Ano de Carlton, né?

— Você sabe disso? — pergunta Ivy.

— Meu pai estava no comitê da votação. O Wes — acrescento, e é esquisito. Na época em que éramos amigos, Ivy sempre sabia sobre qual pai eu estava falando sem que eu precisasse dizer.

— Sério? — Os olhos dela se arregalam. — Minha mãe ficou tão surpresa. Ela sempre diz que estatísticos nunca são reconhecidos. Além do mais, o prêmio costuma ser pra coisas locais, e o relatório dos opioides... — Ela dá de ombros. — Não é como se Carlton estivesse passando por uma crise nem nada.

— Você que pensa — digo. — Wes vive comentando que estão usando muito essa parada no campus. Ele até organizou uma força-tarefa pra melhorar a situação. — A expressão de Ivy se torna alerta, porque nada a deixa tão feliz quanto uma boa força-tarefa, e trato de mudar de assunto antes que ela comece a oferecer sugestões. — Enfim, ele votou nela. Ele e Henry vão hoje à noite.

— Meus pais vão chegar em cima da hora — fala Ivy. — Eles foram comemorar o aniversário de casamento em São Francisco e tiveram que mudar os voos pra conseguir voltar a tempo.

Parece um comportamento perfeccionista típico dos Sterling-Shepard; meus pais teriam gravado um discurso de agradecimento e mandado da Califórnia.

— Que legal — digo, e essa parece minha deixa para ir embora. Mas nós dois continuamos parados ali, até o silêncio ficar desconfortável o suficiente para meus olhos se focarem no movimento atrás dela. Dou mais uma olhada só para confirmar quando um cara alto, de cabelo escuro, pula por cima do muro que cerca o estacionamento. — Caramba, olha só. Os astros estão alinhados hoje. Lá vem o terceiro membro do nosso trio rebelde.

Ivy se vira quando Mateo nos vê. Ele levanta o queixo na nossa direção, parecendo pronto para seguir para sua aula, mas levanto uma das mãos e aceno loucamente. Seria babaquice me ignorar, e Mateo — apesar de ser o tipo de cara que prefere engolir facas a ficar puxando papo — não é um babaca, então ele se aproxima de nós.

— E aí? — diz quando alcança o carro de Ivy.

De repente, ela parece nervosa, enroscando a ponta do rabo de cavalo em um dedo. Também estou começando a ficar meio sem graça. Agora que chamei Mateo, não sei o que dizer para ele. É fácil conversar com Ivy, contanto que eu evite bombas feito o show de talentos ou como ela perdeu de lavada para Boney Mahoney na eleição de ontem. Mas Mateo? A única coisa que sei sobre ele hoje em dia é que o boliche da sua mãe fechou. Não é a melhor maneira de começar uma conversa.

— A gente estava falando do Dia Mais Feliz da Vida — digo, em vez disso.

E então me sinto um idiota, porque esse nome não era legal nem quando a gente tinha doze anos. Mas, em vez de revirar os olhos, Mateo abre um sorriso pequeno, cansado. Pela primeira vez, noto suas olheiras. Parece que ele não dorme há uma semana.

— Bons tempos — recorda ele.

— Eu daria tudo pra fugir da escola hoje — murmura Ivy.

Ela continua torcendo o rabo de cavalo, os olhos focados nos fundos do Colégio Carlton. Não preciso perguntar o motivo. O discurso de posse de Boney será doloroso para todos nós, mas especialmente para ela.

Mateo esfrega o rosto com uma das mãos.

— Eu também.

— Então vamos — digo de repente. Eu estava brincando, mas nenhum dos dois rejeita minha ideia de imediato. E então me dou conta de que isso é o que mais quero fazer. Tenho duas aulas com Noemi hoje, um teste de história para o qual não estudei, nenhuma possibilidade de encontrar com Lara, e o ponto alto do meu dia será o burrito que eu trouxe para o almoço. — Sério, por que não? — insisto, ficando mais entusiasmado com a ideia. — Vocês sabem como é fácil matar aula hoje em dia? Ninguém nem verifica nada, contanto que um dos responsáveis ligue antes do primeiro sinal. Calma aí.

Tiro o celular do bolso, procuro Colégio Carlton nos contatos e ligo para o número que aparece. Escuto a gravação até a voz automática dizer *Se deseja justificar uma falta...*

Ivy molha os lábios.

— O que você está fazendo?

Aperto três no teclado e levanto um dedo até escutar um bipe.

— Bom dia. Aqui quem fala é Henry O'Shea-Wallace. Estou ligando em nome do meu filho, Calvin, às 8h50 de terça-feira, 21 de setembro — digo na voz tranquila e prática do meu pai. — Infelizmente, Calvin está com um pouco de febre hoje, então vamos deixá-lo em casa por precaução. Ele tem todas as tarefas de casa e vai entregar tudo na quarta-feira, conforme necessário.

Mateo sorri quando eu desligo.

— Tinha esquecido como você sabe imitar os outros — fala ele.

— Você ainda não viu nada — digo, lançando um olhar expressivo para Ivy. Do tipo *Se você não quiser que eu faça isso, ainda dá tempo de me impedir.* Ela não faz nada, então ligo de novo para o número, desta vez colocando a ligação no viva-voz para ela e Mateo escutarem. Quando o bipe da mensagem toca, adoto um tom barítono simpático. — Oi, aqui é James Shepard. Queria avisar que Ivy não vai pra escola hoje. Ela está se sentindo mal. Obrigado e tenham um ótimo dia!

Então desligo enquanto Ivy desaba sobre seu carro, as mãos nos dois lados do rosto.

— Não acredito que você fez isso. Achei que estivesse brincando — diz ela.

— Não achou, não — zombo.

O meio sorriso que ela abre em resposta me diz que tenho razão, mas Ivy continua parecendo nervosa.

— Não sei se isso é uma boa ideia — diz, batendo com a ponta do mocassim no chão. Ela continua fiel ao seu estilo estudantil, mas passou para cores mais escuras, com suéter preto, minissaia xadrez cinza e meias pretas. É melhor do que na época do ensino fundamental, quando ela só usava cores primárias. — A gente pode falar que foi brincadeira...

— E eu? — interrompe Mateo. Nós dois nos viramos para encará-lo enquanto ele inclina a cabeça para mim, levantando as sobrancelhas. — Você é bom o suficiente pra imitar minha mãe, Cal?

— Não depois da puberdade. — Ligo de novo para o número do Colégio Carlton, então estico o celular para Ivy.

Ela dá um passo para trás com os olhos arregalados.

— Quê? Não. Não consigo.

— Bom, *eu* não consigo — rebato enquanto a voz gravada começa a repetir sua ladainha. Ninguém acreditaria que o pai de Mateo ligou. O cara nunca se envolveu com nada da escola. — Nem Mateo. Só dá pra ser você.

Ivy lança um olhar rápido para Mateo.

— Você quer que eu fale?

— Por que não? — Ele dá de ombros. — Seria bom ter uma folga da escola.

Meu celular apita quando começa a gravação e Ivy o segura.

— Sim, alô — diz, ofegante. — Aqui é Elena Wo... hum, Reyes. — Mateo revira os olhos com o quase erro dos sobrenomes. — Estou ligando por causa do meu filho. Mateo Wojcik. Ele está doente. Está com... faringite.

— Ivy, não — chio. — Acho que a gente precisa de atestado pra voltar depois de ter faringite.

Os ombros dela enrijecem.

— Quer dizer, não é faringite. Dor de garganta. Ele vai fazer um exame pra ver se é faringite, mas não deve ser. É só uma precaução. Eu ligo de volta se der positivo, mas tenho certeza de que não vai dar, então é provável que eu não dê mais notícias. Enfim, Mateo não vai hoje, então tchau.

Ela desliga e praticamente joga o celular para mim.

Lanço um olhar apavorado para Mateo, porque aquilo foi um desastre. A pessoa que escutar a ligação pode acabar ligando para sua mãe para verificar se é verdade, e tenho certeza de que essa é a última coisa de que ele precisa. Fico esperando receber um esporro, mas, em vez disso, ele começa a rir. E, de repente, se transforma — Mateo dando gargalhadas se parece menos com o cara que passa direto por mim no corredor, como se não me conhecesse, e mais com o meu velho amigo.

— Eu devia ter me lembrado de que você é péssima com mentiras — diz ele para Ivy, ainda rindo. — Foi *horrível*.

Ela morde o lábio.

— Posso ligar de novo e dizer que você está se sentindo melhor.

— Acho que isso só vai piorar a situação — responde Mateo.

— Enfim, eu estava falando sério. Seria bom ter um dia de folga.

O estacionamento está vazio, e o sinal toca alto dentro do Colégio Carlton. Se quisermos desistir, agora é o momento. Mas, apesar de nenhum dos três falar nada, ninguém se mexe também.

— Mas pra onde a gente iria? — pergunta Ivy finalmente, quando o segundo sinal toca.

Abro um sorriso.

— Boston, é claro — digo, apertando o botão no meu chaveiro para destravar o carro. — Eu dirijo.

4

Ivy

Levo menos de quinze minutos para perceber que cometi um erro imenso.

No começo, a única coisa que sinto enquanto Cal sai do estacionamento do Colégio Carlton é alívio. Meus pensamentos são tão brilhantes e ensolarados quanto o clima ameno de setembro: *Estou livre! Não preciso escutar o discurso de posse do Boney! Não tenho que aturar os olhares de pena dos meus amigos e professores! Ninguém vai me provocar dizendo que, apesar de eu não ser mais representante de turma, posso cair de boca no seu membro viril sempre que quiser!* Cal coloca uma playlist cheia das músicas pop alternativas que nós dois amamos, e ficamos conversando sobre música, filmes e para onde devemos ir primeiro.

Mas então os temas mais fáceis de conversa acabam e, quando olho no espelho retrovisor para ver se Mateo quer participar do papo, vejo que ele caiu no sono no banco de trás. Ou talvez só esteja fingindo; ele sempre disse que fica enjoado quando dorme no carro. Ai, meu Deus. Será que ele já se arrependeu de ter vindo?

45

Começo a ficar paranoica: E se a escola ligar para os meus pais para confirmar minha falta? Não consigo lembrar do número que está no meu cadastro. Ainda temos um telefone fixo em casa, porque ele vem com o pacote de TV a cabo, mas nunca o usamos. Se a escola ligar para esse número, vai ficar tudo bem — meu pai o desconectou anos atrás, para evitar ligações de telemarketing —, mas se usarem o celular de um dos meus pais, estou ferrada. O embarque do voo só começa às onze horas do nosso fuso, então há tempo de sobra para conseguir falar com eles, que vão ficar absurdamente decepcionados comigo.

Mesmo que a escola não ligue, algum professor pode comentar alguma coisa com Daniel sobre eu estar doente. Ele não vai saber que deve mentir, e mesmo que soubesse, verdade seja dita: ele não me ajudaria. Meu irmão adora me ver passando vergonha. Será que eu devia mandar uma mensagem para ele mesmo assim e tentar comprar seu silêncio? O que posso oferecer? Tênis? Até parece que tenho cem dólares sobrando para comprar o par de edição limitada da Nike que ele quer no momento, seja lá qual for.

Será melhor mandar uma mensagem para os meus amigos? Pego o celular e já encontro uma da minha melhor amiga, Emily. *Cadê você? Ficou doente?* Nenhuma de nós nunca faltou desde que começamos a andar juntas no primeiro ano do ensino médio, então este é um evento inédito, mas com certeza é o tipo de coisa que avisaríamos uma à outra.

Meu coração acelera de um jeito desconfortável. O que foi que meu pai disse hoje cedo? *A única coisa que você pode fazer é manter a cabeça erguida.* Estou seguindo na contramão desse conselho. Eu fugi, me escondi, deixei bem óbvio para todo mundo no Colégio Carlton que Boney me venceu de todas as formas possíveis.

Está tão quente aqui dentro. Não tem vento. O ar-condicionado está ligado? Olho para o painel do carro, para o meu celular, para Cal, para a janela, depois me viro no banco para encarar Mateo. Seus olhos continuam fechados, mas ele murmura:

— Três... dois... um...

Isso interrompe meu monólogo interno apavorado.

— Oi? — pergunto. — Achei que você estivesse dormindo.

Ele abre os olhos e encontra os meus.

— Crise.

— Como é? — pergunto, surpresa.

— Você. Entrando em crise por matar aula. Bem na hora.

— Eu não estou entrando em crise! — rebato. Não sei se fico irritada por ele ter fingido que dormia enquanto eu conversava com Cal ou porque ele conseguiu entender meu estado mental mesmo com os olhos fechados. — Nem falei nada.

— Não precisava. — Mateo boceja e passa a mão pela cabeça, bagunçando o cabelo escuro. — Dava pra ouvir você pulando no banco.

— Eu não estava *pulando*...

— Gente, para com isso! — A voz de Cal carrega um tom de alegria desesperada enquanto ele sai da estrada. — A gente vai se divertir, sério. E ninguém vai descobrir. Já teriam ligado se houvesse algum problema.

Acho que isso não é necessariamente verdade. Mas não quero ser acusada de *entrar em crise* de novo, então a única coisa que digo é:

— Aonde você está indo?

— Pensei em começarmos pelo Quincy Market. Tem onde estacionar e um monte de lugares pra comprar comida e tal. E o aquário fica perto, se quisermos dar um pulo lá. Pra ver os pinguins, talvez.

— Pinguins? — repito.

— Eu gosto de pinguins. — A voz de Cal soa ansiosa, quase hesitante. — Gostava, pelo menos. Ainda devo gostar. Esse parece ser o tipo de coisa que nunca muda, mesmo se você passar muito tempo sem ver um pinguim.

Ainda estou virada para Mateo, e trocamos um olhar, brevemente unidos em nossa confusão.

— Acho que não? — sugiro.

Não sei se foi a resposta certa, porque Cal solta um suspiro pesado.

— Vamos ver.

Mateo tamborila os dedos sobre o joelho, inquieto.

— Eu trabalho lá perto — diz.

— É? Onde? — pergunta Cal.

— No Garrett's. É um bar.

— Você pode trabalhar num bar com dezessete anos? — pergunto.

— Se eu não servir bebidas alcoólicas, sim.

— Mas fica meio longe de Carlton, né? — comenta Cal.

Mateo dá de ombros.

— Venho de metrô. E o salário é bem melhor que o dos lugares perto de casa. Vale a pena.

O trânsito fica mais congestionado conforme nos aproximamos de Faneuil Hall e, enquanto Cal se concentra na direção, discretamente analiso Mateo. Ele está usando uma camisa cinza do Strike-se, o logotipo tão desbotado que eu jamais o identificaria se não tivesse passado metade da vida olhando para ele na lateral de um prédio. Meu peito aperta e me arrependo de ter sido tão ríspida com Mateo.

— Como vai a sua família? — pergunto. — O que Autumn anda fazendo?

— Trabalhando muito — responde ele.

Não sei se isso envolve faculdade, mas não quero perguntar; pode ser um assunto polêmico.

— Ela continua com o...

Não consigo lembrar o nome do garoto, apesar de conseguir visualizá-lo nitidamente na minha cabeça. Ele era um dos caras do último ano que adorava agarrar a virilha sempre que eu passava no corredor depois do desastre no show de talentos.

— Com Gabe Prescott? — Mateo faz cara de quem engoliu carne podre. — Continua. Infelizmente.

— Que casal esquisito — comenta Cal. — Gabe não foi eleito *Mais Capaz de Cometer um Crime e Sair Impune*?

O Colégio Carlton tinha abolido as premiações clássicas do anuário do último ano, como *Mais Bonito* e *Mais Chances de Ser Bem-sucedido*, alegando que eram "classificações nocivas", então os formandos agora tinham sua própria lista clandestina de categorias, que mudava todo ano. Sinceramente, tenho um pouco de medo do título que posso ganhar quando me formar. Isso, sim, vai ser uma classificação nociva.

— Não — responde Mateo. — Ele foi eleito *Mais Capaz de Perder um Reality Show*.

Eu rio, porque essa foi uma categoria boa, e provavelmente certeira. Mas a expressão de Mateo nitidamente diz *Próximo assunto, por favor*, então pergunto:

— E como vai sua mãe?

— Ela está bem. Melhorando — diz ele, sucinto.

— Achei péssimo o Strike-se ter fechado — comenta Cal. — Meus pais acharam que os DeWitt perderam a noção. Patrick não quebrou nem um osso, né?

— Ele deslocou o ombro — diz Mateo.

— Bom, ele voltou a jogar lacrosse — acrescenta Cal, como se isso resolvesse a questão.

Ai, meu Deus. Eu devia ter imaginado que o assunto surgiria, e não quero mesmo falar disso. Antes que eu consiga pensar em como mudar o rumo da conversa, Mateo pergunta:

— Como está indo o Centro de Entretenimento Carlton, Ivy? O CEC? — Os lábios dele se curvam ao dizer a sigla. — É esse o nome que seu pai usa, né?

Muda de assunto. Muda de assunto. Mas minha mente não funciona.

— Bem, eu acho — digo em um tom despreocupado. — Não sei muito sobre os projetos dele, então...

— Mas imagino que você saiba mais do que eu.

Mateo se inclina para a frente, esticando o cinto de segurança, seus olhos escuros encarando os meus, e não consigo fugir. Eu tinha me esquecido do quanto seu olhar consegue ser penetrante, como se ele enxergasse profundezas que você nem sabia que existiam na sua alma. Isso era inquietante quando eu tinha treze anos, e é pior ainda agora.

Vou admitir: Mateo foi o primeiro garoto de quem gostei. Passei metade do nono ano sonhando com ele, mas me fingindo de desinteressada, tendo certeza absoluta de que ele não sentia a mesma coisa por mim. E então, em um dia em que Cal não estava com a gente, nos beijamos. Foi a maior emoção da minha vida, tirando que nunca mais tocamos no assunto. Minha única conclusão foi que ele se arrependeu e preferiu que continuássemos sendo só amigos, e tentei me convencer de que estava tudo bem. Mas era horrível fingir que eu não me importava, e o clima ficou muito esquisito. Nosso trio acabou seguindo rumos diferentes logo depois.

De repente, eu daria de tudo para estar assistindo à aula de história do primeiro tempo, sentada ao lado de Emily, mesmo sabendo que o discurso de Boney viria em seguida. Eu me remexo no banco, então me obrigo a ficar parada. Quase pareceu que eu estava pulando, e não quero que Mateo perceba que esse assunto me incomoda.

— Provavelmente — respondo. — Você, hum, quer saber de alguma coisa específica?

— Na verdade, não — diz Mateo, se recostando no banco e olhando para a janela. Seu rosto anguloso, antes tenso, agora volta a ter um ar cansado. — Não é como se isso fosse mudar alguma coisa.

— Ah, maneiro! — exclama Cal. — Esse estacionamento tem vaga. Vou parar aqui.

Não sei se ele está ignorando a tensão no carro ou se é um motorista tão concentrado que nem percebeu o clima. Eu me viro para a frente, e ficamos em silêncio enquanto Cal pega um tíquete na entrada e sobe os quatro andares do estacionamento, finalmente encontrando uma vaga na cobertura a céu aberto.

— Podemos deixar nossas coisas na mala, se vocês quiserem — sugere ele ao desligar o motor e puxar o freio de mão.

Eu me sinto enjoada de verdade agora, como se realmente devesse estar deitada no meu quarto escuro, me recuperando de uma doença. Quase pergunto a Cal se ele pode me levar de volta, mas basta olhar para seu rosto esperançoso enquanto ele tira a chave da ignição para essa ideia ir por água abaixo. Estou aqui, então posso muito bem tomar um café antes de convencê--lo a encerrar o passeio mais cedo do que o esperado.

— É, pode ser — respondo, tirando uma bolsa pequena da mochila. Guardo a carteira, o celular e os óculos escuros dentro dela, depois a penduro no ombro e abro a porta do carro.

Voltamos a cair em um silêncio desconfortável enquanto nós três jogamos as mochilas na mala e saímos do estacionamento. Parte da mágica do Dia Mais Feliz da Vida era termos encontrado uma comemoração enorme para o Red Sox. Acaba de me ocorrer que, se a diversão tivesse ficado apenas por nossa conta, provavelmente teríamos dado meia-volta e retornado para o auditório.

E nunca seríamos amigos.

— Então... vamos tomar um café? — pergunto. — Tem alguma Starbucks por aqui?

— Sei lá, mas... — Cal olha ao redor. — Tem um lugar que gosto de ir com uma amiga. É meio longe, se vocês não se importarem de andar um pouco.

— Tudo bem.

Eu o sigo pela calçada, ao mesmo tempo em que pego o celular. Enquanto caminho, passo rápido por uma lista de novas mensagens, soltando um suspiro de alívio ao ver que nenhuma é dos meus pais ou da escola. Ainda preciso configurar um alerta para o voo dos meus pais, então faço isso e vejo que o embarque está marcado para as oito no horário de São Francisco, o que significa que ainda falta mais de uma hora.

Rezo em silêncio para meus pais nunca descobrirem que matei aula, para nada roubar o foco da grande noite da minha mãe. Eu devia ter pensado nisso quando concordei em fingir que estava doente, mas ainda posso voltar atrás. Vou tomar o café, pedir a Cal para me levar de volta para a escola e dizer para a enfermeira que eu estava enjoada, mas já me sinto melhor.

E então, como num passe de mágica, me sinto melhor *mesmo*. Nada como ter um plano. Respiro fundo e volto para as mensagens.

> *Emily: Alôôôô, tem alguém aí?*
> *Emily: Bueller? Bueller?*

Sorrio enquanto paramos em um sinal. Emily anda viciada em filmes dos anos 1980.

> *Daniel: Emily está me perguntando cadê você.*
> *Daniel: Você matou aula?*
> *Daniel: M&P vão ter um treco.*

Eu enrijeço e quase respondo *É melhor você ficar quieto*, mas me controlo. Porque, se eu fizer isso, é óbvio que ele vai me dedurar. Voltarei para a escola antes do horário do almoço, e vai ser como se nada tivesse acontecido. Tomara.

Estou prestes a guardar o celular para me juntar à conversa, quando outra mensagem surge na tela:

> **Emily: Boney também faltou.**
> **Emily: VOCÊS ESTÃO JUNTOS.**

Emily: Brincadeira. Sei que não estão.

Emily: Né?

Franzo a testa para o aparelho. Emily deve ter se enganado. Boney vai fazer o discurso de posse daqui a pouco, então deve estar lá em algum lugar. Começo a digitar uma resposta, mas alguém puxa meu cotovelo.

— Ivy — chama Cal.

— O que foi?

Olho para cima, me dando conta de que não faço a menor ideia de onde estamos. Os prédios ao nosso redor agora têm uma aparência mais industrial do que antes.

— A fila está imensa — avisa Cal, gesticulando para uma cafeteria do outro lado da rua. Ele tem razão; a fila sai pela porta e se espalha pela calçada. — Vocês querem ir a outro lugar primeiro?

Quero ir pra casa, penso, mas, por algum motivo, as palavras não saem.

— Tipo onde? — pergunto.

— Pinguins — diz Mateo ao mesmo tempo.

Cal e eu nos viramos para encará-lo, e ele aponta para a esquerda.

— O Aquário fica pra lá. Achei que você queria muito ir, Cal.

— Ah, é, verdade — diz Cal; sua expressão, no entanto, fica um pouco séria. — Mas a gente não precisa ir agora nem nada. — O sinal abre para nós, e atravessamos a rua no automático, com Cal nos guiando para algum lugar misterioso. — Eu só queria… Acho que estou passando por uma pequena crise. Não tem nada a ver com os pinguins.

— Não achei que tivesse — respondo.

Ao mesmo tempo, Mateo brinca:

— Os pinguins nunca têm culpa de nada.

Eu rio, mas Cal fica quieto, então me controlo.

— Qual *é* o problema? — pergunto.

Ele puxa a barra da camisa. A peça é azul e de botões, com bolinhas verdes discretas — não chega nem aos pés das estampas chamativas que ele usava no ensino fundamental, mas continua sendo mais interessante do que as roupas dos garotos do Colégio Carlton. O senso de moda colorido de Cal não foi herdado de nenhum dos seus pais. Wes e Henry adoram suéteres de gola redonda e calças cáqui e amam paletas neutras.

— Coisas do coração — responde ele. — Vocês sabem como é. Ou talvez não. Vocês estão ficando com alguém?

A pergunta me pega desprevenida, apesar de ser um assunto completamente natural entre velhos amigos. Por um instante, fico com vontade de contar a eles sobre Angus MacFarland, o menino com quem eu saía na Escócia durante o verão. Mas até eu preciso admitir que ele parece inventado.

— Agora, não — digo.

Mateo não responde, e Cal insiste:

— E você, Mateo? Fiquei sabendo que está saindo com Carmen Costa.

Meu estômago se embrulha de um jeito desconfortável. Não quero saber do namoro de Mateo com Carmen Costa, que deve ser perfeito, porque Carmen é ótima. Ela até veio falar comigo ontem, depois que o resultado da eleição saiu, para dizer que votou em mim, apesar de a maioria das pessoas já ter começado a me tratar como se eu fosse radioativa.

— Não mais — responde Mateo, e levanto as sobrancelhas, surpresa.

— Desde quando? — pergunta Cal.

— Desde o verão.

Espero por uma explicação, mas ele para no meio da calçada e leva as mãos ao quadril enquanto nos encara. A cada passo que damos, os prédios ficam mais feios e pichados.

— Cal, aonde estamos indo? — pergunta.

— Ahn? — Cal pisca, como se bolar um novo roteiro não tivesse passado pela sua cabeça. — Ah, bom... Acho... gosto de ir numa loja de materiais artísticos que fica aqui perto. Querem passar lá?

— Por mim, tudo bem — diz Mateo. — Ivy?

— Tá bom — respondo, apesar de haver uma infinidade de coisas que eu preferia fazer em vez de ficar olhando Cal escolher entre dezessete tons de lápis verde. Mas vou me sentir menos culpada por abandoná-lo depois disso.

Voltamos a andar em silêncio, até minha necessidade por informações vencer minha necessidade de parecer indiferente e descolada.

— Então, Mateo. O que aconteceu com você e a Carmen?

Ele dá de ombros.

— Só deu o que tinha que dar. Eu comecei a trabalhar muito, e ela passava o tempo todo com os amigos, então a gente não se via. Depois de um mês assim, nós nos encontramos e ela disse: "Parece até que a gente terminou." E eu disse: "Pois é." E ela disse: "Talvez a gente devesse fazer isso." E eu disse: "Tudo bem."

Seu rosto permanece impassível, e não sei se ele está se fazendo de calmo ou se a situação foi realmente tranquila desse jeito.

Cal também parece incrédulo.

— Sério? Só isso?

Mateo concorda com a cabeça, e Cal suspira.

— Bom, pelo menos ela não te deu um fora no Galáxia Veggie.

Espero Cal acrescentar algum contexto para essa declaração, mas, antes que isso aconteça, Mateo concorda com a cabeça com um ar sábio.

— Repito isso pra mim mesmo todos os dias.

Eu rio e noto a expressão desanimada de Cal.

— Espera, isso aconteceu com você?

— Aconteceu — afirma ele. — Logo depois da Noemi me dizer que sou um robô que segue a vida no automático. — Solto um resmungo solidário, e ele acrescenta: — Está tudo bem. Isso me deu a chance de conhecer alguém que tem mais coisas em comum comigo. A gente não está, tipo, namorando oficialmente nem nada, mas… ela me faz bem. — Ele engole em seco, quase parecendo nervoso. — Acho.

— Você acha? — pergunto.

Este parece o início do tipo de conversa que eu vivia tendo com Cal, quando ele precisava de conselhos, mas não sabia como pedir.

Porém, antes de eu conseguir pressioná-lo, um borrão tie-dye do outro lado da rua chama minha atenção. No começo, acho que é minha imaginação; não tem como ser a mesma porcaria de estampa que me dá pesadelos desde o debate entre os candidatos para representante de turma na semana passada. Mas, quando me concentro na estampa e vejo que ela está acompanhada de um cabelo com corte *faux hawk* e mechas azuis familiares, paro de andar e seguro o braço de Cal, fincando-o no lugar. Não há como negar.

— Gente, espera — digo, apontando para a pessoa do outro lado da rua. — Vocês estão vendo aquilo? — Mateo também para, se virando com um olhar questionador. — Que diabos *Boney Mahoney* está fazendo aqui?

LABORATÓRIO DE MÍDIA DO COLÉGIO CARLTON

Dois garotos estão sentados a uma mesa curvada de metal; um monitor de tela grande entre os dois exibe as palavras A VOZ DE CARLTON. A frente da mesa está coberta por um pôster estampado com a mascote da escola, o Puma da Carlton. O primeiro garoto, se inclinando para a frente com uma animação quase incontrolável, é magrelo, tem cabelos escuros cacheados um pouco compridos e olhos grandes que dão um falso ar de inocência; o segundo tem ombros largos, cabelo curto e uma postura que pareceria relaxada se ele não ficasse mexendo o tempo todo na caneta que segura.

GAROTO 1: E aí, Colégio Carlton? Aqui quem fala é Ishaan Mittal, e... *(Olha para o outro garoto.)*

GAROTO 2, *baixando a caneta:* Aqui é Zack Abrams. Nosso plano hoje era fazer uma análise da reunião de turma e do discurso de posse do novo presidente, só que não dá pra fazer isso, porque...

ISHAAN, *se inclinando para a frente e colocando as palmas da mão na mesa para dar mais ênfase*: Porque o cara não apareceu!

ZACK, *baixinho*: Ishaan, eu não tinha... Eu ia chegar nessa parte.

ISHAAN, *sem prestar atenção*: Hoje de manhã, o polêmico novo presidente da turma do último ano do Colégio Carlton, Boney Mahoney...

VOZ DO PROFESSOR, *fora da câmera*: Usem os nomes de verdade, pessoal. E dizer só "o novo presidente da turma do último ano" é suficiente.

ISHAAN: Hoje de manhã, o novo presidente da turma do último ano do Colégio Carlton, Brian Mahoney, fez piada da sua eleição, dando um bolo na escola inteira...

VOZ DO PROFESSOR: Mais imparcialidade, por favor. Que tal a gente fazer um resumo da eleição e depois falar sobre a reação dos alunos sobre a reunião de classe?

ZACK: Tipo assim, no geral, as pessoas ficaram felizes por não precisarem escutar o discurso do Boney.

ISHAAN: Com todo respeito, Sr. G., a eleição já saiu de foco. Ninguém quer escutar um resumo. A pergunta que não quer calar é: Em que porra de buraco Boney se meteu? *(Lança um olhar penetrante para a câmera.)* Ontem, ele prometeu que nos guiaria para o futuro. Mas hoje...

ZACK: Ele não deve ter escutado o despertador.

ISHAAN: Ele prometeu que deixaria a gente em paz se fosse eleito. Só que ninguém achou que fosse uma promessa tão literal.

SR. G., *dando um suspiro cansado*: Vamos lá, pessoal. Vocês conhecem as regras. Nada de palavrões, nada de apelidos, nada de suposições.

ZACK, *baixinho*: Nada de diversão.

ISHAAN, *se recostando na cadeira e escorregando para baixo*: Este programa é um desperdício dos meus talentos.

5

Mateo

Ivy parece chocada, depois indignada.

— Ele é inacreditável! — exclama enquanto o suposto Boney desaparece ao virar a esquina. Eu não prestei muita atenção no cara, mas ela age como se tivesse certeza que é ele. — Boney devia estar fazendo o discurso agora! — Os olhos dela se arregalam. — Ai, meu Deus. Será que ele renunciou? Será que eu sou a presidente agora? — Ela pega o celular e encara a tela. — Anda, Emily. Você estava me enchendo de mensagens há um minuto. Cadê você quando eu mais preciso?

— Talvez não fosse ele — sugiro.

— Ah, era ele — resmunga ela. — Inacreditável. O presidente não pode faltar às reuniões de classe. A presença é obrigatória. Isso está no regulamento da escola, ou estaria se eu tivesse sido eleita e o regulamento, aprovado. — Ela olha com raiva para o outro lado da rua e então começa a caminhar em passos largos, determinados. — Andem. Vamos ver pra onde ele vai.

— Isso faz diferença? — pergunto, mas é inútil. É nítido que faz diferença para ela.

Torço para o cara ter sumido de vista quando virarmos a esquina, mas não damos essa sorte. Nós o vemos na mesma hora e, deste ângulo, é inegável que Ivy tem razão — não resta dúvida de que é Boney, com o celular na mão e uma mochila pendurada no ombro. Seguimos no seu rastro por mais duas ruas até ele parar diante de um prédio de estilo industrial com uma porta verde chamativa. Ele mexe em alguma coisa do lado da porta, depois a puxa e entra.

— Espera. — Cal puxa o braço de Ivy quando ela tenta continuar a perseguição. — Não dá pra simplesmente entrar aí. Tem uma senha.

Ela pisca.

— Quê? Como você sabe?

— Então... esse prédio... — Cal passa a mão pelo cabelo, olhando para tudo menos para a gente. — Sabe aquela pessoa de quem falei antes, com quem estou saindo? O ateliê dela fica aqui.

— Ateliê? — pergunto. — Ela tem um ateliê?

— Bom, não é dela de verdade — explica Cal. — Um amigo aluga o espaço e deixa que ela trabalhe aí de vez em quando. O prédio está à venda, e os inquilinos deviam ter saído no mês passado, mas alguns continuam usando o espaço. — Ivy puxa o ar com força, e o olhar evasivo de Cal finalmente se foca nela. — Não faz essa cara de horrorizada. É uma bobagem. Está tudo bem.

— Impossível estar tudo *bem* — diz Ivy, franzindo a testa. — Se meu pai tivesse comprado esse prédio, ele com certeza ia se incomodar com uma ocupação dos antigos inquilinos.

Faz sentido, mas ela ignorou a questão principal.

— Cal — começo. — Essa garota não está na escola?

— Tecnicamente, não — responde ele.

— Ela está na faculdade? — pergunto, tentando não soar tão surpreso quanto me sinto.

Eu nunca imaginaria que Cal gosta de garotas mais velhas. Nem que garotas mais velhas gostam dele.

— Escuta, a gente pode só... — Cal olha ao redor de novo. — Na verdade, ela já deve estar chegando. Ela sempre vem às terças, às dez em ponto. É, tipo, uma rotina, porque ela diz que a luz fica perfeita nessa hora. E vai ser superchato se ela me encontrar.

— Por quê? — pergunta Ivy. — Ela conhece Boney? — Sua voz fica mais baixa, ganhando um tom pesaroso. — É tipo um triângulo amoroso?

— Não! — Cal balança a cabeça. — A gente pode só... ir embora? Visitar os pinguins? Devíamos ter começado por lá.

Ivy cruza os braços.

— Podemos ir depois que eu falar com Boney. Me diz a senha.

— Eu... eu não sei — diz Cal, olhando para trás. É uma mentira tão deslavada que nem eu acredito.

— Me diz a senha — repete Ivy. — Depois, você pode fugir e se esconder. Caso contrário, vou te obrigar a ficar parado aqui no meio da rua até sua namorada aparecer e as coisas ficarem, como você disse, *superchatas*.

Cal emite um som engasgado e resmunga:

— Cinco, oito, três, dois. — As palavras parecem arrancadas da sua garganta.

Depois, ele corre para um beco como se fosse um fugitivo, enquanto Ivy segue para a porta verde.

— Cal, que diabos foi isso? — Olho de um lado para o outro da rua, sem encontrar nenhuma garota misteriosa, antes de segui-lo. Se esta situação toda não fosse tão esquisita, eu riria ao vê-lo encolhido na alcova de uma porta. — Qual é o seu problema? Por que ela não pode ver você?

Cal lambe os lábios, nervoso.

— Não é bem isso. É mais uma questão de ela não poder ver você.

— Eu? — Agora estou completamente confuso. — Por que não?

— Nem a Ivy. Eu não devia ter dado a senha pra ela. Não pensei direito.

— Cal, isso não está fazendo sentido. — Então outro pensamento surge na minha cabeça, rápido e desagradável. — Merda, é verdade. Você *não* devia ter dado a senha pra ela. É uma péssima ideia deixar Ivy falar com Boney agora.

Boney tem a reputação de ser um cara tranquilo, mas também tem um gênio ruim. Já o vi explodindo com algumas pessoas, e parece que Ivy estava esperando por uma desculpa para confrontá-lo.

Ontem, depois que anunciaram o resultado da eleição, Ivy passou por mim e pela minha ex-namorada, Carmen, no corredor.

— Fico preocupada com essa menina — disse Carmen, indicando Ivy com a cabeça. — Ela parece tão estressada. Espero que tenha um jeito de descontar esse nervosismo todo.

Carmen e eu ainda somos amigos, porque nosso término foi quase tão tranquilo quanto contei para Cal e Ivy. Tirando que, quando Carmen disse que a gente devia terminar, fiquei com a sensação de que ela preferia que eu argumentasse contra a ideia. E eu queria fazer isso. Mas não fiz, porque, como Autumn gosta de dizer, *sou incapaz de lidar com o menor sinal de rejeição.*

Que seja. Ninguém gosta de ser rejeitado. Isso é indiscutível.

Deixo o pensamento de lado e me concentro no problema atual: o fato de que Cal e eu estamos escondidos em um beco, sendo inúteis, enquanto Ivy e Boney devem estar tendo uma briga épica no meio de um prédio abandonado.

— É melhor eu ir atrás dela — digo para Cal, e começo a seguir para a rua. Ele não se mexe, e me viro de novo, irritado. — Anda. Eu vou entrar, e Ivy já está lá dentro, então supera logo esse seu medo esquisito, seja lá qual for.

Eu me viro sem esperar para ver se ele vem junto e fico um pouco surpreso quando noto sua presença ao meu lado. Também fico feliz, porque já esqueci a senha. A rua continua deserta, sem ninguém aparecer enquanto Cal aperta 5-8-3-2 no teclado ao lado da porta.

Não escuto nenhum barulho, mas, quando Cal gira a maçaneta, a porta abre. Entramos em um corredor mais iluminado do que eu esperava, graças a uma claraboia no teto. As paredes são brancas, o piso é de madeira e está um pouco arranhado. Há duas escadas, uma de cada lado, e o silêncio reina tão completo que consigo escutar minha própria respiração.

— Ivy? — chamo. — Cadê você?

Por alguns segundos, não escuto nada além do silêncio. Então a voz de Ivy — tão aguda e fina que mal a reconheço — vem de algum lugar do topo, à esquerda.

— Aqui em cima — diz ela.

— Está tudo bem? — pergunto, começando a subir a escada do lado esquerdo, seguido por Cal.

— Não sei — responde ela na mesma voz, e agora reconheço o tom.

Ela está com medo.

Acelero o passo, subindo dois degraus por vez.

— Em que andar você está? — grito.

— Não sei — repete ela.

Meu coração está disparado, tanto de cansaço quanto de preocupação, e começo a me preparar para o pior quando chego ao quarto andar e a encontro parada na frente de uma porta. Sozinha e, pelo que consigo ver, completamente bem.

Eu me apoio na parede para recuperar o fôlego. Estamos em um corredor comprido, com várias portas nos dois lados, todas fechadas, exceto pela que está diante de Ivy.

— Ivy, mas que porra foi essa? — arfo enquanto Cal ainda sobe a escada, dois andares abaixo. — Você me deixou apavorado. Cadê o Boney?

— Acho... — Ela continua encarando o cômodo adiante, agarrada ao batente como se precisasse de apoio. — Acho que ele está ali.

— Onde?

Vou até o lado dela e olho para a sala. A princípio, só noto as janelas grandes, as estantes embutidas e uma mesa comprida, tomada por papel, lápis e pincéis. Há cavaletes espalhados pelo espaço, alguns sustentando desenhos inacabados. Com certeza é um ateliê, e com certeza foi usado recentemente, apesar da ordem de evacuar o prédio.

E então sigo o olhar de Ivy até um par de tênis roxo-fluorescentes saindo de trás de um armário grande com rodinhas. Alguém está deitado ali, completamente imóvel e silencioso.

Nem sinal de movimento, em lugar nenhum.

Pigarreio e chamo:

— Boney?

Não há resposta, não há nenhum som exceto o barulho fraco de sirenes ao longe. Boney estava usando tênis roxos? Não lembro; tento imaginá-lo na rua, mas só me vêm à mente sua camisa tie-dye e sua mochila. Nada disso é visível daqui.

— Aqueles são os... — começo a perguntar para Ivy.

Então algo empurra meu braço. Eu me viro com um punho em riste, pronto para dar um soco, mas é só Cal na ponta dos pés, atrás de mim, tentando enxergar. Ele cambaleia para trás, erguendo as mãos em um sinal de paz, e pergunta:

— O que houve?

— Tem alguém aqui. Alguém que... — Não sei como terminar a frase. Dou alguns passos para dentro da sala, para Cal conseguir enxergar a cena, depois me viro e olho para Ivy. — Você não chegou mais perto do que isso?

— Não. — Finalmente ela descongela, se aproximando de mim e retorcendo as mãos. — Fiquei com medo de... Eu não sabia se havia mais alguém aqui ou...

— Você viu mais alguém? — pergunto.

O som das sirenes aumenta.

Ivy nega com a cabeça. Suas bochechas perdem o tom pálido e seus ombros se empertigam enquanto ela segue na direção dos tênis.

— Não sei por que fiquei tão assustada, eu só...

Então ela arfa, fica imóvel e desaba no chão.

Por um segundo, fico tão chocado que não reajo. Então grito:

— Ivy! — Corro até ela, caindo de joelhos e puxando seu corpo inerte para perto de mim. Levo a mão ao seu pescoço e viro seu rosto para mim para verificar sua pulsação e sua respiração, meu coração disparado. Os dois estão normais, mas seus olhos continuam fechados, e ela é um peso morto nos meus braços. — Ivy — repito, como se existisse alguma chance de ela responder. — Mas que porra foi essa?

Olho para o armário, me perguntando se ela desmaiou de choque ao encontrar um cadáver, mas ainda não consigo enxergar nada além dos tênis roxos.

Cal se agacha ao meu lado e aponta.

— Acho que foi aquilo.

Sigo seu olhar e quase rio, apesar de não haver nada engraçado na situação. Uma seringa está caída no chão a alguns metros de nós, pontuda e com uma aparência letal. Meu coração começa a voltar ao ritmo normal enquanto digo:

— Acho que certa pessoa continua desmaiando sempre que vê uma agulha, né? — Olho além da seringa e vejo um celular embaixo de um cavalete próximo. — Pega o celular da Ivy, por favor?

Cal faz isso e o guarda no bolso, pálido.

— Mateo, está escutando?

— Escutando o quê? — pergunto, segundos antes de me dar conta de que o som das sirenes está mais alto do que nunca. De repente, parece que elas estão em cima de nós.

— Tem alguma coisa estranha. Alguma coisa está errada. — Cal praticamente vibra, quicando com a ansiedade alimentada pela adrenalina.

Não acredito que preciso dizer isto enquanto seguro uma Ivy desmaiada e me afasto de um cara que pode estar morto, mas:

— Alguma coisa está errada pra caralho aqui, Cal.

Ele me ignora, seguindo para as janelas grandes e olhando para baixo.

— As viaturas estão estacionando — relata. — Bem na frente do prédio. Como a polícia sabia que tinha que vir pra cá? Será que Ivy ligou pra emergência?

— Acho que não. Ela teria dito alguma coisa — respondo.

— Será que a polícia sabe a senha da porta?

O som de vidro quebrando nos faz saltar. Cal esfrega a boca com a mão.

— Acho que vão entrar de outro jeito — comenta ele. Mais vidro é quebrado, e vozes abafadas chegam aos nossos ouvidos.

— Alguém vai aparecer aqui a qualquer instante.

— Cara, o que... — Olho de Cal para a seringa. — O que está acontecendo? Que porra a gente faz?

Os olhos de Cal estão tão arregalados que ocupam metade do seu rosto.

— Acho que a gente devia ir embora — diz ele.

Agora eu rio mesmo, um som baixo e incrédulo.

— Que ótima ideia. A gente pode dar um tchauzinho pros policiais enquanto passamos com uma garota desmaiada e deixamos o coitado do...

Não consigo dizer o nome de Boney. *Talvez nem seja ele*, penso. *Talvez seja um artista sofrido que teve uma overdose e...* o que, exatamente? Jogou a seringa para longe antes de perder a consciência?

— Deixamos esse coitado pra trás — concluo.

Já estive no mesmo ambiente que uma pessoa morta. Foi meu tio-avô Hector. Ele tinha 84 anos e estava tão doente que fizemos a viagem até o Bronx quando eu tinha nove anos para "nos despedirmos", como minha mãe explicou. Tio Hector estava na cama, segurando um terço. E então, de repente, sua imobilidade ganhou um ar diferente. Mesmo estando do outro lado do quarto, eu notei, e minha mãe também. Ela colocou a mão no meu ombro, me apertou e disse:

— Foi muito tranquilo.

Não tem nada de tranquilo na minha situação atual.

— A gente não precisa passar pela polícia — diz Cal. — Tem uma escada nos fundos, do outro lado do corredor. Ela dá em um beco atrás do prédio. Em outra rua.

Essa parece a melhor e a pior ideia que já ouvi. Meu cérebro não está funcionando direito, e bem que eu queria que Ivy acordasse e pensasse por nós.

— Tá bom, mas... nós não devíamos contar a eles o que vimos? — pergunto.

— Tipo o quê? Um par de tênis e uma seringa? Eles vão encontrar as mesmas coisas. Se a pessoa que estiver ali puder ser ajudada... — Cal volta para a entrada da sala e para na porta, sua voz se tornando quase um sussurro. — Eles vão ajudar. Nós não podemos fazer nada. Só vamos arrumar um problema gigantesco, porque *não devíamos estar aqui.*

E, com isso, ele vai embora.

Hesito por um segundo, olhando do rosto de Ivy para os malditos tênis roxos, até as vozes abaixo de mim começarem a ficar altas demais. Penso no que pode acontecer se eu não sair daqui. Não fiz nada de errado, mas, ao contrário de Cal, não posso me dar ao luxo de contar com a possibilidade de a polícia acreditar em mim. Se eu for encontrado deste jeito — segurando uma garota inconsciente, na mesma sala em que alguém talvez tenha acabado de morrer —, vou acabar sendo preso, ou pior. Mesmo que isso não aconteça, a última coisa de que preciso são policiais investigando minha vida, me interrogando.

Ou a minha família.

Meus olhos param na seringa, e tomo uma decisão. Cal está certo: não podemos fazer nada além de salvar nossa pele. Puxo Ivy um pouco mais para cima nos meus braços e saio correndo atrás dele, rumo à escada dos fundos, indo o mais rápido e fazendo o máximo de silêncio possível.

6

Cal

No ateliê, todo o meu ser tinha um único objetivo simples: *fugir.* Então, quando saio correndo pela porta dos fundos para uma rua deserta sem policiais nem outras pessoas à vista, sou inundado pelo alívio.

Por uns cinco segundos. Depois, a única coisa em que consigo pensar é *E agora?* Mateo vem em disparada pela porta, ainda carregando uma Ivy desmaiada. O estacionamento fica a quase um quilômetro daqui e Boney... Nossa.

Boney Mahoney pode ter morrido lá.

Conheço Boney desde o maternal, tempo suficiente para me lembrar de como ele ganhou esse apelido ridículo. Foi no terceiro ano, quando todos tínhamos cubículos etiquetados com nossos nomes numa estante na sala de aula. Nós mesmos fizemos as etiquetas, escrevendo com canetinhas em cartolina colorida. Um dia, Kaitlyn Taylor tropeçou enquanto segurava um copo com água, jogando o líquido na etiqueta de Boney, que dizia *Brian Mahoney.* A canetinha manchou tanto que só dava para ler a inicial do seu primeiro nome e o final do sobrenome.

Depois disso, todo mundo começou a chamá-lo de B. Oney, que naturalmente se transformou em Boney, e o apelido pegou.

Além das perguntas dele sobre meus pais, a conversa mais longa que tivemos foi na festa de aniversário de Kenny Chu no sexto ano, em um salão com muro de escalada. Foi a única festa para a qual tanto eu quanto Boney fomos convidados, porque a mãe de Kenny o obrigou a chamar todos os meninos da turma. Nós dois estávamos parados em um dos tapetes fofos, esperando nossa vez, quando Boney olhou ao redor e perguntou:

— Por que será que existem salões de festa com muros de escalada, mas não com árvores pra escalar?

Eu nunca tinha pensado nisso antes.

— Talvez porque seja difícil fazer as árvores crescerem dentro do salão — respondi.

— Daria pra montar árvores de mentira. Não é como se isso aí fosse feito de pedra — argumentou Boney.

— É verdade — falei. — Alguém devia fazer isso.

Ele apontou um dedo para mim, estreitando os olhos.

— Se você inventar isso quando crescer e ficar milionário, quero metade do dinheiro.

Não foi uma declaração surpreendente. Boney vivia pensando em formas de ficar rico. No sexto ano, ele era conhecido por comprar doces baratos e revender no almoço por um valor muito maior. E eu comprava, é óbvio, porque eram doces.

Quando entramos no ensino médio, ele já tinha se transformado no Boney maconheiro matador de aula, e eu quase nunca pensava nele. Quase me esqueci do Boney jovem empreendedor, com suas casas de festa com árvores para escalar e doces caros. Meus olhos ardem, e pisco com mais força.

Mateo se apoia na lateral do prédio com Ivy aconchegada contra seu peito e me encara como se esperasse que eu tivesse algum plano além de sair correndo pela porta dos fundos. Não tenho. Toda a proatividade que demonstrei lá em cima desapareceu em um piscar de olhos. A única decisão que sou capaz de tomar agora é se vou vomitar ou desmaiar. As duas opções parecem boas, mas meu estômago escolhe por mim. Ele se contrai, e me inclino para vomitar em um trecho de grama.

— Então tá — diz Mateo quando me empertigo e seco a boca com a mão trêmula. — A gente precisa se recompor.

Ele exibe a expressão do Mateo Compenetrado de que me lembro no fim da nossa amizade, quando o pai dele foi embora para "se encontrar" como *roadie* de uma banda cover do Grateful Dead. Era como se Mateo finalmente tivesse se dado conta de que metade da sua vida era responsabilidade de uma pessoa inútil, então ele teria que tomar as rédeas da situação e... Ah. Ah, entendi. Eu me tornei a pessoa inútil que Mateo precisa compensar, e reconheço e aceito isso em um segundo. É um alívio, na verdade. A única coisa que quero agora é seguir as instruções de alguém por um tempo.

Mateo caminha pela calçada, ainda com Ivy no colo, e olha para os dois lados da rua deserta. Um motor berra de repente, perto demais para nossa paz de espírito, e mal temos tempo de trocar um olhar apavorado antes de um carro virar a esquina. Mas é só um cara no celular, que nem olha para nós enquanto passa. Assim que ele desaparece, Mateo volta a se mexer, quase correndo até o outro lado da rua antes de se enfiar num beco entre dois prédios. Eu vou atrás, nervoso, em choque demais para fazer perguntas enquanto ele serpenteia pela passagem estreita.

É bom me movimentar. Quando me concentro em colocar um pé na frente do outro, não preciso pensar no que aconteceu. Não apenas no prédio, mas *literalmente no ateliê* de Lara. Seu último desenho estava inacabado no cavalete mais próximo, como se ela tivesse acabado de sair da sala. E Lara devia mesmo estar ali numa manhã de terça. É seu único dia de folga, sua melhor oportunidade para criar, e ela sempre diz que não consegue se concentrar em casa.

Então por que ela não estava lá?

E por que Boney estava? Porque com certeza era Boney, né? Apesar de nenhum de nós ter tido coragem de olhar além dos tênis, nós o vimos entrar.

Mas nunca o vimos sair.

Meu estômago começa a embrulhar de novo, e forço minha atenção de volta para a calçada à minha frente. Tenho presença de espírito suficiente para ficar com medo de encontrarmos alguém que estranhe o fato de Mateo estar carregando uma garota desmaiada. Parece o mínimo que um adulto responsável faria durante uma manhã na cidade grande, porém a única pessoa por quem passamos é um velho bêbado caído no canto de um prédio.

Mateo vira outra esquina e então para diante de uma porta grande de metal.

— As chaves estão no meu bolso direito — diz ele. — Pega pra mim?

— Eu... Quê?

— Pega minhas chaves — repete ele, sua voz beirando a impaciência. — Estou com as mãos um pouco ocupadas.

— Eu sei, mas... onde a gente está?

— No Garrett's — responde ele. — Porta dos fundos. Eles só abrem às cinco, então deve estar vazio agora.

Paro de fazer perguntas e pego as chaves o mais rápido possível.

— É a grande, redonda — explica Mateo.

Encontro a chave certa e a enfio na fechadura com as mãos trêmulas. Ela vira com facilidade, e puxo a porta pesada enquanto o som de sirenes recomeça. Tomo um susto tão grande que teria deixado as chaves caírem se elas não estivessem presas à porta. Mateo entra com Ivy e eu o sigo, batendo a porta atrás de mim.

Estamos em uma sala escura, com cheiro de mofo, cheia de pilhas altas de caixas de papelão e barris de chope que parecem vazios. Há apenas uma outra porta além da que usamos para entrar, que leva a uma escadinha. Sigo Mateo para o andar de cima e chego a um salão preenchido por um bar de um lado e duas mesas de sinuca do outro. Uma das paredes é cheia de janelas, mas foram cobertas por cortinas que só permitem a entrada de uma luz fraca, amarelada. As mesas mais próximas delas têm bancos estofados com um pano vermelho desbotado, e é lá que Mateo finalmente apoia Ivy.

Assim que a solta, ele balança os braços e gira o pescoço e os ombros algumas vezes, e então cuidadosamente ajeita a barra da saia dela, que subiu durante a transferência. Ivy resmunga alguma coisa, mas não desperta.

— Ela… não devia ter acordado a esta altura? — pergunto.

A última vez que vi Ivy desmaiar por causa de sua fobia de agulhas foi no oitavo ano, quando alguém encontrou uma seringa jogada no campo de futebol da escola e começou a exibi-la durante a aula de educação física. Minha memória daquela época não é das melhores, mas tenho quase certeza de que ela acordou em poucos minutos.

— Sei lá — responde Mateo. — Ela estava bem assustada. — Ele se inclina sobre ela, pressionando a ponta dos dedos na lateral do seu pescoço. — A pulsação parece normal, a respiração também. Talvez ela só precise de mais um tempinho.

— Você sabe como é a Ivy — digo. — Ela deve estar precisando de um descanso.

Mateo abre um sorriso apertado para minha piada boba. Na época em que a gente andava com Ivy, ela nunca dormia mais de cinco horas por noite. Eu ia para a cama e ouvia suas mensagens chegando, depois encontrava várias outras quando acordava no dia seguinte. Agora que penso nisso, sinto um pouco de saudade das informações esquisitas e aleatórias que Ivy descobria enquanto todo mundo dormia.

Você sabia que o trajeto até o espaço só leva uma hora?

EXISTEM GOLFINHOS COR-DE-ROSA (link do YouTube)

Cal, você precisa arrumar um amigo pro Gilbert. Na Suíça, é ilegal ter só um porquinho-da-índia, porque eles se sentem solitários.

Ivy tinha razão sobre Gilbert. Meu porquinho-da-índia ficou muito mais feliz depois que meus pais me deixaram comprar outro. Mas então George morreu, e Gilbert ficou tão arrasado que morreu três dias depois. Pois é, não sei se foi uma boa ideia, no fim das contas.

Olho ao redor do salão escuro, mordendo o interior da bochecha, nervoso. Nunca entrei em um bar antes, e esse é o tipo de coisa que eu mencionaria em circunstâncias diferentes.

— Então é aqui que você trabalha?

— É — responde Mateo. — O dono só costuma aparecer às duas, então acho que não vamos ter problemas por um tempo.

Ele vai até o bar e se abaixa atrás do balcão, pegando dois copos e os enchendo em uma pia pequena. Ele me entrega um e se senta a uma mesa perto de Ivy. Eu me sento na cadeira diante da sua e tomo um gole demorado. Minha boca fica com um gosto levemente menos péssimo quando termino.

— Você está bem? — pergunta Mateo.

— Não sei — respondo em um tom fraco. — E você?

— Igual. — Mateo balança a cabeça, depois toma metade da água em um gole. — Foi um pesadelo aquilo lá.

— Pois é. — Esfrego a boca com a mão. — Não era bem o que eu pretendia quando sugeri que a gente recriasse o Dia Mais Feliz da Vida.

— Seria melhor se a gente tivesse ido pra merda do aquário — diz Mateo.

Não consigo evitar: apesar de tudo que aconteceu, solto uma risada. Ela soa meio histérica, sem dúvida, mas é melhor do que chorar.

— Realmente — concordo.

Então a expressão de Mateo muda. Ela continua tensa, porém mais focada, como se ele estivesse se preparando para analisar as profundezas do meu cérebro. É um olhar que me lembro de ver no rosto de sua mãe — o que é irônico, porque ele sempre detestou quando ela o encarava desse jeito.

Sei exatamente o que está por vir.

— Cal — diz ele. — Quem é a garota?

— Hein? — Bebo minha água, enrolando.

— Sua amiga. A que trabalha lá. — O tom de Mateo se torna mais irritado quando meu copo esvazia pela metade e continuo bebendo, tendo o cuidado de evitar seu olhar. — Por acaso aquele era o ateliê dela?

— Era. — A palavra escapa antes de eu conseguir me controlar. *Droga*. Não posso falar a primeira coisa que vier na minha cabeça. Preciso pensar. E preciso falar com Lara. Pego meu celular enquanto acrescento: — Mas ela não estava lá.

— Só porque a gente não viu ninguém não significa que ela não estivesse lá — argumenta Mateo, e eu queria que, pela primeira vez na vida, ele parasse de ser tão racional. — Você disse que ela vai todas as terças, né?

— Normalmente.

Meus dedos correm pelo celular enquanto disparo uma mensagem para Lara.

Você está no ateliê?

— Então por que ela não estaria lá hoje? — pergunta ele.

— Não sei. — Encaro o aparelho, desejando que ela responda o mais rápido possível, e meu coração dá um salto quando pontos cinza aparecem.

Não, hoje não deu pra ir.

Solto o ar devagar. Fico muito aliviado com a resposta, mas... *Por que não?*, mando de volta.

Resolvi fazer aula de cerâmica! Mais pontos cinza, e então surge a imagem de uma tigela verde esmaltada ao lado de uma fornalha.

O alívio toma conta de mim por alguns segundos maravilhosos, mas desaparece quase que com a mesma rapidez.

Porque isso não explica o motivo para Boney... ou seja lá quem fosse... estar lá.

Só que não posso perguntar isso por mensagem. *Preciso conversar com você*, digito. *Agora. Ao vivo.* Ela não responde de imediato, então acrescento: *É urgente.*

— Cal — diz Mateo. Quando olho para cima, ele ainda exibe aquela expressão que diz *Vou tirar um raio x do seu cérebro.* — Você está falando com ela?

— Estou. Ela disse que não foi hoje. — Sei que isso não vai impedir outras perguntas que ainda não posso responder, então olho ao redor do bar em busca de alguma distração. Há uma televisão grande presa à parede à esquerda, e aponto para ela.

— Ei, podemos ligar a TV? — pergunto. — Talvez o jornal fale sobre o que aconteceu, seja lá o que foi.

Mateo me lança um olhar que diz *Ainda não acabamos essa conversa* — também herdado de sua mãe —, mas se levanta.

— É, podemos. Dá uma olhada no seu celular também.

Ele vai até o bar, esticando a mão até uma prateleira na parede para pegar o controle remoto. Estou nervoso demais para entrar no Boston.com enquanto ele liga a tela. Por algum motivo, parece melhor as notícias chegarem até mim do que eu ir atrás delas.

A tela ganha vida com um volume alto demais, e nós dois nos encolhemos até Mateo diminuir o som. Está ligada no canal local de esportes, então Mateo clica até um cara de camisa e gravata surgir com a palavra *Urgente* passando abaixo dele em vermelho.

— Ele está na frente do prédio dos ateliês — reconhece Mateo, voltando para nossa mesa com os olhos grudados na televisão.

Meu coração dispara. Por algum motivo, ver o prédio na tela torna este pesadelo muito mais real.

— Merda. Você acha que...

— Shhh — diz Mateo, aumentando um pouco o volume.

— ... os policiais estão investigando a denúncia que eles e os produtores aqui do *Alerta Hawkins* receberam pouco antes da descoberta do corpo de um jovem não identificado neste prédio — diz o repórter.

Ai, meu Deus. *Corpo.*

A palavra me acerta como um soco na barriga. Desde que saímos do ateliê da Lara, estou dizendo para mim mesmo que não temos certeza do que vimos. Talvez aquele cara só estivesse desmaiado ou dormindo. Pregando uma peça. Nenhuma dessas possibilidades fazia muito sentido, mas me agarrei a elas mesmo assim.

— Então isso significa... Se nós vimos... Se o corpo era do...

— Minha garganta fecha no nome de Boney, se recusando a pronunciá-lo.

— Não identificado — acrescenta Mateo rápido. Mas as palavras não parecem reconfortá-lo.

O repórter encara a câmera.

— A testemunha anônima afirmou ter visto uma mulher jovem e loura injetar o líquido de uma seringa no homem, que imediatamente perdeu a consciência — continua ele. — As câmeras de vigilância do prédio, que está desocupado no momento, foram desligadas, então a polícia pede que o público entre em contato com quaisquer informações relacionadas a uma mulher loura, descrita como bonita e na casa dos vinte e poucos anos, que poderia estar na região durante esse momento.

Duas coisas acontecem ao mesmo tempo. Mateo pausa a televisão, congelando o rosto do repórter na tela, e um som de surpresa vem da minha direita. Quando me viro, Ivy está sentada, com a mão no peito e o rabo de cavalo claro caindo sobre um dos ombros. Ela olha para mim, depois para Mateo, depois para o banco em que estava desmaiada desde que chegamos.

— O. Que. Está. *Acontecendo?* — questiona ela.

7

Ivy

A princípio, não faço ideia de onde estamos. Não consigo me lembrar de nada além de ter saído da escola hoje cedo com Cal e Mateo. Os dois me encaram como se eu tivesse duas cabeças — o que seria péssimo, já que a primeira está latejando bastante.

E então, em um turbilhão que me dá vontade de vomitar, eu me lembro de *tudo*.

— Ai, meu Deus. — Levanto com um pulo, o coração na boca. — O que foi que... Por que nós... *Onde* a gente está? — Olho ao redor, enlouquecida, até meus olhos encontrarem uma parede cheia de placas fluorescentes de cerveja. Tenho certeza de que eu saberia se já tivesse vindo aqui antes. — Que lugar é este?

— Fique sentada antes que você desmaie de novo. Vou pegar uma água pra você — diz Mateo.

Começo a argumentar que estou bem, mas me sinto zonza demais para conseguir fazer isso. Desabo no banco atrás de mim, e Mateo segue para uma bancada. Um *bar*, percebo, enquanto ele levanta uma tábua de madeira para passar. Nós estamos em um bar. Um bar por onde Mateo circula com facilidade.

— Aqui é o Garrett's? — pergunto.

Cal, que permaneceu sentado em silêncio o tempo todo, abre um sorrisinho torto para mim.

— Ótimo, seu cérebro continua funcionando. Que boa notícia. Você lembra por que desmaiou?

— Vi uma seringa — digo, estremecendo. — Olhei pra ela antes de conseguir...

— Aqui. — Mateo se acomoda diante de mim e coloca um copo com água entre nós. — Bebe primeiro. Não precisa ter pressa.

Faço isso, em parte porque estou morrendo de sede, em parte porque é legal, neste momento específico, sentir que alguém toma conta de mim. Só que tenho perguntas demais enchendo meu cérebro para permanecer calada por muito tempo. E as expressões sérias nos rostos de Mateo e Cal me obrigam a fazer a principal.

— O que aconteceu com o cara no chão? — questiono.

Os dois garotos trocam um olhar.

— A gente não sabe, na verdade — responde Cal. Mateo pega meu copo vazio, tira outros dois de uma mesa próxima e leva tudo de volta para o bar. — Não deu tempo de ver. Depois que você desmaiou, as coisas ficaram complicadas. Bom, mais complicadas.

— Mais complicadas? — repito. — Como?

Cal tamborila os dedos na mesa diante dele.

— A polícia apareceu, tipo, do nada, com as sirenes ligadas. Quando a gente viu, estavam arrombando a porta, subindo as escadas, e aí... você sabe. — Ele passa um dedo por baixo da gola da camisa e a afasta do pescoço. — Chegamos à conclusão

de que os policiais estavam com a situação sob controle, então...
fomos embora.

Eu pisco.

— Vocês foram embora — repito.

— É. — Cal lambe os lábios. Ele está pálido feito um fantasma, destacando ainda mais as sardas claras sobre seu nariz e suas bochechas. — Pela porta dos fundos.

Não consigo me conter. Me levanto de novo e começo a andar de um lado para o outro pelo piso de madeira arranhado.

— Vocês não falaram com a polícia antes? — pergunto.

— Não — responde Cal.

— Deixa eu ver se entendi. — Minha voz fica mais alta. — Você está me dizendo que os dois resolveram *fugir de uma cena de crime?* — Cal apenas lambe os lábios de novo, e me viro para Mateo. Ele está com os antebraços apoiados no balcão, parecendo um bartender que já viu de tudo na vida, pronto para escutar qualquer história triste que eu queira contar. — Como isso pareceu uma boa ideia?

O maxilar de Mateo pulsa.

— Escuta, foi uma situação intensa. Os policiais estavam vindo, e a gente não conseguia entender por quê. Precisamos tomar uma decisão rápido, e éramos os únicos que *ainda estávamos conscientes* para fazer isso. Sinto muito se não foi a escolha que você faria, mas não dava pra gente te perguntar.

Estou pronta para discutir, mas fico quieta quando encontro seu olhar tenso e me dou conta de que não estou sendo justa. No ensino fundamental, quando nós três costumávamos zanzar pelo Shopping Carlton, Mateo era o único que os seguranças seguiam. Uma vez, um guarda chegou a revistar sua mochila.

Mateo simplesmente ficou parado, esperando em silêncio e com uma expressão séria, enquanto o homem tirava lá de dentro cadernos gastos, canetas, um monte de fones de ouvido emaranhados e um moletom, antes de devolver tudo sem nem pedir desculpas. Então consigo entender — antes tarde do que nunca — por que ele não quis ficar no ateliê. Mesmo assim, não consigo parar de andar, percorrendo um caminho agitado entre a mesa de Cal e o bar.

— Tá, mas a gente devia pelo menos contar pra alguém que vimos Boney entrar...

Então fico quieta, porque estou diante do bar e é impossível não ver a maneira como os ombros de Mateo tensionam quando menciono o nome de Boney. Toda a energia do meu nervosismo desaparece na mesma hora e é substituída pelos tentáculos frios do medo.

— O que houve? — pergunto.

— O cara que a gente viu... — Mateo engole em seco. — Seja lá quem for, ele morreu.

É como se o chão desaparecesse sob meus pés. Desabo sobre o balcão, agarrando as bordas, me forçando a permanecer de pé.

— Era Boney.

— Como você sabe? — pergunta Mateo.

— Os tênis — respondo com ar decisivo. — Eram dele.

Quando eu estava paralisada diante da porta, não tive certeza. Mas agora, pensando em Boney subindo no palco do auditório para nosso debate na semana passada... eu tenho. Lembro de ter um vislumbre de roxo-fluorescente nos pés dele, lembro do quanto isso me irritou. A parte mais maldosa de mim — a parte que sabia que eu perderia a eleição e que perderia de lavada — se perguntou: *Por que tudo nele precisa ser tão chamativo?*

Eu estava tão furiosa com Boney ontem e hoje de manhã. Quando o vi entrando no prédio, fiquei louca para lhe dar um esporro. Um discurso inteiro se formou na minha mente enquanto eu atravessava a rua em disparada, e não haveria necessidade de consultar anotações dessa vez. Enterro a cabeça entre os braços, pressionando a testa quente contra o bar gelado por alguns segundos de escuridão reconfortante.

Mas levanto a cabeça assim que sinto a mão de Mateo no meu cotovelo. Não posso chorar, porque, se eu começar agora, não sei quando vou parar. E algum instinto lá no fundo me diz para engolir as lágrimas, me incentivando a manter a cabeça no lugar.

— Ivy — chama Mateo em um tom gentil, e me retraio como se ele tivesse gritado comigo.

Não. Não posso aceitar nenhum tipo de carinho de Mateo agora. Isso só me causaria um colapso nervoso.

— Como vocês sabem? — Minha voz sai grossa ao atravessar o bolo na minha garganta, e preciso engolir algumas vezes até ela voltar ao normal. — Como vocês sabem que ele morreu?

— A gente viu... — Mateo gesticula para algo acima da minha cabeça e eu me viro.

Pela primeira vez, noto a televisão no canto, e preciso olhar duas vezes quando vejo um rosto conhecido pausado na tela.

— Por que vocês estão assistindo ao Dale Hawkins? — pergunto.

Mateo passa por baixo da porta do bar e segue para a mesa à qual Cal está sentado.

— É assim que esse cara se chama? — pergunta ele.

— É — digo, seguindo-o. — Meus pais o conhecem. Eu também, mais ou menos. Já nos encontramos em alguns eventos de caridade.

Dale era repórter de uma das emissoras de Boston, mas, depois de uma briga por contrato, ele foi trabalhar para um canal de tevê por assinatura e começou seu próprio noticiário — apesar de, na opinião do meu pai, Dale usar o termo "noticiário" de um jeito muito abrangente. "Está mais para um infoentretenimento sensacionalista", sempre diz ele.

Talvez sua opinião não seja das mais imparciais. Dale fez algumas matérias desagradáveis sobre o trabalho do meu pai, sempre seguindo a linha *Figurões corporativos arruínam negócios locais*. "As histórias nunca se aprofundam", reclama meu pai. "Toda vez aquele hipócrita prefere o sentimentalismo." Ele fica fulo da vida sempre que lembra que Dale Hawkins, que também mora em Carlton, demoliu um bangalô antigo para construir sua gigantesca mansão de mau gosto.

A imagem na tela parece familiar. Sempre que apresenta uma matéria sobre a Imóveis Shepard, Dale surge diante de um prédio dilapidado com aquele mesmo olhar cheio de preocupação. Mas o grafite sobre seu ombro direito e a porta verde às suas costas me deixam paralisada. É o prédio onde estávamos.

Meu nervosismo volta com tudo antes mesmo de Mateo confirmar:

— Ele está falando sobre o que aconteceu no ateliê. — Ele pega um controle remoto e aponta para a televisão. — Calma. Preciso voltar.

Após alguns segundos, Dale Hawkins ganha vida, sua expressão séria enquanto ele relata:

— Estamos ao vivo de uma região industrial tranquila ao norte de Faneuil Hall, que foi palco de uma tragédia preocupante e misteriosa nesta manhã.

Eu, Mateo e Cal assistimos à reportagem em silêncio, até chegarmos à parte em que Dale diz: *A polícia pede que o público entre em contato com quaisquer informações relacionadas a uma mulher loura, descrita como bonita e na casa dos vinte e poucos anos, que poderia estar na região durante esse momento.* Então Mateo pausa o vídeo de novo.

— Só chegamos até aqui antes de você acordar — informa.

— Tá bom — digo, me perguntando se estou imaginando a maneira como seus olhos parecem focar no meu cabelo. — Continua.

Não há muitas informações além do que já foi dito. Dale Hawkins apenas recita números de telefone antes de se despedir da câmera com o olhar ridiculamente intenso e demorado pelo qual é conhecido. Passamos alguns segundos em silêncio até Mateo decidir atestar o óbvio.

— Então. Mulher loura.

Torço meu rabo de cavalo por cima do ombro, passando a ponta pelos dedos. Os dois garotos ficam em silêncio, esperando que eu fale.

— Ele não deve estar falando... ele não pode estar falando de mim, né? — pergunto, por fim. Nenhum dos dois responde. — Eu não tenho vinte e poucos anos — argumento, olhando da expressão nervosa de Cal para a indecifrável de Mateo.

Odeio como é impossível interpretá-lo. Agora ele poderia estar concordando que me encaixo na descrição ou pensando que *bonita* é forçar muito a barra. É um pensamento tão absurdo que me dou um tabefe mental.

Mateo dá de ombros.

— Muita gente não consegue distinguir idade.

— É, mas... — As palavras de Dale se repetem no meu cérebro sem parar. — Mesmo que alguém tenha me visto na porta, não podem ter achado que *injetei* algo em Boney. Eu nem cheguei perto dele.

De repente, mais tarde do que deveria, me sinto extremamente grata por Mateo e Cal terem me tirado de lá antes que os policiais chegassem. Não me lembro de nada útil, e se eu fosse encontrada naquela sala depois de uma denúncia como essa... Bem, ninguém veria graça na ironia horrível de ser interrogada sobre uma morte relacionada a drogas pouco antes da premiação da minha mãe.

— Talvez tenham visto você subir e se confundiram — sugere Mateo.

— Vocês acham... Será que Boney poderia ter feito aquilo consigo mesmo? Tipo uma overdose? — Cal esfrega uma têmpora e olha para mim. — Quer dizer, a gente acabou de falar sobre isso, né? Tem drogas em todo canto, até em Carlton.

— Mas nós não estamos *em* Carlton — argumento. — Por que Boney viria pra Boston às dez da manhã pra se drogar? Ele podia ter feito isso bem mais perto de casa.

Eu me viro para Mateo, para ver se ele concorda, mas seus olhos estão focados no chão.

— Você viu mais alguém no prédio? — pergunta ele em voz baixa.

Balanço a cabeça.

— Não.

— Escutou alguém? — insiste ele.

Estou prestes a responder *Não* de novo, mas então paro, pensando. Eu estava cheia de adrenalina quando entrei pela porta da frente, determinada a encontrar Boney e lhe dar uma bronca. Não havia como adivinhar onde ele estava, mas, de algum jeito, fui direto na sua direção. Como fiz isso? O que me fez virar à esquerda e subir quatro andares de escada?

— Talvez — respondo, puxando o rabo de cavalo com mais força. — Acho que escutei... *alguma coisa*. Um barulho que me levou lá para cima. Movimentos ou passos. — Minha memória se torna mais nítida; minha voz, mais decidida. — Era como se tivesse alguém lá.

— Que bom que você não encontrou ninguém — diz Mateo em um tom sério.

Um calafrio percorre minhas costas ao pensar nessas palavras. Olho para Cal, mas ele está com a cabeça baixa, olhando para o celular, e, de repente, meus pensamentos entram nos eixos e percebo algo que sempre foi óbvio.

— Calma aí — digo, minha voz tão afiada que ele olha para cima. — A tal garota. Que usa o ateliê. Ela é loura? — Cal empalidece, e quero bater na minha testa por não ter pensado nela antes. — É, né?

— Ela não estava lá — responde Cal, rápido.

— Ela. É. *Loura?* — pergunto, enfática.

Cal empalidece ainda mais. Chegamos a um nível de palidez nunca antes visto, e parece que só vai aumentar.

— Ela... Eu... Eu peguei seu celular — diz ele.

É uma tentativa óbvia de mudar de assunto, mas, mesmo assim, me pega desprevenida.

— Quê?

Cal revira o bolso e pega um iPhone em uma capa preta grossa.

— Você deixou cair quando desmaiou, mas encontramos. Aqui.

Pego o aparelho desconhecido com cuidado.

— Não é meu — digo, abrindo a bolsa e pegando meu próprio celular em sua capa xadrez rosé gold. — O meu está onde deixei. Então este é...

— Merda — xinga Mateo, tirando-o da minha mão. — Deve ser do Boney.

Cal engole em seco.

— Ou da pessoa que o matou.

Nós encaramos o celular em silêncio por um instante.

— Isso aí é... isso aí é uma prova — digo, hesitante. — Precisamos devolver.

Mateo franze o cenho.

— Pra cena do crime? Como vamos fazer isso?

— Talvez a gente possa... mandar por correio, talvez? Com um bilhete? — sugiro.

Cal se levanta de repente, sua cadeira guinchando ao arrastar no chão.

— Preciso ir ao banheiro — anuncia ele.

Mateo aponta para trás.

— Do lado esquerdo da televisão.

— Valeu. Já volto.

Observo Cal se afastar e espero pelo som da porta batendo antes de me virar para Mateo.

— O que *deu* nele? — chio.

— Sei lá. Mas tem alguma coisa rolando com essa garota. Ele não quer falar sobre ela de jeito nenhum. Não responde nem as perguntas mais bobas.

Ele continua segurando o celular de capa preta, e sei que eu deveria insistir para que o devolvêssemos para a polícia. Ou bolar alguma teoria sobre o que está acontecendo com Cal. Mas não consigo me convencer a fazer nada disso. Estou nervosa demais, confusa demais, exausta demais. Em vez disso, olho para a fileira de garrafas atrás do bar e digo:

— Só eu acho que uma bebida cairia bem agora?

Mateo ri, exibindo as covinhas que só aparecem quando ele é pego de surpresa. No auge do meu crush, aos treze anos, meu maior objetivo na vida era fazer ele sorrir desse jeito.

— Ivy Sterling-Shepard. Querendo encher a cara antes do meio-dia? Você mudou.

— São circunstâncias especiais — respondo.

Não sei se ele me leva a sério — nem sei se *eu* estou falando sério —, mas Mateo vai até o bar e se abaixa para passar para o outro lado.

— O que vai ser? — pergunta ele, gesticulando diante das garrafas.

— Maker's Mark — respondo.

— Uma garota que gosta de uísque, hein? — Os lábios dele se curvam. — Você é cheia de surpresas.

— Só quero um pouquinho — digo.

Não sou de beber muito, e com certeza não bebo nem socialmente, se seguirmos os padrões do Colégio Carlton. Mas desde que Daniel e eu completamos dezesseis anos, nossos pais deixam a gente provar o que eles bebem, seguindo a teoria de que proibir álcool só o tornaria mais interessante. A estratégia deu certo em grande parte, já que Daniel não se interessa por beber e eu detesto tudo, com exceção do uísque suave e aromático de que meu pai gosta.

— Não se preocupa. Só vou te dar bem pouquinho mesmo, ou Garrett vai perceber.

Ele não está brincando. Quando volta com um único copo de shot, o líquido âmbar mal cobre o fundo.

— Achei que você também fosse beber um pouco — digo quando ele me entrega o copo.

— É melhor não.

Sinto uma pontada horrível de culpa, porque é nítido que ele está com medo do chefe perceber. Eu devia devolver o copo, mas Mateo não aceitaria, o clima ficaria chato e...

E o uísque já desapareceu.

O calor toma conta do meu peito, me preenchendo com a mesma sensação reconfortante que sinto quando passo um tempo com meu pai na sala de estar. Ele sentado à sua mesa, trabalhando, eu aconchegada em uma poltrona, lendo. Sã e salva. Então a sensação desaparece quando penso nos pais de Boney e em como essa manhã deve ter parecido igual a todas as outras. Eles provavelmente saíram para trabalhar como os pais sempre fazem, com pressa e distraídos, jamais imaginando a notícia que receberiam algumas horas depois.

Sinto uma pressão atrás dos olhos e os fecho rápido. *Você não pode*, lembro a mim mesma. O choro fica para mais tarde, depois que sairmos desta confusão. Respiro fundo algumas vezes e pergunto a Mateo:

— O que vamos fazer agora?

— Não sei — diz ele, virando o celular com capa preta em sua mão. — Você tem razão, a gente devia entregar isto pra polícia de algum jeito. Se for de Boney, pode ter alguma coisa nas mensagens, ou nas ligações, que explique por que ele estava no prédio.

— Tenta destravar — incentivo. — Aposto que ele tem uma senha bem óbvia. Coloca 1-2-3-4.

Mateo obedece, digitando na tela, e balança a cabeça.

— Não.

— Tenta o nome dele — sugiro.

Mas, antes de Mateo conseguir fazer isso, Cal sai do banheiro. Ele está dobrando as mangas com cuidado, seu gesto típico antes de dizer algo problemático.

— Então. — Cal pigarreia. — Preciso sair rapidinho.

— Sair? — perguntamos Mateo e eu ao mesmo tempo.

— Pra onde? — acrescento. Quando Cal não responde de imediato, começo a me irritar. — Você não pode simplesmente ir embora, sabe. Estamos com um *problema*.

— Você não manda em mim — resmunga Cal como a criança de quatro anos emburrada em que ele se transforma sempre que alguém tenta convencê-lo a não fazer algo idiota.

— Você vai encontrar com *ela*? — questiono. — Com a loura que tem acesso a um matadouro?

— Eu nunca disse que ela era loura — responde Cal na defensiva.

Solto uma risada irônica.

— Nem precisou. Ela conhece Boney?

— Ela… Olha, é complicado. Eu vou explicar, mas preciso conversar com ela primeiro. — Cal tira o celular do bolso. — Ela está aqui perto, então vou dar um pulo lá e depois volto pra gente decidir o que fazer. A estação de Haymarket é próxima, né?

Ele começa a se mexer, mas dou um pulo e paro na sua frente.

— Você só pode estar de brincadeira — reclamo, mas, antes de eu tomar fôlego, Mateo segura meu braço.

— Está tudo bem, Ivy. Deixa ele ir.

— Quê? — Eu o encaro boquiaberta, e Cal aproveita a oportunidade para passar por mim.

— Nós todos estamos estressados — diz Mateo. — As coisas só vão piorar se começarmos a brigar. — Ele pega meu copo de shot vazio e vai para o bar para lavá-lo na pia. Cal o segue, e, pela primeira vez, noto uma porta atrás do balcão que leva para uma escada curta. — Cal deve ter um bom motivo pra querer ir embora.

— Tenho. Tenho — diz Cal, passando por Mateo. — Volto em uma hora, no máximo. Talvez menos. Vou, hum, bater três vezes na porta pra vocês saberem que sou eu.

Mateo engole um suspiro enquanto seca o copo.

— É só mandar uma mensagem pra gente, Cal.

— Pode deixar — responde Cal, descendo rápido a escada. Ele desaparece e, um instante depois, escuto o rangido de dobradiças e uma porta batendo.

Fico parada de braços cruzados, me sentindo impotente e sem palavras. Bom, eu tenho palavras, mas não consigo dizê--las. Mateo é minha criptonita, e não apenas porque eu era apaixonada por ele anos atrás.

— Então a gente vai ficar esperando aqui? — pergunto, incapaz de controlar o tom ressentido na minha voz.

Ele termina de secar o copo, cuidadosamente dobra o pano de prato e o guarda embaixo do balcão.

— Óbvio que não — responde. — Vamos atrás dele.

8

Mateo

O cabelo ruivo chamativo de Cal facilita as coisas. Ivy e eu o alcançamos a alguns quarteirões do Garrett's, passando por uma região que reconheço, onde acontece uma feira nos fins de semana. Minha mãe é uma mulher com espírito de cidade grande, nascida e criada no Bronx, e sempre me levava para passear no centro de Boston quando eu era pequeno. Geralmente, éramos só nós dois, ou nós três, depois que Autumn chegou. Mas, de vez em quando, meu pai vinha junto, e, duas vezes por ano, a família inteira da minha mãe também, durante suas visitas.

Minha avó gostava de aproveitar o passeio para nos recrutar. Em algum momento do dia, ela sempre olhava ao redor e comentava: "É um lugar bonitinho, mas não é uma cidade grande de verdade. Você deve sentir falta disso, Elena."

Minha mãe é a única filha da família Reyes que saiu de Nova York, depois de receber uma bolsa de estudos para jogar softbol na Faculdade de Boston, e nunca olhou para trás. Minha avó conseguia controlar as reclamações enquanto minha mãe ainda era casada, mas, depois do divórcio e do meu pai ir embora, a frequência das suas ligações aumentou. E agora, com a falência do Strike-se e o diagnóstico de artrose da minha mãe — apesar de ela não ter contado para minha avó o quanto é grave —, o telefone toca quase todo dia. "Deixa a gente ajudar", insiste ela. "Vem pra casa."

A resposta da minha mãe nunca muda. "Minha casa é *aqui*. Meus filhos nasceram nesta cidade." Ela sempre fala assim, *meus filhos*, como se não houvesse diferença entre mim e Autumn. E minha avó nunca questionou isso, apesar de não ter qualquer parentesco de sangue com minha prima. Ela também não se importa com essas coisas.

No fundo, acho que minha avó tem razão — o apoio da família poderia amenizar um pouco a pressão sobre mim e Autumn, sem mencionar que ela acabaria se afastando do babaca do Gabe —, mas jamais vou passar por cima da minha mãe. Então, sempre que minha avó ou um dos meus tios e tias vêm falar comigo na encolha, repito a resposta padrão. *Nós estamos bem.*

— O paspalho do seu pai está ajudando? — perguntou minha avó no seu telefonema mais recente.

— Ele aumentou a pensão — respondi, e é verdade.

Ela não precisa saber que foi um aumento de cinquenta dólares por mês. Meu pai diz que está procurando trabalho por aqui, para voltar para Carlton e ajudar mais, só que não pretendo contar isso para minha avó. Ela saberia tão bem quanto eu que ele está enrolando a gente.

— Ah, Mateo — suspirou ela antes de desligar. — Você puxou a teimosia da sua mãe, né? Vocês dois vão acabar me matando.

Ainda bem que ela não faz ideia do que está acontecendo agora, porque seu comentário acabaria sendo literal.

Enquanto caminhamos, Ivy permanece em silêncio, aparentemente perdida em pensamentos, até nossos celulares vibrarem ao mesmo tempo. O dela está na bolsa pendurada no ombro, e ela gira para pegá-lo ao mesmo tempo em que tiro o meu do bolso. Uma imensidão de mensagens me espera, da Carmen e do meu amigo Zack.

Zack: Cadê você? Porra, Boney Mahoney MORREU.
Zack: Levou uma facada no peito, ou coisa assim.
Zack: Sei lá, tem várias teorias rolando por aí.

Merda. Como as pessoas já descobriram? Ninguém falou o nome de Boney na televisão, não é? A menos que tenham atualizado a matéria desde que paramos de assistir.

Zack: Ishaan e eu vamos fazer uma edição especial do A voz de Carlton na hora do almoço.
Zack: A gente vai improvisar. Não conta pra ninguém.

Na primavera passada, como parte de uma matéria eletiva de tecnologia da mídia, Zack e um outro cara da nossa turma começaram uma série no YouTube para noticiar acontecimentos da escola, e as pessoas gostaram tanto que eles continuaram gravando. Mas os dois precisam mostrar o material todo para um professor antes de publicarem, e ninguém jamais aprovaria uma matéria falando das teorias sobre Boney.

Carmen: Ei, tudo bem???

Carmen: Péssimo dia pra faltar à aula. *Boney também faltou, e todo mundo está falando que ele foi assassinado em Boston (emoji chorando)*

Carmen: Ivy também não veio, o que é uma coincidência estranha.

Quando olho para Ivy, ela está encarando seu celular com os olhos arregalados.

— Então — diz ela em uma voz aguda, tensa. — Emily disse que o noticiário soltou o nome de Boney e que a escola está enlouquecida. As pessoas estão *muito interessadas* na denúncia sobre a mulher loura. E no fato de que eu não fui hoje. Dá pra acreditar? Realmente estão dizendo que eu... que eu posso ter *assassinado* Boney por causa de uma eleição da escola!

— Ninguém acha isso — argumento enquanto outra mensagem surge no meu celular.

Carmen: As pessoas estão falando absurdos dela.

— Ah, é? — Ivy gesticula para meu celular vibrando, as sobrancelhas levantadas. — Nenhum amigo seu falou de mim?

— Não — minto, guardando o aparelho no bolso antes que ela o tire de mim. — Para de olhar suas mensagens, tá? Estamos quase chegando no metrô. Lá não tem sinal, de toda forma. Quando chegarmos no lugar pra onde Cal está indo, as pessoas já vão ter mudado de assunto.

Não acredito nem um pouco nisso, mas, se Ivy perder a calma agora, é bem provável que não a recupere.

— Não consigo! E se... Ahhh. Ah, é. — Uma expressão de alívio intenso surge em seu rosto enquanto ela ergue o celular.

— O avião dos meus pais acabou de decolar.

— O avião deles? — pergunto enquanto a estação Haymarket surge ao longe.

— Eles passaram o fim de semana em São Francisco. Viajaram pra comemorar o aniversário de vinte anos de casamento. Minha mãe vai receber o prêmio de Cidadã do Ano de Carlton no Mackenzie Hall hoje, e vou fazer o discurso de apresentação dela. Então isso *não pode* estar acontecendo. — Ivy enfia o celular na bolsa com uma expressão determinada. — Tenho seis horas pra consertar tudo antes de eles aterrissarem.

Nós nos posicionamos em um local estratégico para espiar — um vagão diferente do de Cal, mas perto o suficiente para conseguirmos enxergá-lo pela porta de vidro. Ele está de pé, de costas para nós, com os ombros curvados, e há um ar tão derrotado em sua postura que sinto vontade de protegê-lo. Na época em que andávamos juntos, Cal era um garoto muito aberto, amigável, despreocupado. Não sei quem ele vai encontrar, mas se ela é o motivo por trás desse desânimo, já não gosto dessa pessoa.

Por outro lado, talvez eu nunca tenha conhecido Cal tão bem assim. Naquela época, muitas coisas que pareciam simples e fáceis provavelmente estavam longe disso.

Ivy e eu ficamos de pé, segurando as barras no teto, e ela as aperta com tanta força que as juntas dos seus dedos estão esbranquiçadas.

— Ele deve estar indo pra Cambridge — supõe ela quando passamos por North Station e vemos que Cal não se mexeu. Só restam duas paradas nesta linha: Science Park e Lechmere, em East Cambridge. Ivy alterna o peso entre os pés e acrescenta: — Então... não é melhor a gente conversar sobre as coisas?

— Que coisas? — pergunto, desconfiado, imaginando se ela leu meus pensamentos.

Meu cérebro fica voltando ao passado, mas isso não significa que quero debatê-lo. Quanto mais tempo passo sozinho com Ivy, mais certeza tenho disso.

— Você sabe. — Ela baixa a voz. — Coisas tipo... o que falar pras pessoas. Sobre o que fizemos hoje e... tal.

E tal. Certo. Só agora começa a cair a ficha do que esse *tal* significa. Meus amigos, que não têm a menor ideia de onde estou, vão começar a estranhar se eu não responder logo. Talvez Autumn tente falar comigo, e o que vou dizer? Nós não guardamos segredo um do outro, mesmo quando ela faz coisas que eu preferiria ignorar. O que acontece sempre, ultimamente.

Esta situação toda está me dando dor de cabeça.

— Uma coisa de cada vez, tá? Vamos descobrir qual é o problema do Cal primeiro e resolvemos o resto depois.

Para ser sincero, não sei se me importo tanto assim com a situação de Cal, mas é algo que podemos resolver. Ao contrário do que aconteceu com Boney.

— Mas e se a gente...

— Eu disse *depois*, Ivy — interrompo, minha voz ficando mais alta e mais irritada. Nós já saímos do nono ano, quando eu fazia tudo que Ivy queria só porque ela pedia.

— Tá bom, tá bom — resmunga Ivy, se afastando de mim enquanto alguns passageiros olham na nossa direção. Ela não parece feliz, mas paciência.

O metrô range pelos trilhos na superfície até Science Park, e observo o Museu de Ciências surgir na janela. Ele é um dos destinos favoritos para passeios do Colégio Carlton, então já o visitei pelo menos meia dúzia de vezes. Na última, no oitavo ano, formei um grupo com Ivy e Cal para participar de uma exposição interativa que testava reações fisiológicas a imagens de animais. Pupilas aumentadas ou coração acelerado eram sinais de que você sentia medo de determinado bicho.

Ivy e eu reagimos com medo a criaturas que geralmente são assustadoras — uma cobra sibilante ou um crocodilo raivoso —, mas Cal só indicou pavor quando viu um coelho sentado em um campo de flores. Ivy não conseguia parar de rir.

— Você tem medo de coelhos, Cal — brincou ela.

— Não tenho! — reclamou ele. — O teste está quebrado.

— Funcionou com a gente — argumentei enquanto Ivy continuava rindo.

Então ela assumiu uma expressão pensativa.

— Que bom que os seres humanos deixaram de ser nômades, né? Você não sobreviveria na selva por um dia, Cal. Você sente medo das coisas erradas.

Ivy é assim: ela faz observações aparentemente bobas, mas que acabam sendo tão profundas que você se pega pensando nelas anos depois. Tenho certeza de que Cal está metido em uma furada e nem se deu conta disso.

Ele não salta em Science Park, e, um minuto depois, uma voz anuncia:

— Lechmere, última parada.

Ivy e eu balançamos quando o metrô dá uma freada alta, arrastada. As portas se abrem e nos afunilamos para a plataforma a céu aberto junto com os outros passageiros. Continuamos afastados de Cal enquanto ele segue a multidão pelo caminho até a rua e espera o sinal abrir para atravessar. Agora, Ivy e eu não temos mais onde nos esconder: se Cal olhar para trás, vai nos ver. Mas ele não olha. Nem no sinal, nem na rua, nem enquanto o seguimos pela calçada até ele parar diante de um edifício atarracado, de tijolos azuis, com uma placa que diz *Cafeteria Second Street*.

— Aqui vamos nós — murmura Ivy enquanto Cal entra.

Nunca estive aqui, mas é um bom lugar para seguir sorrateiramente alguém. O espaço é grande e industrial, dominado por canos expostos no teto e pinturas abstratas nas paredes. Um blues toca ao fundo, se misturando ao burburinho da clientela. Cal para, observando o salão, então segue para uma mesa em um canto. Há uma garota loura de boné sentada ali, e ela acena para ele.

— Eu sabia que ela era loura — diz Ivy entre dentes. — Eu *sabia*. — Então a irritação desaparece do seu rosto, sendo substituída por perplexidade. — Calma aí. Aquela é…

A garota inclina a cabeça, exibindo o rosto para mim, e duas coisas me paralisam. Número um: nós a conhecemos. E número dois: *garota* é a palavra errada.

— Aham — concordo.

Ivy fica quieta ao meu lado.

— Por que ele veio se encontrar com *ela*? — pergunta Ivy, nitidamente confusa. — Será alguma coisa pra escola? Ou será que ela conhece a namorada misteriosa do Cal? Talvez…

Então Ivy fica boquiaberta quando Cal segura as duas mãos da mulher, entrelaçando seus dedos. Ele pressiona um beijo contra as juntas dela, e a mulher puxa as mãos de volta, mas não em choque. Sua expressão não diz *O que você está fazendo?*, mas *Aqui, não.*

Que. Porra. É. Essa?

Desabo na cadeira de uma mesa vazia, e Ivy faz o mesmo ao meu lado. A impaciência que senti com ela no metrô desaparece, e só consigo pensar no casal inesperado diante de nós.

— Cal está de mãos dadas com a nossa *professora de artes*? — pergunta ela.

Sim, está. Nossa professora de artes gostosa. A Srta. Jamison começou a trabalhar no Colégio Carlton há dois anos, logo depois de sair da faculdade, e causou um impacto imediato. A maioria dos nossos professores está na meia-idade ou é bem velha. A única professora minimamente bonita que tivemos antes da Srta. Jamison aparecer era a Srta. Meija. Ela leciona espanhol, tem mais de trinta anos e parece uma mãe de seriado. Boa, mas não no nível *vou me inscrever nessa matéria mesmo sem precisar.*

A Srta. Jamison se enquadra nesta categoria. A aula de artes vive lotada.

Nunca falei com ela. O mais perto que cheguei disso foi em agosto passado, quando meu pai tirou folga do trabalho como *roadie* e resolveu vir me visitar e me levar para fazer compras antes da volta às aulas. Eu não precisava, nem queria nada, mas achei melhor agradá-lo e guardar as notas ficais para devolver tudo depois. Então nós estávamos na Target, com ele dando uma olhada em luminárias de lava como se eu estivesse indo para a faculdade e precisasse mobiliar um quarto de dormitório, quando a Srta. Jamison passou. Ela mexia no celular e não nos viu, mas com certeza causou um impacto no meu pai.

— Lembrei que preciso de toalhas — disse ele, observando ela seguir para o corredor de banho.

— Não — falei, ríspido.

Cerca de 60% das conversas com meu pai são assim: eu tentando minar uma ideia humilhante e/ou sem noção. O fato de ele ter começado a me tratar como um amigo quando completei quinze anos e fiquei mais alto só piorou as coisas.

— Por que não? — perguntou meu pai, já girando o carrinho.

— Ela dá aula no Carlton — chiei. — Autumn é aluna dela.

Ainda bem que ele parou de andar quando escutou isso, porque a Srta. Jamison voltou para o corredor principal naquele instante e teria dado de cara com a gente. Ela abriu um sorriso educado para o meu pai, olhou para mim com uma expressão de quase reconhecimento — eu tinha crescido muito durante as férias de verão — e continuou andando.

Pensei que o problema tinha sido resolvido até meu pai comentar:

— Quando *eu* estava na escola, as professoras não eram assim.

Isso fez a Srta. Jamison lançar um olhar demorado para trás antes de, finalmente, felizmente, sair de vista. Até hoje, não entendi se ela ficou irritada ou se achou graça. Só sei que eu morri de vergonha, e tenho fugido de suas aulas desde então.

Mas sou a exceção. Metade dos garotos da escola se inscreveu na aula de artes, na esperança de se aproximar da Srta. Jamison, e alguns deles — os atletas, em geral — gostam de se vangloriar de terem ido além disso. Mas eles são o tipo de cara que não dá para levar a sério, então nunca prestei atenção ao que dizem. Além do mais, no inverno passado, a Srta. Jamison ficou noiva do professor de lacrosse do Colégio Carlton, o treinador Kendall, que é a versão humana de um golden retriever. Alegre, simpático, querido por todos. Sempre que vejo os dois juntos, eles parecem felizes.

Mas aqui está Cal — justo *Cal* —, se inclinando o máximo possível sobre a mesa, parecendo prestes a beijá-la.

— Isso é errado — diz Ivy.

— Não brinca — respondo. — E por que ela está aqui? Ela não devia estar na escola?

— Não tem aula de artes na terça. Por causa dos cortes no orçamento, lembra?

Resisto à vontade de revirar os olhos, mas é difícil. Só mesmo Ivy para achar que as pessoas prestam atenção nesse tipo de coisa.

— Você é aluna dela?

Ivy faz que não com a cabeça.

— Não faço uma matéria eletiva desde o primeiro ano do ensino médio. Estou ocupada demais tentando acompanhar... — Ela se dá conta do que está dizendo e conclui com "as matérias", mas tenho quase certeza de que ia dizer *Daniel*. Quando Ivy e eu ainda éramos amigos, ele tirou uma nota estratosférica em algum teste de inteligência, e ela se tornou muito neurótica com a escola depois disso. Como se fosse possível equiparar as coisas entre os dois apenas com sua força de vontade. — E você?

— Ahn? — Eu me distraí e não faço a menor ideia do que ela está falando.

— É aluno da Srta. Jamison?

— Não — digo, rápido. De jeito nenhum vou explicar *aquela* história. — Mas Autumn era e gostava das aulas. Ela dizia que a Srta. Jamison sempre incentivava muito os alunos.

Ivy cruza os braços e lança um olhar incomodado para a mesa do Cal.

— Ah, dá pra ver como ela *incentiva* os alunos — diz em um tom sombrio.

— Será que os pais do Cal sabem? — pergunto.

— Fala sério. Eles iam morrer. Principalmente Wes — responde ela.

— Por que principalmente ele? — Pelo que me lembro, Henry era o mais rígido.

— Porque ele é reitor da Universidade Carlton. *Oi?* — Ivy balança a mão diante do meu rosto quando não reajo. — Você não assiste ao jornal?

— Você sabe que não.

— Bom, a Universidade Carlton acabou de demitir um professor por transar com uma aluna. Foi um escândalo, e Wes deu várias entrevistas. Se as pessoas descobrirem que seu filho está saindo com uma professora, ele vai ser tachado de hipócrita. Ou de um pai ausente e distante. Nenhuma dessas opções é legal para o reitor de uma faculdade.

De repente, a imagem de Cal se encolhendo numa ruela faz bem mais sentido.

— Já entendi por que Cal fugiu hoje de manhã — digo. Ivy morde o lábio.

— Ele disse que ela não estava no ateliê, né? — Concordo com a cabeça. — Mas ele *também* disse que ela vai pra lá às terças.

112

Ela é loura e conhece Boney. São três sinais. E *aquilo* ali — ela gesticula para a mesa do Cal — é um sinal extra. Que bom que a gente veio. Dá pra ver que ele não consegue ser objetivo quando se trata dessa mulher, então não vai fazer as perguntas certas.

— Você quer chegar mais perto? Tentar escutar? — sugiro.

— Podemos fazer isso — responde Ivy. — E devemos. Mas pensei em outra coisa.

YOUTUBE, CANAL A VOZ DE CARLTON

Ishaan e Zack acenam para uma câmera de celular, aparentemente sentados nos bancos da frente de um carro.

ZACK: Olá, aqui quem fala é Zack Abrams e Ishaan Mittal, ao vivo do (*olha ao redor*) carro do Ishaan. Não vou mentir, está meio sujo aqui dentro.

ISHAAN: Foi você quem quis gravar aqui. Eu sugeri a Pizzaria do Angelo.

ZACK: Barulhento demais. Enfim, estamos perdendo nosso horário de almoço pra filmar uma edição especial do *A voz de Carlton* sobre o assunto do dia: a morte surpreendente do nosso colega de classe, Brian "Boney" Mahoney, do último ano. Ainda não foram noticiados muitos detalhes, mas parece que Boney morreu em um prédio abandonado em Boston.

ISHAAN: Não foi uma morte morrida simples. Foi morte *matada*. Por uma loura.

ZACK, *olhando com raiva para Ishaan*: Você está supondo. Essa parte ainda nem foi confirmada. *(Volta a olhar para a câmera.)* Enfim. Boney foi eleito presidente da turma do último ano ontem e deveria fazer seu discurso de posse hoje, às dez da manhã. Todos nós ficamos esperando no auditório. *(Pausa dramática.)* Mas ele não apareceu.

ISHAAN, *se aproximando da câmera*: Sabe quem mais não apareceu?

ZACK: Calma...

ISHAAN, *alto*: Pois é, uma loura. A loura que ele derrotou.

ZACK: Cacete, Ishaan, você sempre estraga minhas introduções.

ISHAAN: Você estava enrolando. Enfim, não é esquisito? Ivy Sterling-Shepard nunca faltou um único dia antes de hoje, quando o cara que a humilhou aparece morto. E ninguém sabe onde ela está. Nem o irmão, nem a melhor amiga...

ZACK: Acho que não devíamos citar nomes. É só uma suposição, óbvio, mas..

ISHAAN: Mas aquela garota é intensa. Tipo, ela tem a intensidade de alguém que perde a cabeça. Dá pra perceber, né?

ZACK, *depois de um instante*: Bem. É meio *gritante*.

9

Cal

Não sei por que segurei as mãos dela nestas circunstâncias. Talvez tenha sido uma mistura do hábito — apesar de fazer apenas algumas semanas desde que começamos a nos encontrar fora da escola — e da necessidade desesperada de algum tipo de consolo.

Mas é nítido que ela não gostou, então estou me sentindo pior agora.

— Desculpa — digo, me inclinando para trás e brincando com o papel descartado do seu canudo. Ela está bebendo alguma coisa cor-de-rosa e gelada, e me dá um pequeno sorriso enquanto toma um gole.

— Não tem problema. É só que estamos num lugar muito público, entende?

Eu sei. E sei o que isso parece — essa situação toda.

Nunca achei que me envolveria com uma mulher mais velha, nem com uma mulher quase casada, nem com uma professora. Não é como se tivesse sido de propósito. Tenho uma quedinha pela Lara desde que comecei a ter aulas com ela no ano passado, mas nunca achei que daria em nada. Ainda mais depois que ela ficou noiva. Mas, quando comecei o último ano, pedi a ela recomendações de faculdades de artes e passamos a conversar bastante. Então ela me deu seu telefone, para o caso de eu ter alguma dúvida fora do horário da escola. Passei três horas sentado no quarto naquela noite, escrevendo mensagens, até reunir coragem para mandar uma.

Nós acabamos conversando por quase duas horas, e nos falamos todos os dias depois disso. Debatemos faculdades, depois arte em geral, cultura pop, nossas esperanças, sonhos e planos para o futuro. Acho que fiquei um pouco obcecado. Eu pensava nela o tempo todo, mesmo quando estava com Noemi, e enchi meu celular com músicas sobre amor não correspondido. No começo deste mês, eu estava escutando uma delas quando Lara me ligou pela primeira vez.

— Alô? — grasnei, o coração na garganta.

— Oi, Cal. Eu estava pensando no seu rosto.

— Como é? — Eu tinha certeza de que havia escutado errado.

— Ele é tão interessante — continuou Lara. — Tem ângulos tão maravilhosos. Quero desenhar você um dia desses.

Foi assim que fui parar no ateliê pela primeira vez. Ela também vai lá em algumas noites durante a semana, então falei para os meus pais que ia estudar com um grupo na biblioteca e vim para Boston. Acho que nunca me senti tão vivo quanto naquela noite, sentado ao seu lado em um banco de madeira, com meu corpo todo vibrando enquanto ela desenhava. Ela baixava o bloco de papel e o lápis o tempo todo para mexer na minha bochecha ou queixo, fazendo leves ajustes na minha pose.

Nada aconteceu naquele dia, nem depois disso, mas sinto que é apenas questão de tempo.

Não sou idiota. Sei que ela está noiva, que é minha professora e que é mais velha. Mas são apenas sete anos. Minha tia e meu tio têm uma diferença de dez anos e ninguém se importa. Quer dizer, sim, eles se conheceram quando tio Rob tinha 35 e tia Lisa tinha 45, e os dois não trabalhavam juntos nem nada assim, então entendo que seja diferente. Mas será que a gente deveria abandonar uma alma gêmea em potencial só por causa de algumas complicações impostas pela sociedade?

Não que meus pais fossem encarar a situação dessa maneira. Como eu disse, conto bem mais do que devia para Wes — mas não tudo. Mesmo que eu quisesse, saberia que não é uma boa ideia depois que a Universidade Carlton demitiu aquele professor por transar com uma aluna.

— Mas os dois são adultos — falei na época, pensando em Lara e no meu aniversário de dezoito anos na próxima primavera.

— Existe um desequilíbrio de poder entre professores e alunos — argumentou Wes. — É por isso que temos essa regra. — Então ele apertou os lábios. — E mesmo que não tivéssemos, *sempre* vou questionar o bom senso e as intenções de um adulto que se envolve com um adolescente. Nada justifica.

Eu sei que todo mundo diria isso. E é assim que me sinto quando passo pelo treinador Kendall no corredor e ele me cumprimenta, todo alegre, apesar de eu não praticar esporte algum e ele mal me conhecer. *Nada justifica*, penso. Mas então recebo uma mensagem de Lara que faz meu corpo inteiro se encher de carinho e felicidade e fico me perguntando: *A vida tem respostas simples?*

Lara interrompe meus pensamentos com um pigarreio. Ela ajeita o boné sobre os cachos louros, e me dou conta de que devo ter passado uns trinta segundos a encarando feito um bobo. Costumo fazer isso.

— Então, o que houve, Cal? — pergunta ela. — O que é tão urgente, e, mais importante, por que você não está na escola?

Argh. Odeio quando ela fala comigo como se eu não passasse de um aluno qualquer.

— Matei aula com uns amigos — respondo. Os olhos dela se arregalam, e acrescento rápido: — Não se preocupa, eles não estão aqui. Deixei os dois em Boston pra vir te encontrar, porque... — Então perco o fio da meada, sem saber o que dizer. Ela está se comportando de um jeito tão normal, como se não soubesse o que aconteceu com Boney. E, realmente, a notícia acabou de ser divulgada, além de ser seu dia de folga, mas... ele morreu no ateliê dela. *É isso que você precisa dizer, Cal*, penso, só que as palavras não saem. O que acabo perguntando é: — Onde você estava hoje cedo?

Lara franze o cenho, um pouco impaciente.

— Eu já disse. Fiz uma aula de cerâmica.

— Mas você falou... Ontem à noite, quando combinamos de tomar café hoje, você falou que iria pro ateliê depois.

— Pois é — diz ela, tomando sua bebida. — Mas abriu uma vaga em cima da hora e eu aceitei.

Espero um instante para ver se ela acrescenta mais alguma informação. Estou começando a sentir um calor desconfortável, e empurro minhas mangas ainda mais para cima.

— Bom, acabei passando no ateliê hoje cedo e...

— Espera um pouco — interrompe ela, franzindo a testa.

— Você foi no ateliê? Cal, não dá pra você fazer essas coisas. Desculpa pelo furo de hoje, mas você não pode sair me procurando por aí. Ainda mais junto com seus amigos. Que ideia foi essa?

— Eu não estava procurando por você — explico. Mas... talvez, no fundo, eu estivesse. Foi por isso que sugeri tomar café perto do ateliê ou passar na loja de materiais artísticos? Porque estava torcendo para encontrá-la? Deixo o pensamento de lado e acrescento: — A questão não é essa. A questão é que Boney Mahoney também esteve lá.

Lara pisca, confusa.

— Quem?

— Boney Mahoney. Quer dizer, Brian. Brian Mahoney, da escola.

É estranho admitir isto agora, até para mim mesmo, mas quando vi Boney entrando por aquela porta hoje cedo, fiquei com ciúme. Eu só conseguia pensar que ele estava lá a convite de Lara. *Boney não faz o tipo dela*, pensei, mas então me dei conta de que ninguém pensaria que eu faço.

Só que antes de eu começar a remoer isso, tudo deu errado.

— Ah, sim, entendi — diz Lara, ainda parecendo confusa. — O que tem ele?

Respiro fundo. Não acredito que vou ter que dar a notícia, mas...

— Ele morreu hoje de manhã.

— Ai, meu Deus. Sério? — As mãos de Lara voam para as bochechas, e seus olhos se arregalam. — Ah, que coisa horrível. O que aconteceu?

Engulo em seco. Não sei como dar o resto da notícia além de simplesmente falar tudo.

— Ainda não confirmaram, mas, pelo que disseram no jornal, ele foi assassinado. Injetaram uma droga nele, talvez. No seu ateliê.

— Assassinado? — sussurra Lara, seu rosto empalidecendo completamente. — No meu... No prédio?

— Não só no prédio. No ateliê mesmo. — Meus olhos analisam seu rosto, buscando por um sinal de... Do quê? Não sei. Então acrescento: — Alguém ligou para a polícia e disse que uma mulher loura injetou a droga nele.

Lara passa a mão trêmula pela boca.

— Me diz que isso é uma piada de mau gosto, por favor.

Se eu fosse capaz de me irritar com ela, esse comentário me tiraria do sério.

— Não — respondo, sucinto. — Eu não brincaria com uma coisa dessas.

— Eu não tive a intenção... Só estou... Não dá. — Lara pressiona a mão contra a bochecha, depois estica o braço por baixo da mesa e pega a bolsa. Ela a puxa para o colo, começa a revirar o interior, então a joga no banco do lado depois de achar seu celular. Ela coloca a senha, arrasta a tela por alguns minutos e empalidece ainda mais. — Ai, meu Deus, isso é... Não acredito. Você tem razão, o Brian... Ai, meu Deus, Cal. Você estava lá? O que aconteceu?

Tento explicar a situação do jeito mais resumido possível, mas acabo tendo que me repetir algumas vezes até ela entender tudo. O tempo todo, seu corpo ficou completamente imóvel, exceto pelos olhos, que alternam entre mim e a tela do celular.

Então ela deixa o aparelho cair sobre a mesa e esconde o rosto entre as mãos.

Eu a observo por alguns minutos, procurando um sinal de que sua reação seja falsa. Essa história toda faz Lara parecer suspeita. Eu sei disso, mas não consigo pensar em qualquer motivo para ela querer machucar Boney.

— Então... — finalmente digo, hesitante. — Você passou o tempo todo na aula de cerâmica? Porque a denúncia sobre a loura...

Lara tira as mãos do rosto, sua expressão se tornando séria.

— Não foi sobre mim. Eu estava no centro de educação para adultos na Mass Ave até... — ela olha para o relógio — uns dez minutos atrás.

Antes de eu conseguir responder, escuto o barulho alto de algo caindo à esquerda. Nós dois pulamos, e, quando me viro, vejo um garçom correndo para um suporte de louças e talheres perto da entrada do salão, afastando os clientes. Lara gira na cadeira, parecendo quase aliviada com a interrupção.

— As pessoas sempre empilham pratos demais — comenta ela.

— Pois é — concordo, apesar de eu estar cagando para os pratos quebrados. — Lara, e o seu amigo? O que empresta o ateliê pra você? Será que ele... Você acha que ele pode ter alguma coisa a ver com isso?

— Ele... não. Ele está viajando e... — De repente, os olhos dela se arregalam. — Cal. Espera. Você disse que estava com amigos, né? — Concordo com a cabeça. — Quem?

— Ivy Sterling-Shepard e Mateo Wojcik.

— Quê? — Por um segundo, ela parece confusa em vez de preocupada. — Os da sua história em quadrinhos antiga? Achei que vocês não se falassem mais.

Não temos tempo para a história sobre o reencontro do Dia Mais Feliz da Vida no estacionamento da escola.

— A gente se fala às vezes — digo, sendo vago. — Eles também queriam matar aula, então... matamos.

— Hum. — Ela fica quieta por um instante, digerindo a informação, então diz: — Eles... Você não contou pra eles sobre mim, né?

— Não — respondo, e seu rosto se ilumina de alívio.

— Ah, graças a Deus. Obrigada por não contar, Cal. — Ela segura minhas duas mãos e aperta antes de soltá-las. — Sei que não tenho o direito de pedir isto, mas... Você pode guardar segredo? Preciso conversar com meu amigo sobre o que aconteceu. É uma questão muito delicada, porque a gente não devia estar usando o prédio. E o fato de nós dois termos ido lá há pouco tempo é... esquisito, dadas as circunstâncias.

— Tá, tudo bem — respondo, sentindo uma mistura estranha de alívio e decepção. Parte de mim esperava que ela tivesse uma solução que não exigisse que eu continuasse mentindo para todo mundo, mas o restante de mim sabe que isso seria impossível. — É só... Não sei se ir embora foi a coisa certa a fazer, entende? E a ideia foi minha, porque...

Porque eu queria proteger você. Esse não foi o único motivo — eu também estava em pânico, confuso e com medo de ser preso, por algum motivo —, mas foi um dos principais.

Lara estica os braços para apertar minhas mãos de novo.

— Pelo que você me contou, não havia como ajudar Brian. E, sinceramente, acho que você e seus amigos só acabariam distraindo os policiais. Eles precisam se concentrar nas provas da cena do crime, não em pessoas que estavam no lugar errado, na hora errada.

Como Boney, penso. Meus olhos começam a arder, e pisco tão rápido que Lara diz:

— Ah, Cal, vai ficar tudo bem. Calma, vou pegar um lenço pra você. — Ainda estou piscando e com a visão embaçada quando o tom de voz dela muda de repente. — Como assim? Cadê minha bolsa?

Seco os olhos e tento focar na mesa ao nosso lado.

— Ela não estava ali? — pergunto, meu olhar passando pelo banco vazio onde a vi pela última vez. — Será que caiu?

Eu me inclino para a frente, tentando enxergar melhor embaixo da mesa, mas não tem nada no chão também.

— Ai, meu Deus. Será que alguém roubou? — O rosto de Lara fica vermelho enquanto ela se levanta com um pulo e olha ao redor, frenética. — Com licença — diz para uma mulher mais velha tomando chá sozinha a duas mesas de distância. — A senhora viu uma bolsa vermelha por aqui? Tipo sacola, deste tamanho? — Ela indica o tamanho com as mãos.

— Sinto muito, não — responde a mulher. — Acabei de chegar.

— Que tipo de pessoa rouba a bolsa dos outros no meio de uma cafeteria? — pergunta Lara, colocando as mãos no quadril e olhando ao redor. — Minhas chaves estão lá dentro! Como vou entrar em casa? — Então ela parece se dar conta de que está chamando muita atenção e respira fundo. Quando fala de novo, sua voz está bem mais tranquila. — Tudo bem. Vamos com calma. Vou falar com o caixa lá na frente, só pro caso de algum dos garçons ter se confundido e achado que ela era de outra pessoa.

Eu me apego a essa ideia vaga com o máximo de entusiasmo possível.

— Deve ter acontecido isso mesmo — digo, seguindo atrás enquanto ela abre caminho pelo salão até o caixa.

A fila tem seis pessoas, mas Lara vai direto até o balcão e acena para o cara que anota os pedidos. Ele é alguns anos mais velho que eu, tem os braços cobertos por tatuagens intricadas e sorri quando a vê.

— Com licença, desculpa incomodar — diz Lara, ofegante. — Não quero pedir nada, mas perdi minha bolsa e queria saber se alguém a entregou aqui.

Fico esperando o cara balançar a cabeça, mas ele para com a mão sobre a caixa registradora.

— Como ela é? — pergunta ele.

— De couro vermelho, com as alças marrons? O bolso da frente tem um fecho dourado.

— Parece familiar. — O cara enfia a mão embaixo do balcão e puxa a bolsa perdida com um floreio. Lara solta o ar, aliviada, enquanto a recebe dele. — Uma menina disse que pegou por engano.

— Ah, graças a Deus. — Lara abre o bolso da frente e tira a carteira primeiro, depois as chaves, antes de jogar tudo de volta lá dentro. — Sã e salva. Muito obrigada!

— Disponha. — O cara sorri, todo satisfeito por bancar o herói, apesar de não ter feito nada além de tomar conta dos achados e perdidos.

— Nossa, que susto. — Lara coloca a bolsa no ombro e leva a mão ao coração, me afastando da fila e me guiando para um espaço menos cheio, perto dos banheiros. — Que manhã horrorosa. Cal, eu não queria deixar você sozinho, mas preciso resolver uns problemas. Depois a gente vê como ficam as coisas, tá?

— Como assim? — pergunto.

Antes que ela consiga responder, seu celular toca. Ela olha para baixo e mostra um dedo.

— Calma, é um amigo que alugava o ateliê. Preciso atender. Não conta nada pra ninguém antes de a gente se falar de novo, tá? Vai ficar tudo bem, prometo.

Concordo com a cabeça, e ela me dá um beijo rápido na bochecha antes de se virar com o celular na orelha.

— Dominick? Dominick, é você? Não estou escutando direito. Vou encontrar um lugar com menos barulho.

Ela segue para a saída da cafeteria, e desabo contra a parede. Não sei se me sinto pior ou melhor depois de conversar com Lara.

Nada justifica.

Não sei o que fazer agora. Volto para o Garrett's? Será que Mateo e Ivy continuam lá? O que vou dizer pra eles se estiverem? Caminho devagar até a saída, depois sigo de volta para a estação Lechmere no automático, olhando para o celular. A última mensagem de texto que recebi foi de Lara, concordando em me encontrar. Ninguém no Colégio Carlton entrou em contato para me contar o que aconteceu com Boney. Quem eu quero enganar? Meus supostos amigos nem devem ter notado minha ausência.

Quando passo meu cartão na roleta da estação e entro, um trem já está esperando com as portas abertas. Subo os degraus e analiso o vagão meio cheio, escolhendo um banco na janela, virado para a frente. Então me acomodo na cadeira de plástico duro e olho para o dia de outono ensolarado lá fora, minha cabeça girando e cheia de perguntas aparentemente sem resposta.

— Oi, Cal.

Alguém me cutuca no ombro. Eu me viro e quase caio do banco em choque quando vejo que é Ivy. Ela e Mateo estão sentados atrás de mim, e, por um instante, fico tão feliz por ver rostos amigos que nem cogito questionar por que os dois estão aqui. Então Ivy fala e acaba com o meio sorriso que começou a surgir no meu rosto.

— Seguimos você — diz.

10

Ivy

— Como assim? — gagueja Cal enquanto as portas se fecham e o trem começa a andar. Ele se vira completamente no banco, seu olhar alternando entre mim e Mateo. — Vocês me seguiram até onde?

— Até a cafeteria — respondo. — Vimos o seu... encontro. — Espero um instante, mas como ele não responde, acrescento: — Com a Srta. Jamison.

Cal olha para o chão.

— Então vocês me espionaram — diz ele em um tom triste.

Olho para Mateo, me sentindo culpada. Não foi só isso que fizemos. Nem de perto, mas agora não parece o melhor momento para tocar no assunto.

— Ficamos preocupados com você — digo.

— Não foi nada de mais — responde Cal, desdobrando as mangas da camisa. Era de se imaginar que, a essa altura, ele já teria percebido que esse é um sinal gritante de que está tentando nos enrolar. — Eu marquei de encontrar uma pessoa, mas ela não apareceu, então vi a Srta. Jamison. A gente falou sobre o trabalho que preciso entregar no meio do ano.

Mateo e eu trocamos um olhar incrédulo. Francamente, eu não esperava que Cal mentisse tanto, e perco a fala por um instante.

— Cara, fala sério — diz Mateo, entrando na conversa enquanto encaro Cal. — A gente viu.

— Vocês me viram conversando sobre a escola — insiste Cal, teimoso.

Mateo me encara com um olhar desamparado, como quem diz *Bom, eu tentei. Agora é sua vez de novo, Ivy.*

— Cal, acho que você não está entendendo — tento. — A gente não viu você e a Srta. Jamison rápido pela janela. Lembra daquela samambaia grande no vaso do lado da sua mesa? — Ganho um olhar inexpressivo como resposta, porque é óbvio que ele estava ocupado demais olhando nos olhos da Srta. Jamison. Ele não teria notado nem se eu tivesse dado um show de sapateado fantasiada de palhaça do seu lado. — Nós estávamos atrás do vaso e ouvimos a conversa inteira. Sabemos que o ateliê é dela e vimos vocês dois de mãos dadas. — Cal se encolhe como se estivesse torcendo para a gente ter chegado depois disso. — Ela é a sua namorada misteriosa. Então pode parar de fingir que você largou a gente em um bar por uma hora depois do nosso colega morrer só para conversar sobre um *trabalho da escola.*

Cal tem o bom senso de corar.

— Tá bom. Desculpa — murmura ele. — É só que as coisas estão muito complicadas. Ninguém sabe sobre nós dois, porque...

Não consigo me controlar.

— Porque "nós dois" *não deveria* existir — deixo escapar. — Ela é sua professora e é velha demais.

O rosto de Cal se fecha na mesma hora.

— A gente não fez nada.

— *Ela* fez — digo. Não preciso saber dos detalhes para entender que ela passou dos limites.

Ele trinca os dentes.

— Eu sabia que vocês não iam entender.

Minha paciência, já por um fio, acaba.

— Você acha que o noivo dela entenderia? — pergunto.

Como uma técnica geral para preservar minha autoestima, tento não pensar demais nas atividades extracurriculares do meu irmão, mas convivo bastante com o treinador Kendall, que é uma das pessoas favoritas dos meus pais no Colégio Carlton e frequenta nossas festas de Natal desde que Daniel e eu estávamos no primeiro ano do ensino médio. Ele sempre leva o mesmo prato — biscoitos feios — e sempre me pergunta sobre o conselho estudantil. Ao contrário da maioria dos adultos, seus olhos permanecem atentos enquanto respondo.

O que eu quero dizer é: ele não merece isso.

— Você pode até achar que aquilo é um namoro de verdade, mas não é — continuo quando Cal não responde. — Não é mesmo.

— Ah, sério? Não é mesmo? — pergunta ele com uma risada amargurada. — Bom, acho que você é a voz da experiência, né?

A boca dele se aperta, e sinto um nó na garganta. Conheço esse olhar: eu o fiz perder a calma. Cal quase nunca é maldoso, mas, quando decide ser... sai de baixo.

Ele descruza os braços e começa a bater palmas baixinho.

— Ivy Sterling-Shepard, senhoras e senhores. A rainha dos conselhos amorosos. Quando foi mesmo a última vez que você teve um namorado? — Sou tomada pelo pavor quando ele olha para Mateo e acrescenta: — Foi no nono ano, quando você deu um beijo no Mateo e ele nunca mais tocou no assunto? Dá pra entender. Ele provavelmente não quis passar dois meses destrinchando todos os detalhes do momento, como acabou acontecendo comigo.

Ai, meu Deus. Não acredito que ele tocou nesse assunto.

Meu rosto arde pelos anos de humilhação acumulada. O corpo de Mateo tensiona ao meu lado enquanto Cal se levanta e olha com raiva para nós.

— Vão pro inferno. Vou mudar de lugar, saltar em Government Center e ir pra casa. Vocês podem voltar de metrô pra Carlton. E se contarem pra alguém sobre a Lara... — Ele aperta os lábios e aponta para mim com o queixo. — Vou falar que não tenho a menor ideia do que você fez com Boney antes de a gente chegar, Ivy.

Fico de boca aberta enquanto Cal se vira e segue para os fundos do vagão. Sua saída dramática quase vai por água abaixo quando o metrô sacode e quase o joga para longe, mas ele consegue se segurar e desabar sobre o banco mais longe possível de nós. Mateo e eu continuamos sentados em silêncio total. É exatamente tão desconfortável quanto parece.

Bem. Eu comecei essa confusão quando ataquei Cal, então acho que preciso ser a primeira a falar.

— Hum, então é óbvio que não tem nada a ver ficar remoendo o passado... — começo.

Mateo interrompe:

— Como assim eu nunca toquei no assunto?

Não, não, não. A gente não precisa reviver isso nem tentar mudar o que aconteceu.

— Mateo, está tudo bem. Não se preocupa. Já faz tanto tempo. Eu nem penso mais nisso.

Um bando de mentiras. Eu estava pensando nisso no caminho para cá, quando o vagão estava cheio e tivemos que nos segurar nas barras do teto. Bati sem querer no braço de Mateo e percebi que seus músculos estão bem mais definidos agora, o que me fez lembrar do nervosismo efervescente que era meu companheiro constante naquele verão. É óbvio que Mateo está mais bonito agora do que naquela época, e foi ele quem passou a manhã inteira me dando apoio e me ajudando a não perder a cabeça. Em circunstâncias diferentes, seria fácil recuperar meu crush.

Olho rápido para Mateo, que está franzindo a testa.

— É, nem eu — diz ele. Essa doeu. — Mas eu toquei no assunto. Deixei aquele bilhete pra você.

Perco o fôlego.

— Que bilhete?

— Na sua casa. Com um pacote daquele caramelo, Sugar Babies. — Meus olhos se arregalam, e ele solta uma risada rápida. — Você não recebeu?

— Não — respondo. Nossa, Sugar Babies.

As memórias começam a voltar, e, de repente, é como se eu tivesse treze anos de novo e estivesse andando com Mateo até minha casa depois de sairmos da loja de conveniência do centro da cidade. Cal não estava com a gente nesse dia. Não lembro se ele tinha alguma outra coisa para fazer ou se não o convidei. Mateo tinha comprado um monte de doces e já estava comendo.

— Quer Skittles? — perguntou ele, balançando o saco aberto.

Fiz uma careta.

— Você sabe que eu odeio Skittles.

— Você está perdendo. Dá outra chance pros vermelhos. Eles são muito melhores do que Sugar Daddies.

— Sugar *Babies* — corrigi.

Naquela época, Mateo sempre via graça no fato de eu só gostar de um doce que tinha cem anos de idade e um nome depravado.

— Ivy Sterling-Shepard — disse Mateo, balançando a cabeça. Ele tinha começado a falar meu nome todo quando fazia piada, e isso sempre me causava um frio na barriga. Era quase como se ele estivesse me dando mole. — Por que você nunca experimenta nada novo?

— Eu sempre experimento coisas novas.

Foi uma mentira tão deslavada que nós dois rimos.

— Anda. — Ele ofereceu um Skittle vermelho. — Amplie seus horizontes.

— Tá bom. — Eu suspirei, pegando a bala da sua mão e a jogando na boca. Fiz careta pelo tempo todo que mastiguei aquela bola de açúcar farelenta e com gosto falso de fruta. — Valeu, eu detestei — finalmente falei, engolindo. — Continuo preferindo meus Sugar Babies.

— Que garota esquisita. Você sabe que deve ser a única pessoa no mundo que ainda come esse treco, né? — perguntou Mateo. Nós saímos da rua principal e entramos no caminho que levava para o parque Bird, um atalho até a minha casa. Era fim da tarde de sábado, e o parque estava vazio. — A fábrica deve continuar aberta só por sua causa. — Ele terminou o saco de Skittles e jogou a embalagem amassada no saco plástico que abrigava suas compras, então procurou outra coisa. — Quer uma bala de canela?

— Eca. Não — respondi. Chegamos ao balanço no fim do parquinho, e me sentei em um dos bancos de plástico. *O altão,* como Daniel e eu chamávamos quando éramos pequenos. Ele ficava mais distante do chão do que os outros, e era impossível para qualquer criança subir sem a ajuda de um adulto. Mesmo naquele momento, eu ainda precisei pular, fazendo o balanço ir para a frente e para trás. — Já testei coisas novas suficientes por um dia — acrescentei.

Mateo deixou sua sacola de doces no chão e, de repente, parou na minha frente, segurando as correntes do balanço com os braços esticados.

— Tem certeza? — perguntou.

No balanço, eu ficava quase da mesma altura que ele. Suas mãos estavam um pouco acima das minhas nas correntes, e nossos joelhos quase se encostavam. Minhas bochechas esquentaram quando encontrei seus olhos escuros, questionadores. Fazia semanas que tínhamos momentos como aquele, quando estávamos conversando normalmente e de repente, sem aviso, o clima entre nós se transformava. Eu nunca entendi o que fazer com aquela sensação pulsante, vibrante.

Até aquele momento.

— Não — respondi, então me inclinei para a frente e o beijei.

Uma das mãos dele soltou a corrente e segurou minha nuca, me puxando para perto. Ele cheirava a amaciante Tide e Skittles de cereja, que eu parei de detestar no mesmo instante.

Tratando-se de um primeiro beijo, foi ótimo. Depois, nós dois ficamos tímidos e com vergonha, mas também não conseguíamos parar de sorrir. Eu tinha certeza de que aquilo seria o começo de alguma coisa, não o fim. Até nunca mais tocarmos no assunto.

Pelo menos eu achava que isso tinha acontecido.

— Sugar Babies? — repito agora. O metrô se aproxima balançando de Haymarket e para, abrindo as portas com um chiado alto. — Você comprou um pacote pra mim? — Mateo concorda com a cabeça, e continuo: — Eu não recebi. Onde você deixou?

— Na sua varanda.

Nossa casa tem uma varanda telada que nunca trancamos, que leva à porta da frente. Então, se deixaram alguma coisa lá, a única pessoa que pegaria sem me contar seria...

— Daniel — digo, irritada. — Aposto que ele pegou os caramelos e jogou o bilhete fora. Aquele *babaca*.

— Nossa. — Mateo balança a cabeça. — Bom, isso explica muita coisa. Não é do seu feitio, sabe. *Não* falar sobre as coisas.

— No mínimo, eu teria agradecido! — *Depois de pular de alegria*, penso. Argh, que coisa horrível. Toda minha vida escolar podia ter sido diferente. — Eu nunca entendi por que você se comportou como se nada tivesse acontecido.

— *Você* podia ter falado alguma coisa — argumenta Mateo.

É verdade. Eu podia mesmo, se eu não fosse puro nervosismo e insegurança na época. Foi naquele ano que meus pais resolveram que Daniel devia fazer o teste para saber se era superdotado. Eu sabia que a resposta seria positiva, óbvio, mas eles nos contaram sobre o resultado de um jeito muito comedido. Eu só fui entender o quanto meu irmão era inteligente algumas semanas depois, quando escutei sem querer uma conversa dos meus pais durante uma tentativa de atacar a geladeira durante a madrugada.

Eu estava no meio da escada quando ouvi minha mãe falar:

— É muita responsabilidade educar uma criança tão genial. — Escutei o farfalhar de folhas de papel, e ela acrescentou: — Às vezes, eu olho pro resultado e fico me perguntando de onde isso saiu. Nós não somos burros, James, mas Daniel é...

— Extraordinário — concluiu meu pai.

Sua voz tinha um tom admirado, como se ele tivesse acabado de descobrir que magia existe, e uma onda quente de inveja me atravessou. Antes disso, eu não sabia o quanto desejava que me pai falasse sobre mim daquele jeito.

— É óbvio que ele precisa de um ambiente mais desafiador na escola — disse minha mãe. — É por isso que ele está aprontando neste ano. O coitadinho deve estar morrendo de tédio, e, com uma mente assim... o tédio é perigoso. Mas ele continua sendo um menino. Não seria bom enchê-lo de atividades ou tirá-lo de perto dos amigos. E é óbvio que precisamos pensar na Ivy. — Fiquei ainda mais imóvel na escada, quase sem respirar enquanto ela acrescentava: — Ivy não pode se sentir inferior.

Sei que a intenção da minha mãe era o oposto, mas foi exatamente assim que me senti no momento em que as palavras saíram da sua boca.

E a sensação continuou pelo ano inteiro. Eu via aquilo na expressão despreocupada dos meus pais sempre que eles falavam sobre Daniel pular o nono ano e começar o ensino médio comigo, ou quando os encartes sobre programas de férias no MIT começaram a chegar. Daniel era *extraordinário*, e eu, *inferior*. Então, quando achei que Mateo estava fingindo que nosso beijo não aconteceu, fiquei decepcionada, mas não surpresa. Parecia inevitável.

O metrô continua balançando enquanto Mateo espera por uma resposta, mas não consigo explicar desse jeito.

— O que você escreveu no bilhete? — prefiro perguntar.

— Quê?

— Você disse que deixou um bilhete com os Sugar Babies. O que você escreveu?

— Ah. Perguntei se você queria que eu comprasse a caixa grande pra estreia de *Guerra infinita*.

Ele me chamou para o cinema. De um jeito tão fofo que quero bater com a cabeça na janela. Sem mencionar que acabei assistindo a *Guerra infinita* justamente com Daniel. Meu irmão extraordinário, ladrão de Sugar Babies e sonhos.

— Eu aceitaria — resmungo, escorregando pelo meu banco.

Quero perguntar a Mateo por que ele não insistiu, mas acho que já sei a resposta. Talvez ele não estivesse passando pela mesma crise de confiança que eu na época, mas é horrível se expor e acreditar que foi rejeitado. Dá para entender por que a gente parou de se falar logo depois.

— Próxima parada, Government Center — avisa o condutor, e isso me faz voltar ao presente. As últimas duas paradas passaram voando, e nosso tempo antes de perdermos Cal está acabando.

— Ah, não — digo, me virando. — Será que ele vai mesmo embora sem a gente?

— Parece que sim — diz Mateo quando Cal se levanta.

Olho para a montanha de notificações no meu celular e meu coração se aperta.

Emily: O diretor Nelson disse que a polícia vem à escola mais tarde.

Sei exatamente o que meus colegas vão dizer. Enquanto isso, nossa conexão com a *verdadeira* suspeita — que é loura, conhece Boney e trabalha no ateliê onde ele morreu — está prestes a ir embora.

— Se nos separarmos agora, estamos ferrados — digo, me levantando.

Mateo é educado e não comenta que *eu* sou a única que está ferrada. Ele apenas gira as pernas para o corredor e me deixa passar.

Reflito sobre as minhas opções enquanto me aproximo de Cal. Ainda estou chateada com as coisas que ele me disse. Nem sempre estou certa, especialmente nos últimos tempos, mas eu tinha razão *nesta* briga. Quero que ele se desculpe, mas, se esse for meu primeiro comentário, vou levar um fora. E talvez... quem sabe... eu poderia ter falado de outra forma.

Seus argumentos estavam certos, mas sua abordagem foi errada, minha mãe costumava dizer quando eu me irritava por não conseguir convencer os outros membros do conselho estudantil a fazer as coisas do meu jeito. *Ninguém gosta de ser tratado como bobo.* Eu sempre ignorava esse conselho, porque não entendia qual era o sentido de medir minhas palavras ou perder tempo quando sabia o que precisava ser feito. Mesmo quando Boney venceu a eleição, falei para mim mesma que o problema não tinha sido eu, mas meus colegas de classe. E ele.

Será que o dia de hoje teria sido diferente se eu soubesse perder? Será que Boney teria levado a eleição mais a sério e ido para a escola?

Pisco rápido para afastar as lágrimas dos meus olhos antes de cutucar o braço de Cal. Quando ele vira com o cenho friamente franzido, falo correndo:

— Cal, não vai embora, tá? A gente pode dar um tempo? Eu não devia ter dito aquilo tudo sobre você e a... — Ele enrijece, e engulo o nome da Srta. Jamison. — Eu não devia ter dito aquilo. E talvez tenha sido errado seguir você, mas nós estávamos com medo, preocupados e não sabíamos o que fazer. Mas sei que mentimos e… — Não, não dá. Não consigo dizer *Desculpa* quando a única coisa de que me arrependo é ter ouvido os gritos de Cal. Então concluo com: — Isso não vai se repetir.

Ele ainda está franzindo a testa, olhando para o chão, mas sua postura parece menos tensa. Talvez ele tenha pensado um pouco no que eu disse enquanto estava sozinho. Cal é um cara emotivo e romântico, mas também é inteligente. No fundo, ele deve saber que esse envolvimento com a Srta. Jamison é errado. Ou talvez só precise conversar sobre isso com alguém.

— Você quer comer alguma coisa? — pergunto. Eu não tomei café, então minha última refeição foi o jantar de ontem. Não sei se estou tonta por causa disso ou pelo estresse do dia, mas me sinto prestes a desabar. — Acho que todos nós estamos com fome, cansados e provavelmente não conseguimos pensar direito. Pelo menos é assim que eu me sinto.

Cal passa mais alguns instantes encarando o chão. Quando seus olhos finalmente encontram os meus, ele parece arrependido e bastante aliviado.

— Tá, tudo bem — diz. — Agora que você falou, acho que minha glicose deve estar baixa. — Eu sorrio, sentindo o alívio inundar meu peito, e Cal fica vermelho. — Então, hum, escuta. Você e Mateo… Não sei por que falei daquilo, depois de tanto tempo.

Eu não sou a única que tem dificuldade para pedir desculpas.

— Não tem problema — digo. — Nós esclarecemos umas coisas. — Eu me viro para Mateo, que se levantou do banco e está apoiado nele, nos observando. Eu o chamo com um aceno, e ele começa a vir na nossa direção enquanto o metrô para em Government Center. — Onde você quer comer? — pergunto.

— Sei de um lugar — responde Cal. Ele abre um quase sorriso enquanto os freios do metrô gritam. — Só me promete uma coisa? Chega de surpresas.

— Com certeza — respondo.

Eu já quebrei essa promessa, mas podemos lidar com isso depois.

11

Mateo

Cal leva a gente para uma loja de donuts esquisita que não vende nenhum sabor normal. Quando entramos, somos imediatamente recebidos por um cardápio gigante com fotos de donuts, e todos parecem ter sido criados por uma criança viciada em açúcar. Em geral, não gosto de donuts, e gosto ainda menos quando estão cobertos por cereais, carnes de animais variados ou, em um caso específico, uma pimenta-caiena inteira. Estou encarando o donut de pimenta, fascinado e horrorizado ao mesmo tempo, quando Cal passa por mim a caminho da caixa registradora.

— Eu não começaria com esse — aconselha ele, entrando na fila atrás de um cara mais velho.

O humor de Cal melhorou muito depois que chegamos aqui, então, apesar de já ter passado da hora do almoço e eu estar faminto por comida de verdade, acho que vamos comer donuts.

Analiso o cardápio como se ele fosse a coisa mais interessante que já vi, porque olhar para Cal ainda é muito desconfortável. Ele e Ivy estão conversando sobre os doces, mas a única coisa que consigo pensar é *Mas que porra foi aquela na cafeteria?*

Cal é a última pessoa que eu imaginaria ser capaz de se envolver com uma professora, que dirá com *aquela* professora. Uma coisa é verdade sobre a Srta. Jamison: ela pareceu surpresa de verdade com a notícia sobre Boney. Mas, pelo visto, ela é tão boa atriz que consegue enganar a escola inteira e seu noivo, então é difícil saber o que realmente passou pela sua cabeça.

Enquanto eu observava os dois na cafeteria, pela primeira vez pensei em como Cal deve se sentir sozinho. Ele não tem um irmão nem uma prima em casa, como Ivy e eu, e não falou sobre nenhum amigo hoje. Estou começando a achar que ele se tornou o tipo de cara que faria qualquer coisa que alguém pedisse sem questionar, só para se sentir incluído.

E acho que a Srta. Jamison sabe disso.

— O que você vai pedir? — pergunta Ivy, olhando ao redor. O lugar tem um clima de desenho animado: as mesas são laranjas, o piso é de azulejo multicolorido e um candelabro imenso brota do teto, junto com uma dezena de donuts de plástico. A parede espelhada atrás de nós parece ter saído de um parque de diversões, com um efeito que faz minha cabeça parecer dividida em duas, que é quase como eu me sinto. — Acho que vou querer o donut de bolo de mirtilo — continua ela. — Talvez ele tenha algum valor nutricional, fora que a cobertura não é esquisita.

— Sei lá — digo, meus olhos passando para a janela. Tudo nesse lugar oferece estímulos visuais demais. Incluindo Ivy.

A conversa no metrô me deixou quase tão nervoso quanto a história de Cal com a Srta. Jamison. É como se eu precisasse reformular toda a minha percepção sobre Ivy para conseguir encaixar a verdade sobre o que realmente aconteceu no ensino fundamental. Eu falei a verdade no metrô: não penso mais naquele beijo. Agora. Mas Ivy foi a primeira garota que chamei para sair, e fiquei magoado quando ela me ignorou. Para ser sincero, hoje mais cedo, a lembrança fez com que eu me sentisse mais impaciente com ela do que o normal, e é provavelmente por causa desse evento que, como Autumn gosta de me lembrar, eu fujo ao primeiro sinal de rejeição. Não só de garotas, mas de tudo e todos. Faz tanto tempo que sou assim que nunca parei para pensar quando ou por que isso começou.

E agora eu sei: começou com um mal-entendido. Não tenho ideia do que fazer com essa informação.

Ignora, diz a voz de Autumn dentro da minha cabeça. Eu e ela sempre fazemos uma piada sobre meu pai: toda vez que ele não sabe como reagir a algum acontecimento, meu pai simplesmente não faz nada. Ele se esforça tanto para ignorar o problema que é como se tudo estivesse bem. E esse é um dos motivos pelos quais sempre foi difícil encará-lo como um adulto. Depois da morte do seu irmão, por exemplo, ele nem cogitou a hipótese de trazer Autumn para morar com a gente, assim como não interrompeu seus sonhos de *roadie* quando minha mãe ficou doente.

Não é a piada mais engraçada do mundo, porém é um bom conselho para o momento.

— Acho que vou pedir um igual ao seu — digo para Ivy.

— É por minha conta — anuncia Cal. Acho que fomos perdoados. — Se vocês quiserem, a gente pode...

— Ora, olá, Cal! — A mulher atrás da caixa registradora o interrompe com um sorriso enorme. Ela está na meia-idade, tem mechas azuis no cabelo e usa uma camiseta dos Ramones e óculos de gatinho. — Já voltou? O que você está fazendo aqui no meio do dia?

Ivy lança um olhar nervoso para mim ao ver a familiaridade entre os dois.

— Oi, Viola. Só vim fazer um lanche. São dois de bolo de mirtilo e um de bacon e avelã, por favor — responde Cal.

— Deixa comigo — diz Viola, se virando para as fileiras de donuts às suas costas.

Ivy se inclina na direção de Cal e chia:

— Por que a gente veio num lugar onde conhecem você? — Os olhos dela estão arregalados e irritados. — Ainda não pensamos no que vamos dizer. Você pode acabar contando pra todo mundo que passou o dia em casa porque estava doente!

— Viola é tranquila — responde Cal, enfiando a mão no bolso em busca do cartão. Ivy não parece convencida, e ele acrescenta: — Sério, não se preocupa. Ela odeia a polícia. É totalmente contra figuras de autoridade. Você nem imagina quantas multas da vigilância sanitária este lugar já recebeu.

— Sério? — pergunta Ivy em um sussurro alto. — Então por que a gente veio comer aqui?

— Espera — pede Cal. Ele paga pelos donuts e aceita um saco de papel branco de Viola, que lança um olhar curioso para mim e Ivy. Quase como se ela achasse que conhece a gente, mas não se lembra de onde.

— Volte logo, Cal — diz ela. — E traga seus amigos.

— Pode deixar — responde Cal, pegando um monte de guardanapos na bancada antes de se virar para a porta. Ele a segura para Ivy e acrescenta baixinho: — As multas não são por sujeira nem nada. Eles só são muito criativos com as coberturas dos donuts. Às vezes, elas não são tecnicamente comida, então a prefeitura cria caso.

— Eu quero saber o que elas são? — pergunto enquanto saímos para a calçada.

— Acho que não — diz Cal, entregando os donuts e dois guardanapos para cada um.

Dou uma mordida enorme no meu, e é melhor do que o esperado: úmido e cheio de mirtilos frescos, junto com um creme de limão. Estou com tanta fome que como tudo antes de chegarmos no sinal. Ivy, que mal deu duas mordidas no dela, percebe.

— Quer um pouco? — Ela balança o donut com um sorrisinho, e meu peito aperta.

Foi confortável passar esses anos todos meio irritado com Ivy, dizendo a mim mesmo que escapei de uma furada, porque ela é uma pentelha que se importa demais com tudo e nem é tão bonita assim. Só que esta última parte é mentira, mas e a primeira?

É verdade, mas nunca me incomodou.

— Não, tudo bem — respondo. — Eu como outra coisa mais tarde. — O açúcar deve estar fazendo efeito, porque a dor de cabeça que surgiu quando entramos no ateliê da Srta. Jamison finalmente começa a desaparecer. Tateio o bolso esquerdo da minha calça jeans e acrescento: — Gente, escuta. Ainda precisamos resolver o que fazer com o celular do Boney.

— Ah, é. — Ivy analisa nossos arredores enquanto caminhamos. — O ateliê fica aqui perto, né? E se a gente andar naquela direção e só... deixar ele por ali? Podemos ligar pra polícia e avisar. De um orelhão, talvez? Eles ainda existem?

Cal parece preocupado.

— Acho melhor a gente não voltar lá — diz ele.

— Não vamos *voltar* — corrige Ivy. — Só chegar *perto*.

— E depois? — pergunto.

Finalmente consigo pensar com clareza suficiente para concluir que eu posso só... ir para casa. A escola foi informada da minha falta e ninguém teria motivo para questionar isso. Não posso fazer nada para ajudar Boney além de entregar seu celular. Ivy e Cal podem ter que explicar algumas coisas para a polícia, mas eu, não.

E não posso correr o risco de precisar me explicar para as autoridades.

— Por que tem tanta gente ali? — pergunta Cal.

Eu pisco, voltando a focar no presente, e percebo que ele tem razão. Aos poucos, a calçada foi se enchendo, e, de repente, estamos no meio de uma multidão.

Ivy estica o pescoço.

— Aquilo é uma câmera? — pergunta.

Sou o único alto o suficiente para conseguir enxergar acima das pessoas. Enquanto observo a cena diante de nós, vejo o repórter a que assistimos mais cedo, no Garrett's. Ele parece estar entrevistando pessoas na rua, esticando seu microfone para um sujeito de boné dos Patriots.

— É aquele cara... Dave qualquer coisa? — digo. — O repórter que você conhece.

— Dale Hawkins? — Ivy fica paralisada, arregalando os olhos. — Ah, não. Precisamos sair daqui.

Assim que ela diz isso, várias coisas acontecem ao mesmo tempo. As pessoas na nossa frente se mexem, a entrevista termina e o olhar de Dale Hawkins sai do homem de boné e passa para a câmera, depois para a multidão. E segue diretamente até Ivy.

O rosto dele é tomado por reconhecimento, e Ivy não hesita nem um segundo. Ela vira de costas e segue na direção oposta, seu rabo de cavalo voando.

— Ei! — chama Dale Hawkins.

Cal sai correndo atrás de Ivy, olhando para trás o tempo todo, e tento me misturar à multidão. Dale dá alguns passos para a frente, seguido pelo câmera, mas tem gente demais no caminho para ele conseguir se aproximar antes de Ivy e Cal desaparecerem na esquina. Eu me enfio atrás de um poste que não me esconde de nada, provavelmente parecendo mais ridículo do que Cal hoje cedo, enquanto Dale observa o caminho que os dois seguiram.

— Eu conheço aquela garota — diz ele para o câmera. Ah, merda.

Mas nem olha para mim. Dentro de alguns minutos, ele começa a entrevistar uma senhora, e outra multidão de pedestres se aglomera ao redor.

— Na minha época, esse tipo de coisa não acontecia — fala a mulher.

A vontade de ir para casa retorna, mais forte desta vez. O que Ivy disse para a escola que eu tinha? Dor de garganta? Sim, pode ser. Pego meu celular e encontro a conversa com Carmen, para avisar que estou doente. Carmem é uma dessas pessoas sociáveis que conecta todo mundo; em meia hora, a escola inteira vai saber minha desculpa. Ivy e Cal vão entender. Talvez eles também consigam encontrar uma solução para escapar dessa bagunça.

Além disso, não é como se nós três fôssemos um grupo. Não mais. Não devemos nada uns aos outros.

Então uma mensagem de Ivy surge na minha tela. *Voltamos pra loja dos donuts.*

Antes que eu consiga pensar em uma maneira de explicar que vou aproveitar e ir para casa, ela acrescenta: *Vou mostrar pro Cal o que pegamos na cafeteria.* Faço uma careta, porque é óbvio que isso vai dar problema, e Ivy acrescenta: *Preciso agilizar as coisas pro caso de Dale Hawkins ter me reconhecido.*

Penso se devo contar que ele a reconheceu mesmo. Mas isso só a deixaria nervosa, e de que adiantaria? O foco do cara está em outra coisa agora. Em vez disso, digito: *Já deu pra mim.* Então apago, porque sei que estou sendo ríspido demais.

Preciso ir embora... Não. Não melhorou muito.

Escuta, desculpa, mas...

Dou um suspiro, desisto e guardo o celular de volta no bolso. O mínimo que posso fazer é dar a notícia pessoalmente.

Chego à QUERO DONUTS quando Ivy está prestes a soltar a bomba.

Ela e Cal estão sentados um do lado do outro em uma cabine, uma mania esquisita deles que nunca entendi. Para que sentar do lado da pessoa quando são só vocês dois? Eu me acomodo à mesa enquanto ela diz:

— Então, Cal. — Sua voz é quase um sussurro, apesar de não ter ninguém ali dentro além da mulher que nos atendeu antes. — Quero começar dizendo que sei que a gente fez uma coisa muito chata e, tecnicamente, ilegal. Mas acho que devemos analisar tudo com a mente aberta, para o caso de encontrarmos alguma informação que nos ajude a entender essa loucura.

— Ahn? — A expressão de Cal é completamente perplexa, e dá para entender. Eu sei do que Ivy está falando, e mesmo assim fiquei confuso.

Ela enfia a mão dentro da bolsa e pega um caderninho preto com a palavra *Agenda* escrita em dourado na capa.

— Pegamos isto da Srta. Jamison na cafeteria — explica ela. — E acho que devemos ler o que está escrito.

— Como é? — Cal pisca enquanto Ivy abre a agenda. — Calma aí. Isso é... Vocês... Foram vocês que roubaram a bolsa dela?

— Só por um tempo — responde Ivy, encarando-o com um olhar desconfiado. Ele parece mais chocado do que irritado, um progresso desde a conversa no metrô.

— Mas como... Eu teria visto vocês! — exclama Cal.

— Peguei a bolsa depois que Mateo derrubou uns pratos. Lembra? — pergunta Ivy. — Então fui pro banheiro pra dar uma olhada no que tinha lá dentro, e encontrei isto. — Ela bate em uma página da agenda. — Meu pai tem uma igual e anota a vida inteira nela. Então pensei, por que não dar uma olhada?

— Por que não dar uma olhada? — repete Cal, incrédulo. — Talvez porque você tenha roubado isso aí?

— Eu avisei que não era um plano perfeito — lembra Iv.v.

— Que *plano*? — pergunta Cal, sua voz ficando mais alta. — Pra que fazer isso?

— Shhh — sibila Ivy.

Viola olha para cima, parece decidir que precisamos de privacidade e abre uma porta às suas costas. Tenho um vislumbre de equipamentos de cozinha antes de ela entrar.

— Cal, escuta — digo, porque é bem provável que Ivy só piore as coisas se continuar falando. — Você tem razão. Foi uma ideia idiota. — Não olho para Ivy quando digo isso, mas consigo ouvir sua fungada de indignação. — Mas agora já era. E dá pra entender por que a gente achou que a Srta. Jamison sabe mais do que disse. No fim das contas, Boney morreu no ateliê dela.

— O ateliê não é *dela* — argumenta Cal. — Ela pega emprestado de um amigo. Outras pessoas também. E os donos mudaram, então... — Ele ergue as mãos quando vê Ivy revirando os olhos. — Só estou dizendo que um monte de gente tem acesso ao lugar, e...

— Alguma dessas pessoas conhece Boney? — interrompe Ivy, e isso o faz calar a boca.

Olho para a agenda nas mãos de Ivy. Agora que ela está na minha frente, preciso admitir que fiquei curioso.

— Anda, Cal, vamos só dar uma olhada. Se não acharmos nada, nós somos os babacas.

— Vocês já são babacas — resmunga Cal, mas ele não tenta pegar a agenda nem ir embora.

Parece que ele não tem mais forças para brigar, e acho que eu tinha razão mais cedo: o cara se sente sozinho demais. É por isso que insiste em defender a Srta. Jamison com unhas e dentes. Ivy e eu podemos até ser babacas, mas, no momento, somos os únicos amigos que ele tem.

— Então tá — diz Ivy, virando uma página. — Vou começar pelo começo.

Não consigo enxergar muita coisa do meu lugar, e Cal não está olhando, então passamos alguns minutos com apenas Ivy virando as páginas e resmungando sozinha. Está claro que ela não encontra nada interessante, ou mostraria para a gente.

— A leitura está boa? — finalmente pergunta Cal, quase parecendo achar graça.

— É impossível entender essa letra — reclama Ivy. — Parece que ela dificulta as coisas de propósito. — Ela vira uma página, e um retângulo cai da agenda. — Hum — diz, puxando-o.

— O que é? — pergunto.

— Parece um cartão — responde Ivy, me mostrando a frente. É uma pintura de flores crescendo por cima de um prédio. — Que bonito — diz ela, virando o cartão de volta para si mesma e Cal. — Parece impressionista.

— *O jardim em Bougival* — reconhece Cal. — De Berthe Morisot. É o quadro favorito da Lara.

Ivy levanta as sobrancelhas, como se estivesse assimilando a forma como ele chama a Srta. Jamison pelo primeiro nome, mas só comenta:

— Vamos ver se tem alguma coisa dentro. — Ela abre o cartão, pigarreia e lê: — *Te amo demais, meu anjo. As coisas vão dar certo pra gente, D.* — Assim que as palavras saem de sua boca, as bochechas de Ivy ficam cor-de-rosa, e ela olha de soslaio para Cal. — Hum — diz ela. — Então deve ser...

Cal parece enjoado.

— Do treinador Kendall.

Ivy abre um sorriso apertado para ele.

— O primeiro nome do treinador Kendall é Tom — diz ela.

— Talvez seja um apelido. Ou o cartão seja antigo — sugere Cal. — Da época da faculdade, ou coisa assim.

O rosto dele — meu Deus. Ele realmente não devia ficar surpreso com a possibilidade de a Srta. Jamison ter mais de um cara por aí, mas é nítido que ele está, e é péssimo assistir a isso.

— Talvez — diz Ivy, sem parecer nem um pouco convencida. Ela fecha o cartão e volta a guardá-lo na agenda. — Vamos deixar isso de lado por...

— Espera — interrompo quando algo chama minha atenção. Um papel solto está aparecendo na parte de trás da agenda, então seguro a ponta e puxo. É um maço fino de papéis grampeado na lateral e dobrado duas vezes. Eu o abro e leio o título: — *Lista de alunos do último ano do Colégio Carlton*. Parece estar em ordem alfabética pelo sobrenome. Zack Abrams, Makayla Austin...

— Deixa eu ver — pede Ivy. Ela tira o papel de mim e analisa a primeira página. Então passa para a segunda e prende o ar. — O nome do Boney está circulado.

— Está? — Cal e eu nos inclinamos em sua direção, e Ivy exibe o papel para nós. Lá está: *Brian Mahoney* circulado de tinta vermelha. — Que esquisito — comenta Cal, apertando os lábios.

Ivy pega a lista e vira a página. Há outro nome circulado no fim, mas não consigo ler de cabeça para baixo.

— *Charlie St. Clair* — lê ela com o cenho franzido e um tom perplexo. — Por que a Srta. Jamison circularia o nome dele?

Encaro a folha de papel. Charlie não é um cara com quem convivo muito na escola. Ele é um dos atletas e tem um irmão mais velho que dá um monte de festas e é amigo do babaca do Gabe. Seu estilo é meio surfista, e ele nunca tira o colar de conchas do pescoço, apesar de ter passado a vida toda em Carlton, onde não tem praia.

Nunca pensei muito em Charlie St. Clair além de notar essas coisas. E continuaria sem pensar se o nome *Charlie* não tivesse aparecido no celular da Autumn hoje de manhã, na varanda, enquanto o babaca do Gabe atacava nossos ouvidos.

Ele faz parte do esquema?, perguntei.

Quanto menos você souber, melhor, respondeu ela.

Não sei se isso é um sinal de que, de repente, existe uma conexão entre Boney, a dona do ateliê onde ele morreu e um cara chamado Charlie. Talvez não.

Talvez sim.

— Charlie gosta de arte? — pergunta Ivy para Cal.

Minha cara de paisagem deve estar dando certo, porque nenhum dos dois presta atenção em mim.

Ele balança a cabeça.

— Acho que não. Nunca tive aula com ele, de toda forma. Ele é amigo do Boney?

— Não — responde Ivy com a firmeza de alguém que organizou eventos estudantis suficientes para conhecer toda a dinâmica entre os alunos.

— Tá, então isso é meio aleatório. — Cal bate na ponta do papel. — Esta folha termina com Tessa Sutton. Tem outra?

— Tem — responde Ivy, virando mais uma página.

Só um quarto da página está preenchido, o final do alfabeto. Vejo outro círculo vermelho na mesma hora, mas, de novo, não consigo ler o nome. Ivy e Cal trocam olhares surpresos, então deve ser alguém importante.

— Quem é? — pergunto.

Ivy vira o papel para mim.

— *Mateo Wojcik* — diz.

12

Cal

O sol se esconde por trás de uma nuvem lá fora, escurecendo nosso canto na QUERO DONUTS enquanto Ivy fixa seu olhar em Mateo.

— Por que a Srta. Jamison circularia seu nome? — pergunta ela.

— Não faço ideia — responde Mateo.

Ele parece estar falando a verdade, mas o negócio com Mateo é que, ao contrário de Ivy, o cara sabe mentir. Ou pelo menos sabia na época em que andávamos juntos. A Sra. Reyes é uma dessas mães supercorujas que sempre querem saber tudo da vida dos filhos, e Mateo vivia saindo pela tangente. A gente não aprontava muito — só coisas normais de criança, tipo assistir a filmes que não devíamos e comer besteira demais —, mas ela nunca descobria.

— Ela circulou você, Charlie e *Boney* — insiste Ivy.

— É. Eu vi. — Mateo dá de ombros. — Não sei por quê.

Eu devia falar alguma coisa, mas não consigo me concentrar. Ainda estou pensando no cartão do "D" na agenda de Lara. A mensagem não citava o nome dela, mas é impossível me convencer de que ele pertence a outra pessoa. O remetente, seja lá quem for, a conhece bem o suficiente para saber seu quadro favorito, que não é famoso a ponto de ser vendido em qualquer loja de cartões, como acontece com, por exemplo, *Nenúfares*, de Monet. Seria preciso procurar bastante por ele. É o tipo de coisa que eu faria se algum dia cogitasse mandar um cartão para Lara.

Te amo demais, meu anjo. As coisas vão dar certo pra gente. Metade do meu cérebro está inventando desculpas sobre como essas palavras não querem dizer nada, e a outra metade analisa freneticamente quem poderia ser D. Alguma coisa no fundo da minha mente me incomoda, sussurrando que já sei a resposta, e estou me sentindo frustrado para cacete, porque *não sei*.

Pelo menos acho que não.

Olho para a lista na mão de Ivy e não tem nenhum D nos nomes circulados. Mesmo assim... Boney, Charlie e Mateo têm o que Lara provavelmente chamaria de "rostos interessantes". O ciúme que senti hoje cedo retorna com força enquanto imagino Lara desenhando Boney em seu ateliê. E talvez Charlie, e... argh.

Mateo não, por favor.

— Ai, meu Deus — sussurra Ivy com os olhos arregalados. — E se esta for a lista de *vítimas* dela?

— *Quê?* — Eu pisco, chocado, então ruborizo quando me dou conta de como nossas mentes seguiram rumos completamente opostos.

Ivy inclina a cabeça para Mateo, ignorando minha confusão.

— Por que você está aqui? O que a Srta. Jamison tem contra você?

— Nada — responde ele. — Já disse. Nunca fui aluno dela.

— Deve ter algum motivo — insiste Ivy. — Alguma conexão entre você, Charlie e Boney. Você é amigo do Charlie? Ou
colega, ou... qualquer coisa?

— Não — diz Mateo. Meus olhos vão de um para o outro
como se eu assistisse a uma partida de pingue-pongue, e fico
com a mesma sensação que o cartão de D causou: estou deixando passar alguma coisa. — Talvez a lista não signifique nada
— continua Mateo. — Talvez seja só alguma coisa da escola, e
é coincidência o nome do Boney estar circulado.

Ivy franze o cenho.

— Isso não faz sentido. Porque não é só a lista. Também é
o fato de ela ser uma mulher loura, que usa o ateliê às terças...

— Mas ela não estava lá — protesto, apesar de não ter mais
certeza de quem estou tentando convencer. Ivy e Mateo ou a
mim mesmo? — Ela foi numa aula de cerâmica.

— Uma aula de cerâmica — repete Ivy com a voz séria.

— É. Foi o que ela me disse.

— Ah, foi isso que ela disse? — Os lábios de Ivy se contor-
cem. — Bom, então acho que está resolvido. Vamos acreditar
na palavra dela, porque ela é uma pessoa tão honesta.

— Ela me *mostrou*. — Pego o celular e arrasto a tela até chegar à foto da tigela verde, exibindo-a para Ivy. — Ela me mandou
isso enquanto estava na aula, assim que chegamos no Garrett's.

— Pfff. — Ivy mal olha para a tela. — Ela podia já ter essa
foto no celular. Ou tirado da Internet.

— Por que ela contaria uma mentira tão fácil de verificar?
— rebato.

Ivy arqueia as sobrancelhas.

— E você *verificou*?

— Não estou falando de *mim* — respondo, na defensiva. — Desde quando sou responsável pelos álibis?

Ela abre a boca para responder, mas o toque de um telefone a interrompe. O som vem de algum lugar na nossa cabine, mas não é meu. Ivy não pega a bolsa, então também não é dela. Nós dois olhamos para Mateo, esperando.

Ele empalidece enquanto coloca a mão no bolso e tira um aparelho de capa preta que... *ahhh*. Meu coração acelera quando reconheço o celular que peguei no ateliê da Lara achando que era da Ivy.

O celular que provavelmente pertence ao Boney.

— Atende! — exclama Ivy.

Mateo fica apenas segurando o aparelho com cuidado, como se estivesse com medo de ele explodir. Eu o arranco da sua mão enquanto Ivy se inclina na minha direção para ver quem está ligando. Ela arfa, e quase deixo o celular cair.

Charlie.

Arrasto a tela para atender e digo:

— Alô?

Eu não pretendia fazer isto, mas a palavra sai no tom arrastado de Boney.

— Boney! — Uma voz aguda e assustada domina meu ouvido. — Puta merda, cara, nunca achei que fosse ficar tão feliz em falar com você. As pessoas estão dizendo que você *morreu*. O que foi que aconteceu lá? O cara apareceu?

— Hum. — Não faço ideia do que dizer. Ivy articula algo com a boca que não entendo, então a dispenso com um aceno de mão para tentar pensar.

— Hum, é Charlie St. Clair que está falando? — pergunto.

Por alguns segundos, tudo que escuto do outro lado da linha é uma respiração irregular.

— Por que você está me perguntando isso? — questiona Charlie em uma voz mais normal, e agora o reconheço. Mesmo quando está perdendo a cabeça, ele fala igual à tartaruga de *Procurando Nemo*.

— Então, o negócio é o seguinte. Não é o Boney... — começo.

— *Merda!* — interrompe Charlie com um gritinho abafado antes de desligar.

— Charlie, espera! — digo para o telefone mudo. Então abaixo o aparelho, querendo ligar de volta, mas a tela bloqueia de novo após o fim da ligação. — Droga — falo, ficando cada vez mais frustrado enquanto mexo na tela, sem conseguir fazer nada. — Já era.

— Deixa eu ver — pede Ivy. Eu lhe entrego o celular do Boney e ela pergunta: — Mateo, você tentou 1-2-3-4 na senha, né? — Ele concorda com a cabeça. — Mais alguma?

— Não — responde Mateo.

— Talvez seja o nome dele. — Ivy murmura *B-O-N-E-Y* enquanto pressiona as letras, então franze a testa e balança a cabeça. — Nada. Cal, o que Charlie disse?

Relato a conversa palavra por palavra, contando tudo que lembro. Tenho certeza de que pelo menos uma parte está certa: Charlie perguntando *O cara apareceu?*. Tento falar em um tom neutro, como se isso não significasse nada, mesmo enquanto meu cérebro vibra com uma informação adicional.

O cara. Não "ela". Não Lara.

Não quero forçar essa informação em Ivy e Mateo. Se eu fizer isso, eles podem achar que só escutei o que queria escutar — ou pior, que estou mentindo. Mas saber que Boney não foi lá para se encontrar com Lara já basta para eu me sentir aliviado. Ela pode ter mentido para mim sobre muitas coisas, mas não sobre isso.

— Você falou que Boney e Charlie não são amigos, né? — pergunto para Ivy.

— Não são — responde ela. — Tenho certeza. Enfim, parece que ele só queria saber o que aconteceu hoje de manhã, né? Como se Charlie soubesse que Boney estava indo ao ateliê pra se encontrar com alguém. Mas parece que ele está guardando segredo, porque ninguém na escola comentou sobre isso. Além do mais, a Srta. Jamison circulou o nome dos dois, então... Acho que precisamos falar com Charlie. Ele é a única pessoa que talvez tenha uma explicação. Já que o *terceiro* nome da lista diz que não sabe de nada. — Ela lança um olhar de esguelha para Mateo. — A menos que isso tenha mudado. Você se lembrou de alguma coisa que pode ser útil?

— Não — responde ele.

Ivy não o pressiona, e fico sem entender por quê. Ela adora ficar esfregando tudo sobre Lara na minha cara. Sei que Ivy era apaixonada por Mateo anos atrás, mas esse não deve ser o único motivo para ela ficar cheia de dedos com ele.

Ela pega o celular e olha para nós.

— Vocês têm o número do Charlie?

— Não — respondemos Mateo e eu, ao mesmo tempo.

— Hum — murmura ela. — Talvez meu irmão tenha. Eles têm amigos em comum e praticavam os mesmos esportes antes de o Daniel resolver ficar só no lacrosse. — Ela arrasta a tela do próprio celular e faz uma careta. — Ai, meu Deus, Daniel me encheu de mensagens. Ele está *adorando* a fofoca. — Ela baixa a voz para imitar o irmão e lê as notificações. — *Você é uma assassina, sim ou não. Devo contar pra M&P que talvez você seja uma assassina, sim ou sim. Você fugiu do país?* Que engraçado, Daniel. Isso tudo é uma grande piada engraçada.

— Tem certeza de que você quer falar com ele agora? — pergunta Mateo.

— Não — responde Ivy, digitando com força no celular. — Só que não conheço mais ninguém que possa ter o número do Charlie. Não vou contar nada pra ele.

Mal ela termina de escrever, o celular toca.

— É Daniel? — pergunto, surpreso. — Ele não está na aula? O intervalo do almoço já acabou, né?

— Já. Eles devem estar completamente descontrolados na escola. — Ivy fecha os olhos com força por um instante. — Tomara que eu não me arrependa disto. — Ela atende à ligação e pressiona o celular contra a orelha. — Oi.

Chego mais perto e escuto Daniel perguntar:

— Mas que *caralho* está acontecendo com você?

Ivy esfrega uma das têmporas.

— Não dá pra explicar agora. Por um acaso você tem o número do Charlie St. Clair?

— Como é que é? — Apesar de o som estar baixo, consigo detectar o sarcasmo indignado na voz de Daniel. — Deixa eu ver se entendi. Você mata aula no dia em que Boney Mahoney é assassinado, se encaixa na descrição da suspeita, passa o dia inteiro sem responder nenhuma mensagem ... e agora quer *o número do Charlie St. Clair?*

— Sim — responde Ivy. — Você tem?

— Você enlouqueceu? Me conta o que está acontecendo.

165

— Então você *não* tem?

— Talvez eu tenha, mas não vou te dar sem receber uma explicação — tenta Daniel, nervoso. Ivy revira os olhos e articula *Ele não tem*, enquanto a voz do irmão ganha um tom de alerta. — De toda forma, aquele cara é sinônimo de encrenca. Não se mete com ele.

— Por que ele é sinônimo de encrenca? — pergunta Ivy.

— Porque sim.

Antes de Ivy conseguir responder, o celular vibra. Ela baixa o aparelho para ler a mensagem na tela, e olho para baixo também.

Emily: Charlie St. Clair acabou de se levantar e IR EMBORA DA ESCOLA. Saiu andando. Todo mundo aqui está enlouquecido.

Emily: Vou continuar mandando notícias, mesmo sem você responder.

Emily: Responde, por favor.

Ivy emite um som preocupado e leva o celular de volta à orelha. Daniel continuou falando enquanto a gente lia as mensagens de Emily, mas não entendi nada do que ele disse.

— Tá bom, era só isso mesmo que eu queria — interrompe Ivy. — E, aliás, foi uma babaquice você ter pegado meus Sugar Babies na varanda, no nono ano. — Daniel guincha uma resposta e Ivy acrescenta: — Não me vem com essa. Você sabe muito bem o que fez.

— Sugar Babies? — pergunto quando ela desliga.

— Mateo deixou um pacote pra mim — explica Ivy, suas bochechas corando. Olho para Mateo, que está demonstrando um interesse súbito no cardápio de donuts. — Na minha casa, depois que a gente, hum, ficou. Eu descobri agora no metrô, quando você... disse aquilo.

— Ahh — respondo, engolindo em seco. Quando eu dei um ataque, ela quer dizer. Prefiro não pensar nisso agora. — Então Daniel não tem o número do Charlie, né? E Charlie foi embora mesmo?

Mateo franze o cenho.

— Foi embora?

— Emily disse que ele saiu da escola — diz Ivy, seu tom voltando à seriedade de antes. — Deve ter sido logo depois de o Cal atender o celular do Boney. — Ela morde a unha do polegar. — Será que ele foi pra casa? A gente pode tentar falar com ele pessoalmente. Os St. Clair moram perto de mim, a umas duas ruas de distância.

— É um plano decente — aprovo.

Lara não mandou notícias desde que saí da cafeteria, apesar de ela já ter tido tempo suficiente para... Como foi que ela disse? *Ver como ficam as coisas.*

Bom, as coisas parecem estar nos levando para Charlie St. Clair. Se Lara tinha outros planos, ela devia ter me avisado.

— Estou morrendo de fome. Preciso de mais comida primeiro — anuncia Mateo. — Comida de verdade — acrescenta ele, olhando para mim como se esperasse que eu recomendasse um donut. Era o que eu pretendia fazer mesmo. — Tem um McDonald's do outro lado da rua. Vocês querem alguma coisa?

— Não, valeu — responde Ivy.

Meu estômago está embrulhado demais para comer.

— Não precisa.

— Tá bom. Encontro vocês lá fora. — Ele se levanta e pega o celular do Boney de cima da mesa. — A gente devia desligar isto até decidirmos como entregar pra polícia. Eles podem estar rastreando o sinal.

Puta merda, nem pensei nisso. Mais uma coisa nova e maravilhosa com que me preocupar.

— Talvez a gente possa deixar o celular com Charlie — sugeri, olhando para Ivy.

Ela está arrumando tudo que tirou do lugar na agenda de Lara com o foco determinado de alguém que não consegue lidar com mais notícias estressantes.

— É, talvez — responde Mateo.

Ele vai embora enquanto Viola volta dos fundos da loja com um pano. Ela começa a limpar a bancada, lançando olhares ocasionais na nossa direção. Estou cogitando ir até lá para puxar papo, como eu faria normalmente, quando meu celular toca pela primeira vez no dia.

É Wes, óbvio. Quem mais me ligaria?

Por um instante, cogito deixar a ligação cair na caixa postal, mas meu pai só ligaria no meu horário de aula se soubesse que estou matando aula ou se tivesse recebido a notícia sobre Boney. Nenhuma dessas conversas vai se tornar mais fácil com o tempo. Arrasto a tela para atender.

— Oi, pai.

— Cal, oi. — A voz dele preenche meu ouvido, cheia de preocupação, e minha garganta se aperta. — Fiquei sabendo do seu colega. Que notícia horrorosa. Seu pai e eu estamos arrasados.

— Wes deve ter contado para Henry antes de me ligar, porque ele jamais ficaria sabendo disso por conta própria. Henry é o oposto de antenado, e ainda usa um daqueles celulares de flip.

— Está tudo bem com você?

— Está. Foi só um choque, acho.

— Que tragédia. Nem imagino como os pais dele devem estar se sentindo, coitados. Como estão os seus amigos?

— Ah, sabe como é. — Olho para Ivy, que pendurou a bolsa no ombro e está sentada na beira do banco, me observando. — Do jeito esperado.

— A escola já organizou alguma coisa? Tem alguém pra conversar com vocês?

— Hum... — Até agora, não menti diretamente sobre estar na escola, e, por algum motivo, isso parece fazer diferença. — Não preciso conversar com ninguém, pai.

— Mas devia, Cal. Mesmo se você achar que é besteira.

— Posso conversar com você em casa.

— Eu devia sair daqui mais cedo. Tenho uma reunião com ex-alunos que estão doando dinheiro pra faculdade, mas posso adiar.

— Não! — Eu praticamente grito, então me forço a falar mais baixo. — Quer dizer, valeu, mas acho melhor eu seguir minha rotina normal. A gente conversa de noite.

— Mas temos aquela premiação — lembra Wes.

Ai, nossa. O Prêmio de Cidadão do Ano de Carlton, cuja convidada de honra é a mãe da Ivy. Tenho certeza de que ninguém na festa vai comentar que metade do colégio acha que a filha dela assassinou Boney Mahoney.

— Pode ser depois — digo.

— Se você prefere assim — responde Wes em um tom desconfiado. — Posso cancelar minha reunião sem problema nenhum.

— Eu prefiro. Vai conversar com os ex-alunos. Fisga a grana deles. — Ai, meu Deus. O que estou dizendo? Este telefonema precisa acabar imediatamente. — É melhor eu ir, mas valeu por ligar.

— Tudo bem. Me avisa se precisar de alguma coisa. Te amo.

— Também te amo — resmungo.

Eu me sinto um babaca quando desligo, e o olhar compadecido de Ivy não melhora a situação.

— Seu pai é tão legal — diz ela, se levantando.

— Eu sei — suspiro. Viola lança outro olhar preocupado na minha direção, e aceno para ela de um jeito que torço para parecer despreocupado. — Até logo, Viola.

Ela não parece acreditar na minha tranquilidade.

— Se cuidem.

— Pode deixar — digo, e bato em retirada para a porta.

O silêncio cai entre mim e Ivy quando saímos para a calçada, e penso na melhor maneira de acabar com ele. Ainda estou incomodado com a briga no metrô; não apenas por todas as coisas que eu disse, mas pelas que eu *não* disse. Ivy merece uma conversa diferente, e, apesar de eu ficar com vontade de vomitar só de pensar nisso, este provavelmente é o melhor momento.

— Então, escuta — começo. — Sobre as coisas que eu falei no metrô...

— Não tem problema — responde Ivy, rápido. — Não quero falar disso.

Olho para a expressão nervosa no rosto dela, tentando avaliar a reposta.

— Você não quer falar sobre o quê? — pergunto. — Sobre o que eu disse ou sobre você e Mateo?

— Mateo e eu não temos nada — diz Ivy, corando. Isso já é resposta suficiente, apesar de não ser a que ela planejava dar.

— Você ainda gosta dele — respondo, me sentindo um idiota por não ter percebido antes. É óbvio que ela gosta; é por isso que o trata cheia de dedos. — E ele... — De repente, enxergo o dia sob um novo prisma, pensando na dezena de formas que Mateo cuidou de Ivy desde que chegamos a Boston. E não apenas quando literalmente a carregou no colo. Ele está sempre prestando atenção nela ou apoiando tudo o que ela fala, observando-a com uma expressão focada, intensa, como se ela estivesse dizendo a coisa mais importante que ele já ouviu na vida. Mesmo quando ela se comporta feito uma pentelha. Wes gosta de dizer que Henry é incapaz de expressar seus sentimentos, então precisamos prestar atenção na forma como ele os demonstra. Mateo é igual. — Ele também gosta de você.

Fico achando que Ivy vai sorrir, mas, em vez disso, a boca dela se aperta.

— Não gosta, não.

— Eu acho que gosta. Talvez este não seja o melhor momento, mas...

— Não é só isso. Tem outras coisas — começa Ivy, mas fica quieta quando Mateo sai do McDonald's com um saco branco na mão. Em vez de seguir na nossa direção, ele entra na loja de conveniência ao lado. Ela relaxa contra a parede, acrescentando: — O que ele vai comprar *agora*? Quanta comida uma pessoa aguenta?

— É o Mateo, né? — respondo. — O cara é um saco furado. Eu devia ter imaginado que ele não ia gostar de almoçar um donut. — Ivy apenas concorda com a cabeça, e a cutuco de leve no braço com as costas da minha mão. — Então... que outras coisas?

— Ahn? — pergunta ela.

— Entre você e Mateo.

— Ah. — Ela demora um instante, encarando o chão. — É bobagem.

— Não parecia ser *bobagem* — insisto, curioso de repente. A Ivy que eu conhecia não fugiria desta conversa, ela analisaria cada mínimo detalhe até eu não aguentar mais. Mas então a porta da loja de conveniência se abre e Mateo sai para a calçada.

— Depois a gente conversa — acrescento.

— Ou não — resmunga Ivy.

Mateo se aproxima de nós com o saco do McDonald's em uma das mãos e algo pequeno e amarelo na outra.

— Antes tarde do que nunca — diz ele, oferecendo a segunda coisa para Ivy.

É um pacote de Sugar Babies, e ela praticamente se derrete toda ao aceitá-lo.

YOUTUBE, CANAL A VOZ DE CARLTON

Ishaan e Zack estão no carro de Ishaan de novo.

ZACK: E aí, aqui quem fala é Zack Abrams e Ishaan Mittal, ao vivo pela segunda vez hoje, porque ninguém está assistindo a aula nenhuma.

ISHAAN: Deviam mandar a gente pra casa logo.

ZACK: Pois é. Enfim, estamos de volta com uma convidada especial que... Emily, quer dar oi? *(Uma garota de cabelo escuro entra em foco no banco de trás com uma expressão séria.)*

EMILY, *categórica*: Oi.

ISHAAN: Então, Emily Zhang é a suposta melhor amiga de Ivy Sterling-Shepard...

ZACK: Não tem nada de suposta. Elas são amigas de verdade.

ISHAAN: Certo. Eu quis dizer que Emily é a melhor amiga da suposta suspeita pelo assassinato...

EMILY, *se inclinando para a frente*: Tá, é por isso que eu vim. Vocês estão sendo irresponsáveis. Não podem ficar usando o nome da Ivy assim, só porque ela faltou e não se dava bem com Boney.

ISHAAN: Bom, não dá pra discutir com fatos.

EMILY: Ah, se vocês estão tão interessados nos fatos, deviam falar de todo mundo do Colégio Carlton que não veio hoje. Quem *mais* faltou?

(Ishaan sai do enquadramento enquanto Zack franze a testa.)

ZACK: Que diferença isso faz, se essas pessoas não têm, tipo, um histórico de problemas com Boney?

EMILY: Isso seria jornalismo sério. E Ivy não tem um "histórico de problemas" com Boney. Ela perdeu uma eleição pra ele, só isso. Qualquer pessoa ficaria chateada. Ela só deve ter tirado um dia de folga.

ZACK: Você diria que é comum Ivy tirar um dia de folga?

EMILY: Bom, não, mas...

ISHAAN, *surgindo de volta na imagem*: Pessoal, acabei de dar uma olhada na audiência. Geral está assistindo.

ZACK: Hein?

ISHAAN: Tipo, o triplo da nossa audiência normal. Não, espera... *(Sai de cena de novo, depois reaparece.)* O quádruplo.

ZACK: Sério?

ISHAAN: Estamos no trending topics, meu povo. Tá, não exatamente no trending topics, mas tem quase cinco mil pessoas assistindo.

EMILY, *arregalando os olhos*: Ai, meu Deus.

13

Ivy

No caminho de volta para Carlton, meus pensamentos estão uma bagunça. Meu lado prático lembra que eu tenho problemas muito mais graves no momento do que saber se Mateo comprou os Sugar Babies como uma piada amigável ou algo mais. Minha versão interior de doze anos está pouco se lixando para isso e não para de gritar em emojis com olhar de coração. Porém minha consciência fala mais alto do que os dois e fica repetindo a mesma coisa sem parar:

Você precisa contar pra ele.

Não é como se eu nunca tivesse pensado nisso, mesmo antes do desastre que foi o dia de hoje. Estou remoendo esse assunto desde que voltei da Escócia e me dei conta do efeito dominó causado pelas minhas ações em junho. Eu tentei melhorar a situação de um jeito indireto. Quando Mateo ainda era uma pessoa distante com quem eu não falava há anos, aquilo parecia suficiente. Mas agora vejo que era apenas covardia da minha parte — inventei uma mentira conveniente para mim mesma só para evitar fazer uma coisa que me parecia impossível de tão difícil.

A vergonha vai crescendo dentro de mim e faz eu me remexer no banco. Passei o dia inteiro julgando Cal, quase sentindo prazer com o fato de o relacionamento dele com a Srta. Jamison ser tão absoluta e nitidamente *errado*. Só não tinha me ocorrido que meu foco no comportamento problemático da Srta. Jamison era uma forma muito eficiente de ignorar o meu próprio.

Não consigo nem aproveitar meus Sugar Babies. Estou tentando, porque não quero que Mateo me ache uma ingrata, mas os caramelos têm gosto de chiclete de papelão. Ele e Cal estão dividindo balinhas azedas em formato de minhoca pelo caminho todo, e, como sempre, Cal está se esforçando para manter a conversa.

— Os pais de vocês ligaram? — pergunta ele, pegando a saída da estrada para Carlton.

É pouco mais de uma e meia da tarde, então quase não pegamos trânsito.

— Os meus estão no avião — lembro a ele.

Não acrescento *por mais quatro horas*, apesar de com certeza pensar nisso. Mas vai dar tudo certo. Quatro horas é mais do que tempo suficiente para impedir que a fofoca sobre mim se espalhe. Principalmente se Charlie conseguir explicar alguma conexão entre a Srta. Jamison e Boney que leve a polícia até ela. Por um instante rápido e maravilhoso, imagino que ele já tenha feito isso, e a próxima atualização do Boston.com será uma foto dela algemada.

Sim, estou forçando a barra. Mas, se alguma coisa minimamente parecida com isso acontecer, Boney vai receber a justiça que merece sem Cal, Mateo e eu precisarmos contar que estivemos no ateliê. Este dia inteiro poderia apenas… desaparecer. Eu chegaria em casa mais cedo, tiraria uma soneca muito necessária e ainda teria tempo suficiente para me arrumar para a cerimônia: tomaria banho, faria escova no cabelo, passaria maquiagem e me certificaria de que todos os botões minúsculos do meu vestido belga complicado estivessem presos do jeito certo. Só de pensar nisso, sou inundada por uma onda borbulhante de alívio e meus Sugar Babies voltam a ser gostosos.

— Minha mãe está no Bronx — responde Mateo. — Graças a Deus. Se ela estivesse no trabalho, já teria saído de lá pra ir atrás de mim na escola. Vocês sabem como ela é.

Eu sei, e ele tem razão. Ela é protetora ao extremo. Mateo é mais alto do que a mãe desde os doze anos de idade, mas eu ainda apostaria nela se os dois brigassem.

— Onde sua mãe está trabalhando agora? — pergunta Cal.

Eu me viro no banco para encarar Mateo enquanto ele diz:

— Em dois lugares diferentes, mas ela fica mais na Jeff Chalmers. Sabe, a concessionária de carros na Spring Street? Ela cuida da parte administrativa.

— Ela está gostando? — pergunta Cal.

Mateo dá de ombros.

— É um emprego. E é fácil, no sentido físico da coisa. Ela precisa de coisas fáceis agora. — Ele olha pela janela como se tivesse parado de falar, mas então acrescenta: — Ela tem artrose e não consegue se mexer muito bem sem o remédio.

— Ela tem *o quê*? — Quase engasgo com meu último caramelo. Não consigo imaginar a mãe de Mateo, sempre tão enérgica e animada, tendo que desacelerar por causa da mesma doença que meu avô Sterling tem. — Quando foi que isso aconteceu?

— O que é artrose? — acrescenta Cal.

— Uma doença nas articulações — responde Mateo, os cantos da sua boca se curvando para baixo. — Ela sente muita dor nos joelhos, não consegue dobrá-los. Geralmente, é uma doença de gente mais velha, então o médico não sabe por que isso aconteceu com ela. Ele disse que pode ter ligação com uma lesão que ela sofreu na época em que jogava softbol, ou talvez tenha sido só azar mesmo. O remédio ajuda, mas ela nem sempre... toma quando deveria. — Ele faz uma pausa e dá de ombros de novo, como se estivesse surpreso consigo mesmo por nos contar. Sei que eu estou surpresa. É difícil ver Mateo se abrindo, especialmente quando se trata de coisas de família. Ele sempre foi muito protetor com qualquer coisa relacionada a sua mãe e a Autumn, incluindo sua privacidade. Então ele encontra meu olhar e acrescenta: — Ela foi diagnosticada em julho. Logo depois de entrarem com o processo contra o Strike-se. *Aquele* foi um mês de merda.

Ai meu Deus, ai meu Deus, ai meu Deus. Meu estômago parece se encher de chumbo, ficando pesado o suficiente para me fazer atravessar o fundo do carro de Cal e me jogar na estrada. Por um segundo, desejo que isso aconteça.

Você precisa contar pra ele.

Não. Seria *impossível* contar agora.

— Ah, nossa, sinto muito — diz Cal, sincero. — Sua mãe é maravilhosa. Que pena ela ter que passar por isso.

— Mas... — As palavras grudam na minha garganta, e preciso expulsá-las. — Meu pai se encontrou com ela em agosto, e ele nunca disse... Ele não falou...

Penso naquela noite, quando fiquei esperando em casa, toda ansiosa, para saber como tinha sido a reunião do meu pai com a Sra. Reyes. Ele adorou minha ideia de chamá-la para trabalhar na nova propriedade e me disse que ela também parecia animada.

— No fim das contas, talvez seja bom não precisar se preocupar com a administração do próprio negócio — disse ele. — As coisas já deviam estar apertadas há um tempo, pro seguro dela cobrir tão pouco. Ela parecia meio cansada.

Achei que devia ser por causa do estresse do processo, que já era ruim o suficiente. Não me ocorreu que a Sra. Reyes também poderia estar com problemas de saúde. Os vários empregos que Mateo mencionou com ar despreocupado durante o dia todo agora assumem um significado diferente. Ele não *quer* vir até Boston para trabalhar no Garrett's, ele acha que é sua obrigação.

— Ela não fala muito dessas coisas — diz Mateo. Ele abre um sorrisinho cansado que mais parece uma careta. — E ela não levantou do sofá enquanto seu pai estava lá em casa. Não havia motivo pra ele desconfiar de nada.

— Mateo, eu sinto *muito*. — Minha voz está trêmula, chorosa, e ele parece confuso.

— Você não tem culpa por ela estar doente — responde ele.

— Não, mas... — Minha garganta se fecha, e paro de falar.

— Vou precisar que alguém me diga por onde ir daqui a pouco — interrompe Cal.

Pisco e seco os olhos.

— Quê?

— Pra casa do Charlie — responde ele, e só então percebo que estamos no centro de Carlton. Acabamos de passar pela biblioteca onde eu ficava durante meus dias de verão na infância e nos aproximamos da mercearia onde Mateo comprou aquele

monte de doces que tentou dividir comigo há quatro anos. —
Sigo o caminho pra sua casa?

Meu cérebro parece cheio de estática, dificultando meus
pensamentos, então fico feliz quando Cal precisa parar no sinal vermelho. Olho ao redor, desorientada apesar do ambiente
familiar, até minha memória voltar.

— Mais ou menos — respondo. — Quer dizer, você pode
fazer isso, mas é mais rápido virar à esquerda depois dos campos
de futebol. Então à direta na Fulkerson.

Cal tamborila os dedos sobre o volante.

— Alguma ideia sobre o que vamos fazer se Charlie não
estiver em casa?

Não. Talvez eu conseguisse bolar algum plano cinco minutos
atrás, mas, agora, meu cérebro continua empacado.

— Ele vai estar lá — respondo.

Pego meu celular apenas para me ocupar com alguma outra
coisa que não envolva bater minha cabeça contra o painel do
carro e vejo outra mensagem de Emily.

ME LIGA. NÃO ME IGNORA AGORA!!!

Então ela encaminha um link do YouTube. Meu dedo paira
sobre ele por um instante antes de eu fazer o completo oposto
do que ela pediu e jogar o celular no colo. Sei que é horrível eu
ter passado o dia inteiro sem dar notícias à minha melhor amiga. O problema é que não tenho a menor ideia do que falar. A
ligação com Daniel já foi péssima. Antes de eu levar o celular à
orelha, uma partezinha de mim torceu para ouvir preocupação
na sua voz. Essa parte agora se sente uma idiota.

Às vezes, fico me perguntando como seria minha relação com meu irmão se ele fosse o mais velho e nossa dinâmica não se baseasse em ele roubar meu lugar de direito na família. Quando éramos pequenos, ele parecia minha sombra, me seguindo por todos os cantos. Mas nunca me incomodei, porque ele era engraçado, criativo e carinhoso de um jeito fofo, bobo. Daniel sempre gritava "Melhor irmã do mundo!" antes de pular em cima de mim, tentando me derrubar, mas era como ser atacada por um cachorrinho, porque ele era tão pequeno e magro na época. Primeiro, Daniel me superou no quesito altura, mas isso não foi problema. Já era de se esperar. Foi só quando ele começou a me superar na escola que a dinâmica entre nós mudou.

Se Daniel tivesse dezoito anos, não dezesseis, talvez eu sentisse admiração por todas as suas conquistas, não inveja. Talvez ele fosse carinhoso e me ajudasse, em vez de achar graça em todos os meus erros. Em vez de me forçar a cometer alguns, só para se divertir.

Cal está prestes a ir reto quando não deveria, então lembro:

— À direita na Fulkerson.

Ele vira.

— Eu sabia disso — alega.

— Tá, mas vai devagar — digo. — A gente precisa virar à esquerda na Avery Hill... aqui.

Cal entra na rua arborizada de Charlie. Ela parece a minha: as casas são imponentes sem serem extravagantes, o espaço entre os terrenos é grande e os quintais são cheios de flores. A casa de Charlie é pintada de um vermelho forte, contrastando com os brancos e cinzas dos vizinhos.

— Chegamos — digo quando ela aparece depois de uma curva, fazendo Cal frear de repente. Mas não rápido o bastante, e passamos direto.

— Vou dar a volta — diz ele. E faz isso, estacionando do outro lado da rua da casa de Charlie. — E agora?

Um jipe vermelho familiar está parado na frente da garagem.

— Bom, ele está em casa — digo. — Ou o carro dele está, pelo menos. Então talvez a gente devesse ir lá e... bater?

Cal faz uma careta.

— Será que isso é uma boa ideia? E se a pessoa que matou Boney estiver atrás de Charlie agora? Ele pareceu bem assustado no telefone.

— Então talvez ele precise de ajuda — responde Mateo, tirando o cinto de segurança. — Que tal vocês ficarem aqui e eu ir falar com ele?

— Sozinho? — Eu viro no banco para encará-lo, confusa e assustada. — Não! Pode ser perigoso.

— Vou tomar cuidado. Já volto — diz ele.

Antes que eu possa argumentar, ele fecha a porta e se distancia rápido do carro.

Com uma expressão pensativa, Cal o observa se aproximar da casa dos St. Clair.

— Ivy, a gente pode conversar sobre como Mateo está esquisito? — pergunta.

— Esquisito como?

— Tipo, ele mal respondeu às minhas perguntas sobre seu nome estar naquela lista. E agora, do nada, ele quer que a gente se separe? Que história é essa?

Mateo chega à porta dos St. Clair e alterna entre bater e tocar a campainha.

— Ele está sendo corajoso — respondo, e Cal revira os olhos dramaticamente.

— Você não disse isso sobre mim quando eu fui embora — lembra ele.

Não sei o que dizer, então me concentro na porta de Charlie.

— Parece que não tem ninguém em casa — digo ao mesmo tempo em que Mateo gira a maçaneta.

A porta se abre e ele entra, fechando-a às suas costas.

Cal se enrijece no banco e olha pelo espelho retrovisor.

— Alguém deixou ele entrar? Ou ele...

— Entrou sozinho? — concluo. — Acho que sim.

Meu coração começa a bater com uma rapidez desconfortável. Não sei por que, mas ver Mateo desaparecendo dentro da casa de Charlie é a pior sensação que tive em muito tempo — e isso é impressionante, levando em consideração o dia que tivemos.

— Então tá — diz Cal, sem tirar os olhos da porta. — Vamos esperar?

— Acho que sim.

Caímos em silêncio, e fico encarando o relógio do painel, observando os números mudarem com uma lerdeza agoniante. Cal começa a mexer no rádio, aumentando o volume sempre que encontra uma música de que gosta. Então, depois de ouvir por alguns segundos, ele abaixa o som e muda de estação de novo.

Depois de cinco minutos e o que parecem ser quarenta músicas, perco a paciência.

— Acho melhor a gente ir atrás dele — digo.

Cal solta o ar, e não sei se é de alívio ou frustração.

— Você gosta mesmo de seguir os outros, né? É, tipo, uma *mania* sua.

— Só em certas situações — retruco, segurando a maçaneta da minha porta. — Você vem?

— Óbvio. — Ele desliga o motor e sinto uma onda de gratidão até ele precisar dar a última palavra. — Longe de mim querer que você pense que não sou *corajoso*.

A rua está completamente silenciosa e tranquila, e o único som ao nosso redor é o ocasional canto de pássaros. Charlie mora numa região cara que exige que ambos os pais trabalhem, então não tem ninguém em casa no meio do dia. O único carro que vemos é o jipe.

— Espera um pouco — pede Cal. Ele abre a mala e, para minha surpresa, pega um taco de beisebol. — Vamos levar isto, só pra garantir.

Ele o segura com cuidado, em um ângulo que me faz achar que nunca bateu numa bola.

— Por que você tem isso? — pergunto enquanto seguimos para a casa de Charlie. Não consigo imaginar Cal praticando esportes no seu tempo livre.

— É pra uma história em quadrinhos nova que estou desenhando — explica ele. — Sobre uma aranha que encontra um taco em um campo e resolve começar seu próprio time.

— Então é tipo Homem-Aranha, mas com beisebol?

— Não. — Cal parece irritado. — Não tem nada a ver com Homem-Aranha. A aranha não é radioativa nem uma super-

-heroína, e não tem humanos. Só vários insetos diferentes. Jogando beisebol.

Chegamos ao caminho perfeitamente liso diante da garagem dos St. Clair, uma mudança bem-vinda das calçadas de pedrinhas por onde tropecei o dia todo.

— Como eles levantam o taco? — pergunto. Cal ergue as sobrancelhas com um ar questionador, e acrescento: — Os insetos. Se eles não têm força de super-herói. O peso esmagaria eles.

— Bom, é óbvio que tem certo elemento de fantasia — responde Cal.

— Hum — digo, meus olhos analisando a casa imaculada diante de nós. Ela parece estranhamente silenciosa.

— Como assim, *hum*? — pergunta Cal.

— Sei lá. Quando penso nas coisas que você desenhava antes, parece meio...

Estou prestes a dizer *sem graça*, mas então passamos pelo jipe de Charlie, e suas janelas estão tão limpas que vejo nossos reflexos — incluindo a expressão magoada no rosto de Cal.

Ah, não. Eu estava tão ocupada tentando me distrair do estresse duplo causado pelo que Mateo contou sobre sua mãe e o que pode estar nos esperando na casa de Charlie que quase esqueci que ninguém precisa ouvir minhas opiniões sem filtro.

— Eu só gosto muito das suas histórias antigas — digo, rápido. — Posso estar sendo parcial.

— Você fala igualzinho a Lara — resmunga Cal.

Aponto um dedo para ele.

— Não me desrespeita assim.

— Bom, ela falou que... — Cal perde o fio da meada quando a porta de Charlie se agiganta diante de nós. — Espera aí. Vamos pensar um pouco. A gente está invadindo a casa dele?

— Não. Só vamos entrar.

— Mesmo assim. Será que isso é mesmo uma boa ideia? Entrar na casa de alguém?

O taco balança na mão de Cal como se ele estivesse prestes a deixá-lo cair, então o pego e o seguro com firmeza.

— A gente não tem opção — respondo, e abro a porta.

14

Mateo

Charlie não deve estar com tanto medo de morrer, porque não se deu nem ao trabalho de trancar a casa.

Entro em um corredor espaçoso e vazio e fecho a porta.

— Charlie? Você está aqui? — grito, entrando na casa. — É Mateo Wojcik. Preciso falar com você.

Então vejo a cozinha dos St. Clair através da porta diante de mim e fico paralisado.

Todos os armários estão escancarados. As bancadas e o chão estão cheios de caixas, sacos e pratos quebrados. Ando devagar pelo corredor, com todos os músculos tensos, e paro diante de portas duplas que levam ao que parece ser a sala de estar. Está um caos lá dentro: mesas viradas, almofadas rasgadas e jogadas no chão, luminárias e vasos quebrados. A estante embutida em um lado da sala está completamente vazia. Até as cortinas foram rasgadas da janela, e o varão está pendurado em um canto, quase caindo.

A casa inteira foi revirada. E se a pessoa responsável ainda estiver aqui, acabei de anunciar minha presença.

É óbvio que a atitude mais inteligente seria correr de volta para o carro de Cal. Mas não posso fazer isso. Porque agora eu preciso muito, muito *mesmo*, descobrir se Charlie St. Clair — o cara cujo nome estava circulado em uma lista junto com o meu e o de um garoto morto e que acabou de ligar em pânico para o tal garoto — é o mesmo Charlie que apareceu no celular de Autumn hoje cedo.

Quanto menos você souber, melhor, disse ela. Isso deixou de ser uma opção.

Volto para a cozinha, prestando atenção em qualquer ruído. Fora o zumbido do ar-condicionado central, a casa está completamente silenciosa. De perto, a cozinha parece ainda pior. Há tanta porcaria no chão que estou prestes a desistir de seguir em frente quando vejo uma porta entreaberta diante da despensa. Vou até ela e a abro. Um leve farfalhar vem lá de baixo.

Uma escada acarpetada leva ao porão. Fico parado ali por um instante, pensando se seria uma ideia muito ruim seguir o barulho. Consigo escutar a voz de Autumn na minha cabeça com tanta nitidez que é como se ela estivesse do meu lado: *Péssima, Mateo. Literalmente a pior decisão que você pode tomar na vida.*

É, como se ela pudesse me julgar.

Desço com cuidado e fazendo o mínimo de barulho possível, meus passos abafados pela grossura do carpete. Quando chego ao último degrau, encontro um cômodo mobiliado que foi tão revirado quanto o andar de cima. Como há menos móveis aqui, a bagunça consiste principalmente em estantes derrubadas e equipamentos esportivos espalhados. Conto quatro portas igualmente espaçadas; uma está aberta, levando ao que parece ser uma lavanderia, enquanto o restante está fechado. O silêncio assustador também reina ali.

Há uma bola de basquete na minha frente, e a empurro para o lado com o pé. Ela gira mais rápido do que eu pretendia e bate na beira de uma estante de metal com um leve baque. *Droga.*

O farfalhar baixo soa de novo, vindo de trás de uma das portas fechadas. Meu nervosismo ganha força, e tento ignorá-lo enquanto analiso as coisas no chão em busca de algo que eu possa usar para me defender. Não tem muita coisa, a menos que...

— Arghhhhhh!

A porta é escancarada, e um borrão vem para cima de mim, berrando. Tenho apenas um vislumbre de prateado antes de o meu crânio explodir em dor e eu cair de joelhos. Outro golpe me acerta no ombro, menos forte do que o primeiro. Minha visão embaça enquanto algo quente escorre sobre meus olhos. Eu me jogo para a frente sem enxergar, e minhas mãos encontram o metal frio de algum tipo de barra. Eu a seguro e a puxo com toda a força, grunhindo de dor quando a pessoa que a segurava se joga em cima de mim. A barra escorrega, e escuto o som dela batendo contra a parede. A adrenalina me domina quando penso com uma selvageria triunfante: *Ele caiu e está desarmado.*

Por alguns segundos, somos um emaranhado de pernas e punhos violentos rolando no chão, dando socos que não acertam o alvo com força suficiente para causar estrago. Faz anos que não me meto em uma briga, mas parece ser igual a andar de bicicleta: você nunca esquece. Eu desvio e me mexo, tentando segurar meu adversário enquanto ele não para de se desvencilhar.

Não consigo enxergar e minha cabeça lateja. Quando sinto um dos dedos dele apertando a pele do lado do meu olho, uma onda imensa de raiva toma conta de mim. Consigo segurar seu pulso e o dobro para trás com força, fazendo com que ele amoleça com um berro de dor. Em um segundo, subo no sujeito, piscando furiosamente para desanuviar minha visão, com um braço pressionando seu pescoço enquanto o outro se afasta, pronto para dar um soco que vai nocauteá-lo.

— Parem! — grita a voz de uma garota atrás de mim. — Mateo, Charlie, parem!

Charlie? Fico paralisado, depois esfrego os olhos com a mão. Ela volta vermelha de sangue, e minha visão desanuvia o suficiente para eu ver Charlie St. Clair empurrar meu peito com força. Giro para longe dele e me viro, encontrando Ivy a alguns metros de distância, empunhando um bastão de beisebol.

— Mas que porra é essa? — pergunto, rouco. Então volto a olhar para Charlie, que está se retorcendo no chão, apertando o pulso e gemendo. Um taco de golfe está caído a alguns metros dele, e Ivy passa por mim para confiscá-lo. — Porra, Charlie, foi mal — digo. — Eu só queria ajudar.

— Você ajuda as pessoas de um jeito esquisito pra caralho, cara — geme Charlie. — Acho que você quebrou meu pulso.

— Foi mal — repito, limpando minha mão ensanguentada na camisa. — Mas você me atacou com um taco de golfe, então...

— Porque você *invadiu a minha casa.* — Charlie se senta, esquecendo o pulso, e afasta o colar de conchas do pescoço, pressionando os dedos sobre a marca vermelha por baixo. Eu fiz isso quando tentei segurá-lo, e, se estivesse raciocinando, talvez entendesse que meu oponente era Charlie quando senti a aspereza do cordão contra meu braço. — Achei que você fosse... — Ele gesticula para o cômodo. — A pessoa que fez isso.

— A porta estava aberta. E eu falei meu nome — argumento.

— Eu avisei assim que entrei.

— Não consigo ouvir porra nenhuma aqui embaixo. Tem isolamento acústico — diz Charlie. — De toda forma, por que isso faria eu me sentir melhor? O que você está fazendo aqui? — Sua expressão assume um ar meio vazio e desfocado enquanto ele olha de mim para Ivy, e depois para Cal, que surgiu atrás de nós. — E você. E você.

Ivy agacha ao lado dele e segura seu pulso.

— Não está inchado, mas acho melhor você colocar gelo. E aí... Nossa! — Ela arfa quando olha para o meu rosto. — Mateo, você está sangrando. Muito. — Ela estica a mão, e eu me retraio antes que seu toque me alcance. Agora que a adrenalina passou, o lado direito da minha cabeça parece estar pegando fogo. — Precisamos limpar isso.

— Precisamos *ir embora* — interrompe Cal, tenso. — E se a pessoa que fez isso resolver voltar?

Tenho uma certeza esquisita de que isso não vai acontecer, como se o culpado, ou culpados, por revirar a casa de Charlie já tivesse seguido em frente. Mas antes de eu conseguir seguir esse raciocínio para sua conclusão lógica — *seguiram em frente para onde?* —, Ivy diz:

— É verdade. A gente pode ir pra minha casa.

Charlie está apoiado na parede agora, os olhos apertados.

— Vocês são de verdade? — pergunta com a voz arrastada. Ele estica a mão e cutuca o braço de Ivy, franzindo o cenho. — Hein? São?

Ivy pisca devagar.

— Mateo, você bateu na cabeça dele? — pergunta ela.

— Acho que não — respondo, apesar de não ter certeza.

— Cal, me ajuda a levar Charlie pro carro? — pergunta Ivy. — Ele parece desnorteado demais pra ir sozinho. Para com isso — acrescenta para Charlie, que continua cutucando seu braço. — Mateo, você consegue andar?

Eu me levanto, cambaleando.

— Consigo.

Ivy faz uma careta para as gotas de sangue vermelho-escuro que deixei no carpete claro.

— Ai, meu Deus, o chão está um horror.

— Blé. — Charlie dá de ombros, balançando a cabeça para afastar a franja dos olhos. — Trevor Bronson vomitou bem aí no fim de semana passado, então, sabe como é. Já vi coisa pior.

— Eca. — Ivy se levanta, franzindo o nariz para o trecho do carpete onde seus joelhos estavam. — Eu podia ter ficado sem essa.

Apesar de tudo que acabou de acontecer, a reação foi tão típica de Ivy que quase solto uma risada. Mas não posso fazer isso, porque, em algum momento no futuro — provavelmente depois que Charlie e eu estivermos menos ensanguentados —, Ivy e Cal vão começar a questionar o motivo para a casa de Charlie ter sido revirada. Eles vão querer saber, naturalmente, pelo que alguém estaria procurando.

E acho que já sei a resposta.

Pouco depois, estou sentado em um banco no banheiro do primeiro andar da casa de Ivy enquanto ela vasculha o armário de remédios. Ela abre um frasco gigante de Tylenol, tirando dois comprimidos, e enche um copo com água da bica.

— Como você está se sentindo? — pergunta.

— Bem — respondo.

No geral, é verdade. Meu ombro está um pouco dolorido da pancada que Charlie me deu com o taco de golfe, mas, fora isso, nada dói além da minha cabeça.

— Você deu sorte. Podia ter sido bem pior. — Ivy me entrega o copo e os comprimidos e me observa tomá-los. — Por que você não foi embora quando viu o que tinha acontecido na casa de Charlie?

Ganho um pouco de tempo enquanto termino de beber a água, mas, no fim das contas, não existe uma boa resposta.

— Por que *você* não foi embora? — rebato.

— Porque você estava lá — diz ela.

Aquele peso no meu peito que só Ivy parece causar retorna, me dando a impressão de que perdi a bússola que me guiava por esta conversa.

— Era pra você ter esperado no carro — resmungo. Ivy cruza os braços. Sei que eu devia pedir desculpas, ou agradecer, ou as duas coisas. Com certeza as duas coisas. Mas as únicas palavras que consigo acrescentar são: — Onde você arrumou o bastão de beisebol?

Ela pega o copo vazio das minhas mãos.

— Estava na mala do Cal.

— Então você pretendia... fazer o quê? Bater em alguém?

— Deu certo pro Charlie, né? Até certo ponto. — Ivy abre uma porta embutida na parede atrás de nós, revelando prateleiras com pilhas organizadas de toalhas. O banheiro está quase igual ao que era na época em que eu costumava frequentar a casa de Ivy, tirando que agora é pintado de creme, não de azul. Ela tira uma toalha do armário e abre a torneira de novo, molhando-a e dobrando-a no meio antes de se virar para mim.

— Vou limpar o corte agora. Pode doer um pouco.

— Tudo bem. — Eu me esforço para não fazer careta enquanto ela começa a dar batidinhas na minha têmpora. Uma mecha de cabelo escapou do seu rabo de cavalo e cai sobre seu rosto. Ela solta um barulho irritado e faz uma pausa para prendê-la de volta no lugar. Eu já devo estar me sentindo melhor, porque quase faço isso por ela. — Valeu pela ajuda — digo, finalmente.

— De nada. — Ivy volta a limpar meu rosto, seus olhos cor de mel analisando minha têmpora. — Até que não está tão ruim. Foi só um corte, e não é muito fundo. Quase não está saindo mais sangue. — Ela se afasta para lavar o pano na pia, depois se inclina sobre mim de novo. O retorno do pano frio e do toque leve de Ivy é um alívio. — Sabe, você não precisa fazer tudo sozinho.

— Quê? — Meus olhos estão seguindo os dela, e meus ouvidos precisam de um instante para acompanhar a conversa.

— Você pode pedir ajuda pros outros. Isso não é um sinal de fraqueza.

Droga. Ela acha que eu entrei sozinho na casa dos St. Clair porque fui nobre. Não por estar tentando salvar minha pele. Fico dividido entre querer explicar as coisas e querer permanecer sendo o cara que ela acha que sou. O cara que *eu* achava que era.

— Eu não estava com medo de parecer fraco — começo, me remexendo, inquieto.

Eu devia sair daqui e ir falar com Charlie, em vez de deixá-lo sozinho com Cal. Mas Ivy continua limpando meu rosto com delicadeza, e não consigo me convencer a ir embora. É uma sensação boa, e ela usa um perfume leve, meio cítrico, que tem um cheiro maravilhoso. A única coisa que quero é ficar aconchegado aqui pelo máximo de tempo possível, sem pensar no que vai acontecer a seguir.

— Bom, espero que você não tenha se preocupado comigo e com Cal — diz Ivy. — A gente sabe se cuidar. E estamos todos juntos nessa, então... — Ela se afasta e inclina a cabeça com um ar avaliador. — Sua testa está começando a ficar bem roxa, mas acredito que não vai precisar de pontos. Mas acho melhor você ficar com um curativo até amanhã. — Ela se vira para o armário de remédios de novo e tira uma caixa de Band-Aid, acrescentando: — O Tylenol já fez efeito?

— Já — respondo. Ou isso, ou Charlie não me bateu com tanta força quanto pareceu. Mas já estou sentindo falta de Ivy cuidando de mim, então acrescento: — Tem certeza de que você tirou o sangue todo?

— Tenho. Só falta uma coisa. — Ela lava o pano na pia, depois o torce e o joga em um cesto antes de abrir um Band-Aid. Ela o pressiona com firmeza sobre minha têmpora. — Pronto. Você está quase novo. Não apronta outra vez, tá?

Sua mão roça minha bochecha, e ela se inclina para a frente para me dar um beijo leve na testa.

Sinto que esse é um sinal, ou talvez eu só pense isso porque estava torcendo por um.

— Espera — digo. O cabelo dela cai sobre o rosto de novo, e seguro a ponta da mecha antes de ela conseguir se afastar, nossos olhos se encontrando. — Acho que você não terminou.

— Terminei, sim. Você está bem — afirma ela, mas não se afasta. Seus lábios se separam, seus cílios pestanejam enquanto seu rosto ruboriza. Um dos maiores mistérios do universo é por que os caras do Colégio Carlton não estão fazendo fila na porta de Ivy. De longe, ela é bonitinha, mas de perto como agora? Ela é linda. — Do que mais você precisa?

— Eu preciso… — Prendo a mecha atrás da sua orelha, então desço a mão até segurar sua nuca. — De você.

Ivy estremece, se inclinando para a frente até seus lábios macios roçarem os meus. Mas não é suficiente, não é nem de longe suficiente. Enrosco os dedos no cabelo dela e a puxo para um beijo demorado, lento. Quaisquer pensamentos que tive sobre isso ser uma péssima ideia — e tive vários — desaparecem quando sinto sua boca contra a minha. Beijar Ivy é familiar e empolgante ao mesmo tempo, como se eu estivesse voltando para um lugar de onde nunca quis sair e descobrindo que ele é ainda melhor do que eu me lembrava.

— Pessoal? — Ivy pula para trás quando a voz de Cal surge. Ela não se afasta a ponto de impedir que ele levante as sobrancelhas quando enfia a cabeça pela porta, mas seja lá o que ele viu, não é suficiente para distraí-lo. — Charlie me contou o que ele acha que a pessoa que revirou sua casa estava procurando, e temos um problema. Espera, vou reformular essa frase — acrescenta ele, já sabendo que Ivy o corrigiria. — Nós temos um *novo* problema.

Ela congela.

— Tem alguém aqui? É a polícia?

— Não. Não tem ninguém aqui — responde Cal, se apoiando no batente. Ivy solta o ar, aliviada, e começa a guardar os curativos. — Tirando o cara que veio com a gente. Em outras palavras, um Charlie muito bêbado.

Ele olha apenas para Ivy, não para mim, e começo a ficar com uma sensação ruim.

Eu sabia que não devia tê-lo deixado sozinho com Charlie.

— Muito o quê? — pergunta Ivy, distraída.

Ela fecha o armário de remédios, depois olha duas vezes para o espelho quando nota seu reflexo. Então tenta arrumar o que resta do seu rabo de cavalo, mas acaba desistindo e tirando o elástico do cabelo, deixando-o cair sobre os ombros.

— Charlie está doidão — responde Cal, saindo da frente da porta para Ivy entrar no corredor. Eu também me levanto, mas Cal continua sem olhar para mim. — Ele ficou assustado por causa de Boney, depois ficou assustado quando viu o estado da casa, então achou que seria uma boa ideia tomar a vodca dos pais. — Ele pigarreia e acrescenta: — Mas foi uma opção melhor do que ter uma overdose da oxicodona que ele roubou.

Merda, merda, merda. Que merda. Era isso que eu temia quando o nome de Charlie começou a aparecer em todo canto. É a pior explicação possível para a conexão entre Charlie e Boney.

Quanto menos você souber, melhor.

— Sério? Agora dá pra entender por que ele está tão esquisito — diz Ivy. Fico esperando em silêncio até ela digerir o restante da notícia de Cal. Seus olhos se arregalam em um segundo. — Espera, o que foi que ele roubou? Você disse oxicodona? Tipo... opioides?

— Isso mesmo — responde Cal, cruzando os braços. — Charlie me contou que encontrou um estoque enorme de oxicodona numa festa no mês passado e começou a vender. Ele e Boney. — Ivy arfa, e Cal finalmente me encara. Seu olhar é frio e analítico quando ele acrescenta: — Junto com sua prima. Mas você já sabia disso, né?

15

Cal

Não tenho certeza de que acredito no que acabei de dizer até Mateo se encostar na parede, esfregando o maxilar com a mão.

— Sim — diz ele em uma voz cansada. — Eu sabia.

— Calma. O quê? — pergunta Ivy. Seus olhos estão tão arregalados que ela parece um personagem de anime. — Você está vendendo *drogas*?

— Autumn está — corrige Mateo. — E eu... não impedi.

Minha paciência, que já estava por um fio por eu ter que desvendar a lenga-lenga de Charlie enquanto esses dois se pegavam no banheiro, chega ao fim.

— Então esse tempo todo, enquanto a gente tentava entender o que aconteceu com Boney, você sabia que ele era traficante? — pergunto. — Você o viu caído lá, praticamente com uma seringa pendurada no braço, e pensou *Ah, não deve ter nada a ver, é melhor não tocar no assunto*?

— Eu não sabia que Boney estava envolvido — insiste Mateo. — Autumn não quis me contar com quem ela estava vendendo. A única coisa que ela dizia era *Quanto menos você souber, melhor.*

Meu primeiro instinto é rebater com um *Que conveniente*, mas me forço a engolir as palavras, porque não sei de onde elas saíram. Eu acho que Mateo está mentindo ou só estou com raiva dele? As duas coisas? Preciso de mais informações antes de me decidir.

— Você sabia sobre Charlie? — pergunto, tentando manter a calma.

Mateo hesita.

— Não exatamente. Mas vi o nome dele no celular de Autumn hoje de manhã e ela ficou toda esquisita, então comecei a desconfiar que alguém chamado Charlie podia estar metido nisso. E aí Boney morreu, apareceu uma lista com o nome dele, de Charlie... e o *meu*, o que não faz sentido nenhum. Então eu queria conversar com Charlie sobre isso.

Eu o encaro, irritado.

— Mas não com a gente, né? Apesar de termos perguntado se você fazia alguma ideia de qual seria a conexão.

— Opioides — diz Ivy, desanimada. — Mas é isso que... Ai, meu Deus, eu não te contei, né? — Mateo franze o cenho, confuso, até ela acrescentar: — É por isso que minha mãe vai ganhar o prêmio. Ela foi a estatística-chefe do relatório sobre abuso de opioides no estado.

Os ombros de Mateo ficam ainda mais caídos.

— Merda, eu não... eu nem imaginava.

Cruzo os braços.

— Teria feito diferença se você soubesse?

Ele não responde, e Ivy volta a falar.

— Foi por isso que você entrou sozinho na casa de Charlie? — pergunta ela sem tirar os olhos de Mateo. — Porque não queria que a gente descobrisse o que Autumn anda fazendo?

Quase pergunto se ela ainda acha que ele é *corajoso*, mas fico quieto. Seria um golpe baixo, e não é com ela que estou irritado agora.

O rosto de Mateo fica vermelho.

— Foi. Eu sei que devia ter dito alguma coisa. Desculpa. Eu não estava pensando direito.

Ele lança um olhar pesaroso, quase suplicante, para Ivy, e o fato de Mateo estar preocupado com a reação dela quando fui eu que passei dez minutos tentando entender as baboseiras de Charlie me deixa ainda mais nervoso.

— Você estava com a cabeça no lugar quando resolveu vender drogas? — rebato.

— Eu não vendi nada — diz Mateo, e um tom ríspido surge em sua voz.

Geralmente, quando Mateo fala assim, eu recuo. Não sou um cara durão, nem de longe. Mas, pela primeira vez no dia todo, não sou eu quem precisa se explicar. Agora é Mateo quem está na berlinda, e ele fez por merecer.

— Isso faz diferença? — pergunto, frio. — Você sabia. E se tivesse se dado ao trabalho de avisar o que estava acontecendo, talvez a gente não tivesse entrado na boca de fumo revirada de Charlie como um bando de... — E então fico paralisado, toda a raiva desaparecendo quando um pensamento horrível se instaura na minha cabeça. — Espera um pouco. Charlie disse que não guarda a oxicodona em casa, e que a pessoa que revirou tudo não encontrou o que queria. Se estiverem seguindo a lista, a *sua* casa deve ser a próxima. Tem alguém lá?

— Não — responde Mateo, rápido. — Autumn está no trabalho, e minha mãe foi pro Bronx, lembra? — Ele passa a mão pelo cabelo, parecendo arrasado. — Mas sim, minha casa deve estar parecida com a de Charlie. Autumn também não guarda nada lá. Ela disse que eles tiraram o estoque do barracão onde o encontraram e levaram para outro lugar. Mas acho que não faz diferença. A pessoa que está por trás disso não quer fazer perguntas, só quer... resolver isso do jeito dela. — Ele engole em seco. — Autumn realmente se meteu com o pessoal errado.

— Pois é. E você deixou — digo, minha raiva voltando agora que sei que a família dele está segura. Pelo menos por enquanto.

— Oxicodona não é brincadeira, Mateo. — Não sei muito sobre o assunto, para ser sincero, mas desde que Wes ficou sabendo da crise na Universidade Carlton, ele passa a maioria das noites acordado até tarde, lendo sobre taxas de vício e overdose. Às vezes, ele me conta sobre suas descobertas no café da manhã, e consigo ouvir sua voz preocupada enquanto continuo: — Esse negócio estraga a vida das pessoas. Você tem noção de como isso é sério?

Os olhos de Mateo brilham, e me preparo para escutar uma resposta atravessada. Eu quero escutar, na verdade, e me aproximo um pouco para ele saber que não vou recuar. Por um instante, nós apenas nos encaramos com os ombros jogados para trás e os punhos fechados ao lado do corpo, como se estivéssemos prestes a brigar. O que é ridículo, porque eu não sei bater em ninguém, e, se tentasse, ele me meteria a porrada. Quer dizer, olha o que aconteceu com Charlie. Ele é dez quilos mais pesado do que eu e tinha um taco de golfe, mas quase morreu mesmo assim.

Só que, agora, estou tão irritado que não me importo com isso.

Então Mateo abaixa a cabeça e esfrega a nuca, parecendo exausto de repente. As olheiras que notei em seu rosto mais cedo estão mais destacadas do que nunca.

— É — diz ele em um tom grave. — Eu sei.

Eu pisco e literalmente preciso morder a língua para me segurar e parar de reclamar. Não achei que ele fosse concordar comigo, e isso me faz perder o impulso. Eu estava pronto para encarar o Mateo marrento, mas esse cara? Esse cara parece que se odeia.

Ivy lança um olhar hesitante entre nós.

— Tenho uma dúvida — diz ela baixinho, como se estivesse com medo de acabar com nossa trégua frágil. — Não entendi a ligação entre Charlie, Boney e Autumn. Como isso aconteceu?

Mateo suspira.

— Então, um mês atrás, Autumn e o babaca do Gabe foram a uma festa numa casa vazia, quase saindo de Carlton. Ela estava condenada e tal, ia ser demolida em pouco tempo, completamente deserta. Enfim, Gabe estava de babaquice, como sempre, então Autumn saiu para dar uma volta no quintal e ouviu vozes em um barracão. Ela disse que dois caras da escola estavam lá e começaram a se comportar de um jeito esquisito quando a viram. Eles tinham encontrado um monte de oxicodona escondido embaixo do piso e resolveram pegar tudo pra vender. Um dos caras disse que dava pra tirar oitenta dólares por comprimido. — Ele engole em seco. — E Autumn... Autumn quis participar.

Foi basicamente isso que Charlie me contou, só que de um jeito bem mais confuso.

— Por quê? — pergunto. Foi por isso que vim atrás de Mateo, para entender a peça do quebra-cabeça que não faz sentido nenhum. Apesar de Charlie e Boney não serem próximos, eles têm amigos em comum, então consigo imaginar os dois se encontrando em uma festa. E *com certeza* consigo imaginar os dois bêbados, descobrindo um estoque secreto de drogas e achando que tiraram a sorte grande. Boney via cifras em tudo, e Charlie é o tipo de cara que acha que está acima da lei. Mas Autumn Wojcik? Ela sempre foi quieta e séria, provavelmente passou o colégio inteiro sem nunca ser mandada para a detenção. Consigo imaginá-la se afastando dessa situação, talvez deixando Boney e Charlie se virarem sozinhos com a própria idiotice. Mas se *unindo* a eles? Não faz sentido. — Por que Autumn se meteria em uma coisa dessas?

Mateo trinca os dentes. Ele não responde de imediato, e Ivy solta um som de surpresa ao meu lado.

— Sua mãe — arfa ela.

Ele concorda com a cabeça, parecendo triste.

— É como eu falei no carro. O remédio dela custa uma fortuna, e nosso plano de saúde está uma porcaria depois que o Strike-se fechou. Então, na maior parte do tempo, minha mãe fica sem a medicação. Autumn falou que conseguiria bancar o remédio se vendesse seis comprimidos por mês. Ela disse que seis comprimidos nem seria tanta coisa assim.

Ivy e eu trocamos um olhar enquanto Mateo encara o chão.

— Eu tentei convencer ela a parar. Juro por Deus, tentei mesmo. Me sinto péssimo com isso. Mas Autumn não escuta. Nem quando eu disse que minha mãe ia odiar a ideia, ou que minha mãe podia acabar levando a culpa, que as pessoas não entenderiam. Minha mãe é uma Reyes, não uma Wojcik. Faz diferença, mas Autumn não entende isso. — Ele solta um suspiro pesado. — Ela não entende um monte de coisas. O problema é que, quando minha prima coloca uma coisa na cabeça, parece que ela não enxerga o restante. Ela vê uma luz no fim do túnel e ignora o estrago que o caminho até lá causa. Ela disse que só pararia se eu a denunciasse pra polícia. E eu não faria uma coisa dessas. — Ele baixa a cabeça, e acho que nunca vi Mateo parecer tão derrotado. — Eu não conseguiria fazer isso com ela. E não pensei... Jamais imaginei que algo *assim* fosse acontecer.

Todos nós passamos alguns segundos em silêncio, absorvendo o impacto das palavras dele. Ivy parece arrasada demais para conseguir falar, e não tenho a menor ideia do que dizer. Acho que consigo entender a situação dele com Autumn; para Mateo, nada é mais importante do que sua família. Seria impossível dedurar a prima, mesmo sendo óbvio que ela está errada.

Tento me colocar no lugar de Autumn: se Wes ou Henry ficassem doentes e precisassem de um remédio que nós não conseguíssemos bancar, o que eu faria? Até onde eu iria? Mas é difícil fazer comparações. Para começo de conversa, meu outro pai estaria lá. Além disso, temos um plano de saúde muito bom, e economias, e todas as outras coisas de que Henry fala quando tenta me convencer a fazer faculdade de Administração junto com a de Artes. *Você precisa de um plano B,* ele sempre diz.

Nós temos isso, mas Autumn e Mateo, não. Não mais.

— Eu entendo — finalmente digo.

É uma resposta idiota, eu sei, porém é mais uma oferta de paz do que qualquer outra coisa. Um sinal de que parei de brigar com Mateo. Não vou dizer que Autumn fez a coisa certa, mas ele também não está insinuando isso. Ela encontrou uma solução ruim para uma situação ruim, e todo mundo sai perdendo.

— Você não... Quer dizer, sua mãe... — diz Ivy, hesitante. Ela morde o lábio, olhando fixamente para o piso de madeira muito encerado do corredor. — Todo mundo erra, né? E quase nunca conseguimos prever as consequências do que a gente faz. Se soubéssemos o que poderia acontecer, nunca tomaríamos... as decisões que... tomamos. — Ela termina o discurso, e fico com a nítida sensação de que ela parou de falar sobre Mateo depois da primeira frase.

— Ei, Ivy! — A voz de Charlie vem da sala de estar, me dando um susto. Quase esqueci que ele está aqui. — Olha só! Estão falando de você na televisão.

16

Cal

— Ai, meu Deus — diz Ivy, empalidecendo ainda mais. — O que será agora?

Ela segue pelo corredor, Mateo e eu atrás. Charlie está quase no mesmo lugar em que o deixei — encolhido em um canto do sofá com os olhos semicerrados e uma expressão distraída —, tirando que, agora, segura um controle remoto. Um canal de TV a cabo passa na tela, e vamos Dale Hawkins parado na frente de... Ah, merda.

Do Colégio Carlton de Ensino Médio. Ladeado por Emily Zhang, Ishaan Mittal e Zack Abrams.

— O que esses três estão fazendo aí? — pergunto.

Sei que Emily é a melhor amiga de Ivy, mas nunca a vi com os outros dois.

A boca de Ivy está contraída em uma linha fina.

— Você pode voltar a matéria, Charlie?

— Hum...

Charlie encara o controle como se fosse uma equação matemática de nível de doutorado que ele jamais conseguiria resolver, e Ivy o arranca de sua mão, bufando, frustrada. Ela volta para o começo da matéria, no ponto em que Dale surge na tela.

— Boa tarde, aqui é Dale Hawkins, continuando com a edição especial do *Alerta Hawkins* de hoje — diz o repórter em um tom tranquilo. — Estou no Colégio Carlton de Ensino Médio, onde os estudantes foram surpreendidos nesta manhã com a notícia da morte do colega, Brian Mahoney, de dezessete anos. Enquanto eu noticiava essa tragédia, recebi o link de um vídeo do YouTube apresentado por dois alunos do último ano. Estes rapazes alegam que uma de suas colegas de classe, que tem um histórico de problemas com Mahoney e se encaixa na descrição da suspeita anunciada pela polícia, não foi vista durante todo o dia de hoje.

— Não. — Ivy fica completamente pálida. — Isso não está acontecendo.

A câmera mostra os três alunos ao lado de Dale. Emily exibe uma expressão incomodada, Ishaan parece estar tentando adivinhar qual lado do seu rosto vai ficar mais bonito na televisão e Zack está com cara de nervoso.

— Porra, Zack — resmunga Mateo atrás de mim, e só então lembro que os dois são amigos.

— A emissora recebeu várias denúncias ao longo do dia, e não conseguimos responder a todas — continua Dale. — Mas esta chamou minha atenção porque conheço a jovem em questão. Além disso, e esta é uma notícia exclusiva, eu e minha equipe a vimos em Boston, perto da cena do crime, há menos de uma hora. No entanto, ela fugiu antes que eu pudesse fazer contato.

— Ah, nããããão — geme Ivy.

Na tela, Emily se inclina para a frente e fala:

— Com licença, mas acho importante destacar que o vídeo no YouTube não era uma *denúncia*. Era fofoca.

Dale a ignora e oferece o microfone para Ishaan.

— Ishaan Mittal, você é um dos fundadores do canal *A voz de Carlton*, no YouTube. Quando foi que começou a suspeitar do envolvimento de Ivy Sterling-Shepard na situação com Brian Mahoney?

— Ai, meu Deus. — Ivy pausa a imagem, como se isso fosse impedir o desastre que está prestes a acontecer. — Ele disse o meu nome. Na televisão. Estou ferrada. — Os olhos dela passeiam pela sala de estar, desesperados. — Eu consigo resolver isso. Eu *preciso* resolver isso. — Então ela joga o controle no sofá, desaba em uma poltrona e cobre o rosto com as mãos. — Preciso resolver isso — repete com a voz abafada.

Mateo e eu trocamos um olhar.

— Quase ninguém assiste a esse programa, né? — digo.

Ninguém responde, e provavelmente é melhor assim, já que eu não faço ideia da resposta e pode ser que muita gente assista. Mateo coloca a mão no ombro de Ivy e se inclina para a frente, murmurando ao seu ouvido alguma coisa que não consigo escutar. Ela não se mexe.

— Nossa, que barra — diz Charlie, parecendo quase solidário. — Tirando a Emily. Ela está do seu lado até o fim, né?

Ivy não responde, e seu sofrimento pesa na minha consciência. Ela passou o dia inteiro tentando descobrir a verdade. E eu só atrapalhei ou me distanciei tanto que não servi de nada. Porque eu não sabia se queria descobrir o que aconteceu. Ainda não sei, mas também não posso ficar de braços cruzados enquanto a vida dela desmorona.

— Charlie — digo, me virando para o sofá. Enquanto Ivy e Mateo estavam no banheiro, fiquei tão focado em arrancar a história das drogas dele que mal tive a chance de perguntar sobre qualquer outra coisa. — Quando eu atendi o celular de Boney, você perguntou se o cara tinha aparecido. De quem você estava falando?

— De um comprador — responde Charlie. Ele entrelaça os dedos e os coloca embaixo do queixo, com a testa franzida, parecendo fazer um esforço imenso para se concentrar. — Um cara ligou no fim de semana, querendo marcar um encontro em Boston pra falar sobre uma compra grande. Nós todos temos celulares descartáveis, e a ligação caiu no de Boney. Ele queria, tipo, vinte vezes a quantidade que vendemos normalmente. Boney ficou todo empolgado, mas Autumn achou estranho.

Mateo empalidece.

— Faz sentido. Seria coisa demais.

— Mas Boney foi mesmo assim? — pergunto.

Que pergunta nada idiota, Cal. Você está ajudando demais.

— Ele prometeu pra Autumn que não iria — responde Charlie. — Mas, ontem à noite, ele me contou que falou com o cara de novo e resolveu tentar. E me pediu pra não contar pra Autumn, porque ela só — ele gesticula aspas com os dedos — *ia nos atrasar*. Ele disse que ela pensa pequeno, e a gente podia pensar grande.

— Pensar grande? — pergunto, assustado. — O que isso significa?

Charlie levanta um ombro.

— Sei lá. Ele não quis me contar por telefone. Disse que explicaria tudo depois que fizesse o contato.

— O contato? — repito. — Com quem? Com o cara do pedido gigante?

— Talvez? — Charlie levanta a palma das mãos em um gesto desamparado.

— Você sabe por que ele foi naquele prédio específico? — pergunto. — Foi ideia de Boney ou do cara que ele ia encontrar?

— Do cara — responde Charlie. — Ele deu o endereço e a senha da porta pro Boney.

Eu me equilibro nos calcanhares.

— Você não sabe quem era o cara?

— Não faço ideia — diz Charlie, afundando ainda mais no sofá. — Fiquei com uma sensação esquisita hoje cedo, pensando que a gente devia escutar a Autumn. Quando ela acha que uma coisa vai dar problema, geralmente dá. Tentei ligar pra ela, pra perguntar se a gente devia impedir ele, mas ela não atendeu a nenhum dos celulares. Então eu... deixei pra lá. — Sua cabeça baixa enquanto ele fecha um punho e bate no braço do sofá. — Puta merda. Eu devia ter feito alguma coisa.

O silêncio toma conta da sala enquanto nos perdemos em nossos arrependimentos. Eu, obviamente, queria não ter levado Mateo e Ivy até o ateliê hoje. Mais do que isso, eu queria ter pressionado Lara por respostas quando tive a oportunidade. Eu queria não ter decidido tão rápido que ela só podia ser inocente. Porque está cada vez mais impossível acreditar nisso.

— Ei, Charlie. — Mateo finalmente quebra o silêncio, pegando o celular e arrastando a tela algumas vezes. — Não tive notícias de Autumn hoje. Você teve? — A voz dele está cheia de preocupação. — Será que ela sabe do que aconteceu com Boney?

— Acho que não — responde Charlie. — Ela não me ligou de volta. Você sabe como é quando ela está com a van da morte.

Antes que eu consiga reagir, Ivy levanta a cabeça de repente.

— O *quê*? — pergunta ela, surpreendentemente alerta para alguém que estava quase em coma da última vez que olhei. Mateo, parecendo aliviado com esse sinal de vida, aperta de leve o ombro dela. — Tem uma van da morte? — repete Ivy, lançando um olhar acusatório para Charlie. — Que tipo de esquema de drogas é esse?

— É uma piada — explica Mateo, rápido. — Um apelido. Autumn trabalha pra uma empresa que amola facas, e tem uma faca gigante pintada na lateral da van, então... — Ele fecha os olhos quando Ivy se encolhe. — Era bem mais engraçado antes de hoje.

— Nossa — resmunga Ivy.

Ela se levanta e gira os ombros, como se estivesse tentando voltar ao modo solucionadora de problemas.

— Você prestou atenção na conversa? — pergunto, porque parecia mesmo que ela estava em outro planeta por um tempo.

— Prestei — afirma ela, dando um tapinha no meu braço. — Você fez boas perguntas. Só se esqueceu de uma importante, mas sei que é um assunto difícil pra você. — Ela se vira para Charlie. — Charlie, Boney comentou alguma coisa sobre a Srta. Jamison?

— A professora de artes? — pergunta Charlie, piscando para ela. — Não. Por quê?

— Porque ela usa o ateliê onde Boney morreu — responde Ivy. — E achamos uma lista que ela fez com seu nome, o de Boney e o de Mateo circulados. — Ela espera Charlie ter alguma reação, mas ele ainda parece confuso. — Você tem alguma ideia de por que ela fez isso?

Charlie dá de ombros.

— Você que é inteligente. Qual é a sua teoria?

As bochechas de Ivy voltam a ganhar cor. Sem querer, Charlie acabou de lhe dar uma dose necessária de energia. Para ela, ser chamada de *inteligente* é como tomar Red Bull.

— Bom, agora que entendemos a conexão entre você e Boney, parece que a lista deve ter ligação com as drogas roubadas — diz ela. — Só que o nome de Autumn devia estar lá, não o de Mateo.

— Mas Autumn não estuda mais no Colégio Carlton — lembra Mateo. — Então o nome dela não estaria numa listagem de alunos. Talvez só o sobrenome seja importante.

Ivy bate de leve no queixo.

— Faz sentido.

Charlie estica um braço por cima do encosto do sofá. Ele parece calmo de novo, como se todos os neurônios que carregam sua culpa sobre Boney tivessem voltado a ficar confortavelmente anestesiados.

— Ou talvez tenha sido um chute — sugere ele. — Se você fosse escolher um Wojcik pra vender drogas, não seria *ele*? — Charlie acena na direção de Mateo. — O cara grandão e marrento. Não a garota bonitinha.

— Faz... sentido também — reconhece Ivy, como se doesse admitir isso.

— Óbvio que faz — responde Charlie, seus olhos semicerrados enquanto ele abre um sorriso preguiçoso para ela. — Sabe de uma coisa, você fica bem com o cabelo solto. Devia deixar ele assim o tempo todo.

— Eu... Obrigada? — diz Ivy, hesitante.

— De nada. — Charlie olha para ela de cima a baixo e depois dá uma batidinha na almofada ao seu lado. — Senta um pouco. Relaxa. Você está muito nervosa.

Ivy cruza os braços com força.

— Na minha opinião, estou nervosa num nível aceitável pra situação atual — responde ela.

Charlie aperta os olhos, encarando-a com um ar pensativo.

— É esquisito eu estar meio a fim de você agora?

— Tá, escutem — interrompe Mateo, nitidamente não gostando do rumo da conversa. — Então o que estamos deduzindo? Que a Srta. Jamison faz parte de algum cartel? Que ela está trabalhando com o cara que falou com Boney? Ela descobriu quem estava vendendo as drogas roubadas e ele... O quê? Tentou comprar tudo de volta? Ou pegar de volta? Ou oferecer uma parceria pro Boney? — Ele trinca os dentes. — De toda forma, Boney saiu no prejuízo.

— O cara também — acrescento. — Se ele tivesse conseguido o que queria, talvez a casa de Charlie não tivesse sido destruída.

— Pois é — diz Mateo, se virando para Charlie. — Quantos comprimidos vocês acharam no barracão, no total? Autumn não me contou.

Charlie puxa o colar de conchas.

— Tipo, um monte.

— Quanto é um monte? — insiste Mateo. — Dezenas? Centenas? Milhares?

— Acho que uns cem — diz Charlie. Eu relaxo um pouco, porque podia ser pior, mas então ele acrescenta: — Frascos.

— Cem *frascos*? — Mateo começa a andar de um lado para o outro da sala. — Você está de sacanagem? Quantos comprimidos tem em um frasco?

Charlie esfrega a testa.

— Cara, isso é, tipo... muita conta.

Eu interfiro.

— Vamos dizer que sejam vinte comprimidos por frasco, apesar de provavelmente ser mais. No mínimo, são dois mil comprimidos, e se cada um custa oitenta dólares, estamos falando de...

Ivy retorce as mãos.

— Mais de cem mil dólares — conclui ela com os olhos arregalados e assustados. — É um desfalque muito grande.

— Então estamos falando de uma operação grande, né? — digo. — Organizada pelo tipo de gente que te procura e te mata se você tentar dar uma de esperto. — Não acredito que essas palavras acabaram de sair da minha boca. Em que momento essa se tornou a minha vida? Tenho quase certeza de que é tudo culpa de Charlie, então viro para ele e acrescento: — Como descobriram que foram vocês?

Charlie solta um suspiro.

— Sei lá, cara. Talvez tenha sido o Dedo-Duro.

— Quem? — pergunta Mateo.

— O Dedo-Duro — repete Charlie.

— Ah. É óbvio. — Mateo leva a mão até a parte não machucada do seu rosto e esfrega com força por alguns segundos antes de virar para Charlie com um olhar de extrema paciência. — Vou entrar na onda. Quem é esse?

— Cara, ninguém sabe. — Charlie se senta com mais energia do que demonstrou desde que tentou arrancar os olhos de Mateo. — Mas sabe o meu irmão, Stefan? Ano passado, quando estava terminando a escola, ele me disse que todo mundo que tenta vender drogas em Carlton acaba se ferrando. Tipo, o fornecedor dá pra trás, ou os compradores não aparecem, esse tipo de coisa. Stefan acha que deve ter alguém vigiando as festas e dedurando as pessoas. Ou é um fofoqueiro, ou alguém que tem o próprio negócio e não quer competição. Stefan chama esse sujeito de Dedo-Duro. — Charlie se vira para Mateo e acrescenta: — Quer saber? Não importa quem ele é, você deve ter irritado o cara pra ele trocar o nome da sua prima pelo seu. Não provoque o Dedo-Duro, cara!

Charlie começa a rir como se isso fosse uma grande piada, e sou tomado pela vontade de dar um soco na cara dele.

Mateo parece sentir a mesma coisa.

— Deixa eu ver se entendi. Você sabe desde o ano passado que tem alguém vigiando quem tenta vender drogas em Carlton, mas resolveu fazer isso mesmo assim? — O sorriso desaparece do rosto de Charlie quando Mateo pergunta: — Você se deu ao trabalho de contar pro Boney e pra Autumn sobre essa pessoa?

— Quê? Não. Isso... Escuta, cara, isso é só coisa do Stefan, sabe? Ele vive dizendo essas merdas meio *Breaking Bad*. Quer dizer, fala sério, um Dedo-Duro? É uma piada. Não levo essas coisas a sério.

— Talvez devesse levar — responde Mateo no mesmo tom frio.

— Tá, mas... — O olhar de Charlie percorre a sala, como se ele estivesse procurando alguma outra coisa para culpar. — Mas vocês disseram que foi a Srta. Jamison quem fez a lista, então não faz sentido. Ela não vai a festas, e mesmo que fosse. As pessoas perceberiam. Ela seria um péssimo Dedo-Duro. — Ele concorda com a cabeça, aparentemente satisfeito com a própria lógica, antes de acrescentar: — Por que vocês acham que ela está traficando? Porque professores ganham pouco e tal?

— Bom, eles ganham pouco mesmo — responde Ivy. — Mas

nós ainda não paramos pra pensar nos motivos dela. Pode ser uma questão financeira, ou talvez algo mais pessoal. Ela pode ter se envolvido com o cara errado.

Os olhos de Ivy focam em mim, suas sobrancelhas erguidas, e ela articula com a boca as palavras que lemos no cartão de Lara: *Te amo demais, meu anjo.*

— Espera, o treinador Kendall? — Charlie solta uma risada desdenhosa. — Olha só, duvido muito. Aquele cara não dá nem Tylenol pra gente.

— Não estou falando do treinador Kendall — continua Ivy. — A gente acha que ela está saindo com outro cara. Alguém com um nome que começa com D. Talvez ele seja o cliente misterioso de Boney, e ela deu a senha do prédio.

— Ou talvez ele já soubesse a senha — diz Mateo, se virando para mim. — Você falou que outras pessoas usam o ateliê, né, Cal? Tem ideia de quem? Alguém com um nome que comece com D?

Abro a boca para dizer que não — e então a fecho de repente, porque a memória que estava pairando fora de alcance no meu cérebro finalmente me acerta com força. Desde que encontramos o cartão, achei que D fosse um aluno, alguém como Boney, que vi entrando no prédio de Lara, ou alguém como Charlie e Mateo, com os nomes circulados na lista em sua agenda. Alguém como *eu*.

Fiquei com ciúmes só de pensar na hipótese, e isso limitou meu raciocínio. Porque eu me esqueci completamente de que Lara me dispensou na Cafeteria Second Street para atender a uma ligação.

— Sei — respondo. — O cara que alugava o ateliê e o emprestava pra Lara? Ele se chama Dominick.

17

Ivy

Não consigo nem ficar com raiva de Cal por não ter se lembrado do nome de Dominick antes. Nenhum de nós está com a cabeça boa hoje, e não faz sentido perder tempo brigando por causa disso.

— Como você sabe que esse é o nome dele? — pergunto.

— Lara falou quando estávamos na cafeteria — responde Cal. — Ela atendeu a uma ligação dele pouco antes de eu ir embora.

— Quem é Lara? — pergunta Charlie.

— A Srta. Jamison — digo antes de abrir o Google no celular e digitar *Dominick artista Boston* na barra de pesquisa.

Charlie aperta os olhos na direção de Cal.

— Você chama a professora pelo primeiro nome? E o que vocês foram fazer numa cafeteria? — Cal fica vermelho feito um tomate, e um sorriso lento e incrédulo se espalha pelo rosto de Charlie. — Espera. Cara. Você... você e a Srta. Jamison... — Ele faz um gesto pornográfico.

— Não é nada disso — responde Cal, frio.

221

— Sei que não. — Charlie ri, esticando um punho. — Anda, meu camarada, bate aqui. Que foda. Não esperava isso de você.

— Vamos parar com a fanfarronice? — reclamo. — Não tem graça.

Cal ignora nós dois até eu estender meu celular e exibir uma foto em preto e branco de um cara bonito com óculos com armação de tartaruga.

— Dominick Payne — digo. — Artista contemporâneo local, mais conhecido por pintar cenas urbanas panorâmicas. Será que é ele?

— Sei lá — diz Cal, se inclinando por cima do meu ombro enquanto passo para outras imagens. — Eu nunca me encontrei com ele nem... Espera. — Paro na pintura abstrata de uma cidade. — Acho que Lara tem um pôster autografado desse quadro na sala de aula — explica ele, esfregando a nuca. — Ela me disse... Ele me disse que era de um amigo.

— Bom, então pronto — digo. Apesar de esse ser, de longe, o pior quebra-cabeça que já tentei montar, ainda sinto certa satisfação em ver uma peça se encaixar no lugar certo. — Eles têm uma conexão, e os dois são artistas, então é bem provável que ele seja o Dominick que ligou. A próxima pergunta é: será que ele também é o D?

— E/ou um traficante? — acrescenta Cal.

— Certo. Mateo, o que você acha? — pergunto. Quando ele não responde, olho para cima e o encontro franzindo o cenho para o próprio celular. — Mateo? Você escutou?

— Quê? — Ele olha para cima e, apesar de eu achar que isso era impossível, seu rosto está ainda mais fechado e pálido do que ficou no instante em que descobriu que sua prima roubou uma pequena fortuna em comprimidos. — Ah, é. Foi mal. Escutei, mas estou tentando falar com Autumn e ela não responde. Ela não deve ter visto o celular o dia todo, não sabe o que está acontecendo. — Um músculo pulsa em sua bochecha. — E ela precisa saber. Acho que vou ter que ir falar com Autumn.

— Ir falar com ela? — repito. — Como você vai encontrá-la se ela está dirigindo por aí?

— Posso ligar pra Sorrento's e perguntar qual é a rota dela — diz Mateo, olhando ao redor da minha sala até focar na porta da cozinha. — Vocês ainda têm aquela mesa de café da manhã? — pergunta ele com um meio sorriso. O banco embutido na frente da janela saliente sempre foi o lugar favorito de Mateo para comer quando ele vinha na minha casa. Concordo com a cabeça, e ele acrescenta: — Vou ligar de lá, pra vocês continuarem conversando. Posso pegar um copo de água enquanto isso?

Meu coração dá um pulo quando nossos olhares se encontram. Estou tentando me concentrar, mas, apesar de Mateo parecer a personificação deste dia péssimo — rosto machucado, camisa ensanguentada, cabelo bagunçado —, ainda quero passar meus braços ao redor dele e me esquecer de tudo. Quando ele me beijou, os horrores do dia desapareceram, e, por alguns segundos maravilhosos, eu estava exatamente onde queria estar, com a única pessoa que sempre sonhei. A confissão sobre Autumn me pegou de surpresa, mas não do jeito como ele deve imaginar. Não o julgo; como poderia? Meus sentimentos não mudaram por causa disso. Acho que eles não mudariam independentemente de qualquer coisa.

Porém, mesmo que eu consiga sair dessa confusão, não vai fazer diferença. Mateo pode gostar de mim agora, mas isso vai mudar depois que eu parar de mentir para ele.

— Ivy? — chama Mateo quando eu não respondo. — Posso pegar a água ou...?

— Quê? Não. Quer dizer, sim. Quer dizer, pega o que você quiser. — Ele segue para a cozinha, e me viro para Cal, tentando usar um tom eficiente. — Tudo bem, onde a gente estava?

Apesar de ninguém ter pedido, Charlie pega o controle e o aponta para a televisão.

— Vamos terminar de assistir a isso aí — diz ele.

Antes que eu possa negar, a tela ganha vida e Ishaan Mittal volta a falar.

— O negócio com Ivy é que ela é, tipo, superfocada — diz ele, sério. — E ela queria muito ser representante de turma no último ano da escola. É a coisa mais importante do mundo pra ela.

— Você nem me conhece — resmungo, cruzando os braços enquanto encaro a televisão com raiva.

Mas, por algum motivo, minha humilhação televisionada é levemente menos desagradável na segunda rodada. Talvez eu tenha me acostumado com notícias ruins.

Dale Hawkins inclina o microfone mais para perto e concorda solenemente com a cabeça, respeitoso, como se Ishaan fosse um cientista renomado explicando a cura para o câncer. Ishaan veste a camisa, fazendo uma pausa dramática antes de olhar diretamente para a câmera.

— Então, quando Boney ganhou a eleição ontem, ela perdeu a cabeça.

— Como é? Eu não *perdi a cabeça* — grito para a tela, tão alto que quase não escuto Emily dizer a mesma coisa que eu.

— Não falei? — diz Charlie em um tom de aprovação. — Ela está do seu lado até o fim.

— Não sei o que aconteceu com Boney hoje — continua Ishaan, sério. — Mas fico me perguntando: Será que Ivy resolveu dar uma de bomba atômica?

— Dar uma de bomba atômica? — repete Dale.

— É, você sabe — diz Ishaan.

Então ele joga as mãos para trás da cabeça e faz um barulho de explosão. Ao seu lado, Emily articula *Ai, meu Deus* e fecha os olhos.

Nem Dale parece saber o que fazer com o comentário, e Zack se inclina para a frente no mesmo instante.

— Essa é só uma teoria, é óbvio — diz ele.

— Uma teoria bem assustadora — conclui Dale, se recuperando. — Eu sou Dale Hawkins, ao vivo para o *Alerta Hawkins*.

A música-tema do programa toca, e Charlie levanta o controle.

— A gente precisa assistir de novo — diz ele, apertando o botão para voltar.

Eu o ignoro, porque uma vez já foi mais do que o suficiente para deixar algumas coisas bem óbvias. A primeira é que Dale Hawkins com certeza é tão farsante quanto meu pai sempre acreditou. A segunda é que eu não mereço uma amiga tão maravilhosa quanto Emily. E a terceira é que eu devia ter respondido às mensagens dela antes.

Antes tarde do que nunca, *penso, pegando o celular.*

Desculpa por ter sumido.
Juro que não fiz nada com Boney.

Obrigada por ser uma amiga tão legal.
Vou explicar tudo mais tarde.
Assim que eu consertar as coisas.

Então, só para constar, procuro o nome de Daniel nas minhas notificações. Meu irmão ficou tagarela desde que pedi o número de Charlie; tenho três chamadas perdidas e um monte de mensagens.

Me liga, ou vou contar mesmo pra M&P.
Sabia que você APARECEU NO JORNAL?
Isso vai foder com a noite da mamãe.
Ainda vou pro lacrosse depois da aula. E pro Olive Garden com Trevor.
Até parece que você se importa.
Nossa, Ivy. ME RESPONDE.

Sinto uma pontada de culpa — não por causa de Daniel, mas pela minha mãe. Ele tem razão, vou acabar com a noite dela, e entender isso foi a pior parte de assistir ao *Alerta Hawkins*. Mas não tenho que me justificar para Daniel, não tenho que fazer *nada* por ele. Pelo que sei, ele passou o dia inteiro sem dar um pio para me defender, e com certeza não deu a cara a tapa por mim feito Emily. A única coisa com que ele parece se importar é chegar ao Olive Garden na hora certa.

— O que ele está fazendo?

Eu me viro e encontro Mateo atrás de mim, observando Ishaan fazer sua mímica para *dar uma de bomba atômica* na tela.

Engulo um suspiro enquanto Cal tira o controle de Charlie e finalmente, para minha alegria, desliga a televisão.

— Deixa pra lá. Você descobriu a rota de Autumn? — pergunto.

— Não, o Sr. Sorrento não quis me contar pelo telefone — diz Mateo, parecendo estressadíssimo. — Preciso ir lá pessoalmente e mostrar algum documento que prove que somos parentes. A loja fica em Roslindale, então... — Ele se vira para Cal. — Você pode me dar uma carona?

— Eu também vou — digo rápido. Agora, estou ainda mais convencida de que não devemos nos separar.

Cal hesita demais para o gosto de Mateo.

— Por favor — acrescenta ele, seus olhos escuros brilhando. Não sei qual é o problema de Cal, porque, pessoalmente, eu daria qualquer coisa que Mateo me pedisse agora. — Preciso saber que ela está bem. E ela precisa saber o que está acontecendo. Autumn não devia estar zanzando por aí sem ter a menor ideia do que houve.

— Tá, é só que... — Cal puxa o cabelo com as duas mãos. — Isso tudo passou dos limites. Vocês não acham? Pra mim, passou dos limites. Talvez seja hora de falar com a polícia.

— Não! — gritamos eu, Mateo e Charlie ao mesmo tempo, em alto e bom som.

Cal dá um passo para trás, piscando.

— Mas... mas tem drogas no meio, e...

— E você quer que nós todos sejamos presos? — pergunta Charlie, jogando sua franja louro-platinada para trás. — Não, valeu. Sou bonito demais pra cadeia.

Mateo solta uma risada irônica.

— Você tem quantos anos? Dezessete? Além de ser rico. Você vai ficar bem. Mas Autumn já é maior de idade. Ela pode ser presa de verdade.

— Eu também — digo. — Aparentemente, quem *deu uma de bomba atômica* fui eu.

Charlie lança um olhar pensativo para Cal.

— O'Shea-Wallace — diz ele, de repente. — Seu pai é reitor da Universidade Carlton, né?

— É — responde Cal, desconfiado. — E daí?

— E daí que Stefan estuda lá — continua Charlie. — Ele diz que todo mundo gosta do seu pai.

— Gosta mesmo — concorda Cal em um tom orgulhoso.

Charlie boceja e estica as pernas.

— Ele sabe sobre você e a Srta. Jamison?

Cal trinca os dentes.

— Não tem nada pra ele saber. Nós somos amigos.

— Você acha que ele encararia a situação desse jeito? — pergunta Charlie. — Se, hipoteticamente, alguém resolvesse contar pra ele que vocês dois se encontraram hoje?

Cal pisca.

— Você... você está tentando me chantagear?

— Aham. — Charlie concorda com a cabeça, prático. — Está dando certo?

— Você não pode... Eu não... Sua casa foi *revirada* — gagueja Cal. — Como você vai explicar isso pros seus pais?

— É comum casas serem invadidas — responde Charlie. — Vou ligar pra eles e eles vão chamar a polícia. Um crime que não tem nada a ver com Boney.

— Tirando que *tem* — responde Cal entre dentes.

Eu entendo a frustração dele. Entendo mesmo, porque sinto a mesma coisa. Estamos tomando tantas decisões erradas que é quase fisicamente doloroso. Mas toda alternativa tem seus problemas, e não estou pronta para encarar nenhuma delas. Acho que Cal também não, e há um clima fatalista no ar, mesmo antes de Charlie dar a cartada final.

— O filho do reitor O'Shea-Wallace com a professora de artes — diz ele, se inclinando para a frente. — Isso, *sim*, daria um ótimo vídeo no YouTube.

Cal empalidece, os olhos percorrendo a sala como se buscassem por uma saída de emergência, até seu olhar focar em mim e em Mateo com um ar de reprovação. Nenhum de nós fez nada para cortar a chantagem de Charlie, e apesar de eu saber que essa é uma atitude péssima, também não sei que alternativa nós temos.

— Tá bom — diz ele, cansado. — Acho que a única opção é irmos pra Sorrento's.

— Ótimo. E eu vou pro Stefan — diz Charlie, se levantando. — Não vou ficar na minha casa esperando pra ser preso, assassinado ou qualquer outra coisa.

Argh, Cal vai me detestar ainda mais agora, porém...

— Você não pode dirigir — argumento. — Ainda está bêbado. A gente te leva.

— Beleza — diz Charlie, então abre um sorriso malicioso para mim. — Você devia vir comigo. Stefan vai dar uma festa hoje à noite. Todo mundo vai. — Ele percebe a expressão emburrada de Mateo e acrescenta: — O Dedo-Duro também, provavelmente.

— Você não disse que ele não existe? — pergunto, fugindo do convite enquanto sigo para o cabideiro.

Pego um dos moletons com gorro de Daniel e o visto, alisando o tecido sobre a blusa e quase metade da saia. Então levanto o capuz para cobrir a cabeça e coloco o cabelo para trás. Agora que o jornal local me deu meus cinco minutos de fama, esconder o rosto parece uma decisão inteligente.

É estranho sair e ver o Honda de Cal estacionado torto na frente da minha garagem. Fico me perguntando se algum vizinho passou e fez cara feia para a baliza malfeita. Esse parece o tipo de coisa que os moradores de Carlton notariam, ao mesmo tempo em que o traficante de drogas adolescente bem embaixo dos seus narizes passa batido.

— Ivy e eu vamos no banco de trás — diz Charlie quando nos aproximamos do carro.

— Não vamos, não — rebato. Em qualquer outro dia, talvez eu ficasse toda boba por Charlie St. Clair me notar de repente, porque ele é bonitinho, popular e o tipo de cara que geralmente passaria direto por mim. Mas, neste contexto específico, é apenas esquisito e irritante. — Vou na frente — acrescento, e, apesar de saber que Mateo e eu estamos fadados ao fracasso, ainda fico um pouquinho empolgada quando vejo o olhar que ele lança para Charlie.

Nós entramos no carro, e Cal coloca a chave na ignição. O painel acende, exibindo 14h45.

— Vocês acreditam que ainda restam dez minutos de aula? — pergunta Cal enquanto liga o motor.

— Não — respondemos Mateo e eu ao mesmo tempo.

— Onde Stefan mora? — pergunta Cal, ligando o GPS.

Charlie recita um endereço em Carlton, e a tela avisa que chegaremos em cinco minutos.

Cal estica a mão para o rádio do carro, que está tocando tão baixo que mal consigo escutar, e aumenta o volume. Antes de entrarmos na casa de Charlie, a última estação em que Cal parou era uma de músicas antigas, que agora toca uma canção brega chamada "Afternoon Delight", que significa "alegria da tarde" em inglês. O refrão animado e levemente pornográfico preenche o carro, contrastando de um jeito tão absurdo com tudo que está acontecendo que, depois de alguns momentos de silêncio surpreso, nós quatro começamos a gargalhar. De um jeito quase histérico, e por tanto tempo que minha risada quase se transforma em choro, fazendo com que eu precise pressionar a palma da mão sobre a boca para me controlar.

Nada de lágrimas. Por enquanto.

— Nunca ouvi uma música com um título tão errado — diz Cal com a voz engasgada.

— Estamos em ritmo de festa, galera — zomba Charlie.

Mateo ri, mas então fica quieto. Quando olho para seu reflexo no espelho retrovisor, seu rosto está sério, como se ele não conseguisse acreditar que teve um momento de conexão com Charlie durante um dia traumático.

— Posso pedir um favor? — pergunta Cal enquanto vira a esquina. — Podemos parar de falar sobre coisas assustadoras e fingir que somos pessoas normais que escutam soft rock antigo até chegarmos no lugar que amola facas?

— Pessoas normais não fazem isso, mas tudo bem — responde Mateo.

18

Ivy

Depois de deixarmos Charlie, seguimos para a Sorrento's, em Roslindale, em silêncio. Enquanto observo os quilômetros passando pela janela, me ocorre que ter vindo para cá talvez não tenha sido a melhor ideia do mundo. Já passa das três da tarde e quando conseguirmos descobrir a rota de Autumn e a encontrarmos, vai estar perto das cinco. A hora que eu pretendia começar a me arrumar para a premiação da minha mãe.

A premiação é o menor dos seus problemas, Ivy.

Afasto esse pensamento venenoso sempre que ele ameaça invadir minha mente, porque preciso muito acreditar que ainda sou capaz de criar uma noite perfeita para minha mãe. Vou dar um jeito. Separar uma hora e meia para me arrumar seria exagero, de toda forma. É só eu não lavar o cabelo; posso prendê-lo. Quem sabe naquele coque banana que minha mãe sempre usa, tirando que não sei como fazer, então vou precisar assistir a um tutorial no YouTube, e não tenho tempo para isso, então...

Fico pensando em alternativas, acrescentando e subtraindo minutos como se todos os problemas de hoje pudessem ser resolvidos com o cronograma certo, até Cal parar no estacionamento atrás de um prédio baixo de tijolos vermelhos. O lugar está cheio de vans brancas sujas e amassadas, com facas gigantes pintadas na lateral.

— Tá, entendi o apelido agora — diz ele, seguindo até a única vaga entre duas das vans. — Mas será que ninguém nessa empresa pensou que o marketing deles segue mais a linha *serial killer* do que *serviço de cozinha útil*?

— Já é meio que uma piada agora. Acho que os clientes ficariam decepcionados se as vans da morte sumissem — diz Mateo, desafivelando o cinto de segurança. — Espero que seja rápido.

Não quero que ele saia da minha vista. Sei que estou sendo irracional, mas o carro de Cal parece o único lugar seguro no mundo agora. Fora dele, precisamos trabalhar em equipe.

— Vou com você — digo, apertando o gorro do moletom de Daniel ao redor da cabeça.

— Tá, tudo bem — responde Mateo.

Sinto um calafrio enquanto andamos pelas vans cheias de facas; não consigo evitar a sensação de que esse seria o esconderijo perfeito para um ataque-surpresa. Mas somos as únicas pessoas no estacionamento, e chegamos em segurança a uma porta coberta por um toldo. Mateo a abre, fazendo um sino soar alto, e dá um passo para trás para me deixar entrar na frente.

Ajeito o gorro de novo enquanto Mateo fecha a porta e me guia pelo hall de entrada até um corredor estreito. As paredes estão cobertas com vários prêmios MELHOR DE BOSTON emoldurados, e observo as datas enquanto caminhamos. O mais recente é de oito anos atrás, então parece que a Sorrento's já passou um pouco do auge.

— Espera — diz Mateo, parando para analisar o corredor. — Não consigo lembrar o caminho. Só vim aqui uma vez.

Sigo o olhar dele até a cabeça de um senhor surgir de uma porta quase no fim do corredor, me dando um susto tão grande que eu pulo.

— Olá — grita ele.

— Oi, eu liguei pra perguntar... — começa Mateo, mas o homem levanta a mão antes que ele consiga terminar.

— Estou um pouco ocupado agora, mas só preciso de cinco minutos, tá? Já venho falar com vocês.

Ele desaparece antes de eu conseguir explicar que não *temos* cinco minutos.

— Argh — resmungo, frustrada. — Será que a gente deve ir atrás dele?

Mateo olha para o corredor com as mãos no quadril.

— É melhor ele não se irritar com a gente. Vamos esperar um pouco. De toda forma, eu queria te mostrar um negócio. — Ele tira o celular do bolso e destrava a tela. — Procurei o tal de Dominick Payne no Google no caminho pra cá. Você deve ter feito a mesma coisa, né?

— Hm, fiz — respondo, puxando a barra do moletom de Daniel. Não quero admitir que passei boa parte do caminho planejando linhas do tempo alternativas para eu me arrumar para a premiação. — Quer dizer, eu tentei, mas meu sinal estava meio ruim.

— Você viu a matéria no *Herald* sobre a galeria dele quase ter falido?

— Quê? Não!

Mateo exibe a tela, e passo os olhos pela matéria. Ela foi escrita no ano passado e conta como Dominick Payne e alguns outros artistas abriram uma galeria ambiciosa e enorme na Newbury Street, mas tiveram problemas financeiros quase que de imediato. Eles foram salvos da falência por um "investidor externo", nas palavras de Payne.

— Nossa, que conveniente e vago receber tanta grana assim — comento quando termino de ler.

— Né? O cara estava com problemas de dinheiro e, do nada, resolveu tudo — diz Mateo. — Parece Autumn, só que em uma escala muito maior. — A expressão dele se torna sombria. — Além do mais, que tipo de pessoa para de alugar um ateliê e continua usando o espaço?

Eu me controlo para não lembrar a ele que fiz esse mesmo comentário quando vimos Boney entrando no prédio hoje cedo.

— O tipo de pessoa que está fazendo alguma coisa errada — prefiro dizer. — E que quer que os donos novos levem a culpa.

— Vou mandar a matéria pro Cal — diz Mateo, arrastando a tela. — Acho que ele já está mais convencido do envolvimento da Srta. Jamison, né?

— Espero que sim — digo, mordiscando o interior da bochecha. — Duvido que ela estivesse na aula de cerâmica. Aquela denúncia anônima só pode ter sido sobre ela. Eu não cheguei nem perto de Boney.

Mateo esfrega o maxilar com uma expressão pensativa.

— Talvez isso não tenha feito diferença.

Inclino a cabeça, confusa.

— Como assim?

— Você disse que seguiu um barulho até encontrar Boney, né? Bom, talvez o assassino tenha visto você e resolvido te usar como bode expiatório. — Mateo dá de ombros enquanto o encaro boquiaberta. — Talvez a denúncia anônima seja mentira.

Antes de eu conseguir responder, uma voz nos interrompe.

— Desculpa a demora.

Pisco, surpresa, quando o homem que nos cumprimentou mais cedo surge no corredor. Fiquei tão distraída conversando com Mateo que esqueci completamente que estávamos esperando por uma pessoa. O homem é pequeno, tem cabelo branco e usa um jaleco preto com *Sorrento's* bordado em linha branca na frente.

— Eu me chamo Vin Sorrento. Como posso ajudar? — pergunta ele. Enquanto se aproxima, seu rosto envelhecido é iluminado por um sorriso acolhedor que desaparece quando ele olha para Mateo. — Meu Deus, rapaz. O que aconteceu com você?

Mateo toca o curativo na têmpora.

— Ah, nada demais. Sofri, hm, um acidente de carro. Foi bobagem — acrescenta ele quando a expressão do Sr. Sorrento se torna mais nervosa.

— Mas que pena.

— Está tudo bem. Meu nome é Mateo Wojcik, falei com o senhor mais cedo. E essa é... — Ele para antes de falar meu nome, e aceno com a mão, baixando a cabeça. — Essa é minha amiga. O senhor disse que me informaria a rota da minha prima Autumn se eu viesse.

— Sim, isso mesmo. Você pode me mostrar algum documento, por favor?

— Sem problema. — Mateo pega a carteira. — Eu agradeço mesmo. Temos um problema de família, e Autumn não está atendendo o celular.

— Puxa. Foi o acidente de carro? — pergunta o Sr. Sorrento.

— Ah, não — diz Mateo, entregando a carteira de motorista.

— Um problema diferente. Todo mundo está bem, mas preciso falar com ela.

— Entendi. — O Sr. Sorrento pega o documento de Mateo e o segura contra a luz. — Sua família deve estar muito preocupada. Outra pessoa ligou logo depois de você.

Mateo se enrijece.

— Como é?

— Outro homem — diz o Sr. Sorrento. — Ele também parecia muito nervoso. Mas não quis deixar o nome. Tudo parece estar nos conformes, obrigado.

Ele tenta devolver o documento, mas Mateo está paralisado demais para aceitar. Eu aceito por ele, meu coração batendo acelerado enquanto penso na destruição da casa de Charlie. E em uma Autumn que não sabe de nada e não atende o celular enquanto dirige, sem fazer a menor ideia do que está acontecendo.

— Então o senhor pode nos passar a rota dela? — pergunto.

— Ela entrou em contato hoje?

— Recebi um alerta há dez minutos avisando que ela tinha acabado de sair de um cliente — explica o Sr. Sorrento, esfregando as mãos no avental. — Preciso entrar no sistema para ver o restante da rota. — Ele gesticula para o corredor. — O computador fica no escritório. Vocês querem esperar aqui ou vir junto? Temos café.

Olho para Mateo em busca de orientação, mas ele continua imóvel.

— Podemos esperar aqui, obrigada — digo.

— Tudo bem. Já volto — diz o Sr. Sorrento.

Eu o observo desaparecer para dentro da sala e então aperto o braço de Mateo, tentando reconfortá-lo.

— Viu, ela está bem. Está seguindo a rota normalmente.

— Ela *não* está bem. — Mateo começa a andar de um lado para o outro. — Tem alguém atrás dela.

— A gente não sabe disso. A pessoa que ligou podia ter um motivo completamente inocente pra querer saber onde ela está. Talvez tenha sido... — Reviro meu cérebro em busca de uma alternativa aceitável. — Seu pai.

— Ah, é. — Mateo solta uma risada irônica, seus passos se tornando mais largos. Ele fecha uma das mãos em punho e começa a bater na outra. — Até parece que ele começaria a se importar do nada.

— Bom, o Sr. Sorrento não disse nada pra pessoa que ligou, né? Então não vão conseguir encontrar sua prima. — Seguro os braços de Mateo e o faço parar. — Escuta, sei que sou a última pessoa que devia dar este conselho específico em um momento de crise, mas... a situação só vai piorar se você perder a cabeça agora. Confia em mim.

Ele fica tão surpreso que bufa uma quase risada.

— Bom, essa é a sua especialidade.

O Sr. Sorrento surge no fim do corredor, balançando um papel, e solto os braços de Mateo.

— Viu? Ele achou a rota. Vamos encontrá-la. Vai ficar tudo bem.

— Só acredito vendo — responde Mateo, mas sua expressão tensa se ameniza. Então, de repente, ele afasta a barra do capuz do meu rosto e se inclina para me dar um beijo na bochecha. — Valeu por me acalmar — diz, ajeitando o capuz de novo antes de seguir na direção do Sr. Sorrento.

— De nada — digo, resistindo à vontade de tocar a bochecha.

Mateo se vira para me dar um sorriso rápido por cima do ombro.

— Sabe de uma coisa? Você fica uma graça quando está disfarçada.

Apesar de tudo, uma sensação muito parecida com felicidade borbulha nas minhas veias. Mas então observo Mateo conversando com o Sr. Sorrento no corredor e o vazio das minhas palavras me acerta com tudo. *Vai ficar tudo bem*, falei. Estou rezando para isso ser verdade no caso de Autumn, mas sei que não vale para mim e Mateo.

A alegria borbulhante desaparece com a mesma rapidez com que surgiu, sendo substituída pelo refrão de cinco palavras que não desiste de estragar a única coisa boa neste dia desastroso.

Você precisa contar pra ele.

YOUTUBE, CANAL A VOZ DE CARLTON

Ishaan e Zack estão no estacionamento do Colégio Carlton.

ISHAAN, *exibindo a multidão de alunos às suas costas:* Aqui quem fala é Ishaan e Zack, ao vivo do Colégio Carlton, para mostrar a reação dos nossos colegas de turma à reportagem exibida no *Alerta Hawkins* sobre a rixa mortal entre Boney Mahoney e Ivy Sterling-Shepard. Ei, Carmen! *(A câmera foca em uma menina bonita de cabelo escuro que passa pelos dois.)* O que você acha?

CARMEN, *parando:* Eu acho que vocês são uns idiotas.

ISHAAN: Ah, para com isso. Um garoto morreu. Só queremos descobrir a verdade.

CARMEN: Que tal vocês deixarem isso por conta da polícia?

(Dois garotos surgem atrás dela, um com uma jaqueta esportiva e outro com o cabelo raspado.)

CABELO RASPADO: Ivy Sterling-Shepard, cara. A história clássica da garota boazinha que tem um lado sombrio.

JAQUETA ESPORTIVA: Lembra quando ela leu aquele livro pornô no show de talentos? Bons tempos.

ZACK: Escuta, acho que todos nós concordamos que estamos fazendo questionamentos importantes, mas acho que fugimos um pouco do assunto. *(Emily Zhang começa a abrir caminho pela multidão de alunos, gritando: "Dá licença, quero passar! Tenho informações novas!" Ela coloca as mãos no quadril quando chega diante da câmera.)*

EMILY: Em primeiro lugar, tive notícias de Ivy. Ela disse que não fez nada com Boney.

ISHAAN: Ah, bom, mas é *óbvio* que ela diria isso. Cadê ela?

EMILY: Em segundo lugar, como vocês se recusaram a fazer o mínimo de pesquisa, eu fui atrás de mais informações. Doze alunos faltaram hoje, inclusive outros dois do último ano.

ISHAAN, *parecendo levemente interessado:* Quem do último ano?

EMILY: Mateo Wojcik e Cal O'Shea-Wallace.

CARMEN: Ah, francamente. Mateo não tem nada a ver com isso.

ISHAAN: Quem é Cal?

ZACK: É, Mateo só… está doente ou alguma coisa assim.

EMILY: Como você sabe? Você falou com ele? (*Ela faz uma pausa, esperando Zack responder, mas ele fica quieto.*) Se Ivy é culpada só por ter faltado, então ele também é. Ainda mais porque os três eram amigos.

CARMEN: Eram?

ISHAAN: Sério, quem é Cal?

ZACK: Tá, vamos... Calma aí. Aquele é Daniel Sterling-Shepard? (*A câmera dá zoom em um garoto louro com uma bolsa esportiva pendurada no ombro.*)

ISHAAN: É, sim. Indo pro treino de lacrosse como se fosse um dia normal. Ele está tentando manter a rotina ou só está pouco se lixando? Ei, Danny! Daniel, aqui! (*O garoto louro se vira.*) Você tem algum comentário sobre sua irmã? (*Daniel exibe os dois dedos do meio.*)

ISHAAN: Uma declaração impactante.

19

Mateo

Nunca fui tão grato por quanto Cal dirige bem. São quase três e meia da tarde, quando a hora do rush começa a encher as ruas na região da grande Boston, mas não passamos por nenhum trânsito. Ele fica ignorando o GPS, pegando atalhos para chegar a Hyde Park, onde Autumn deve estar daqui a quinze minutos. Quando o sistema recalcula a rota e fornece uma nova previsão de chegada, parece que vamos conseguir chegar a tempo.

— Como você conhece tantos atalhos? — pergunta Ivy.

Ela estava resumindo nossa conversa no Sorrento's para Cal, e ele escutou tudo sem discutir nem defender a Srta. Jamison. Mas também não fez muitos comentários.

— Minha namorada antes da Noemi participava de competições de esgrima — explica ele. — Ela tinha eventos em tudo quanto era canto, e eu sempre lhe dava carona.

— Esgrima? Que interessante — diz Ivy, e esse é seu único comentário.

Cal aproveita a oportunidade para mudar de assunto, começando um monólogo sobre sua ex que imediatamente ignoro.

245

Não o culpo por querer pensar em outra coisa por alguns minutos, mas não posso me dar a esse luxo. Não consigo tirar da cabeça aquilo que o Sr. Sorrento disse no corredor: *Mais alguém ligou logo depois de você. Ele parecia muito preocupado.*

Estou irritado com Autumn desde que ela começou a vender oxicodona. Fiquei com medo de ela arrumar problemas, ou até que eu ou minha mãe acabássemos pagando o pato. Mas, antes de hoje, nunca cogitei a possibilidade de que ela poderia se *machucar*.

Meu celular vibra no bolso. Eu o pego, torcendo para ser uma mensagem de Autumn, mas é da minha mãe. Sinto uma pontada rápida de nervosismo — *ela sabe* —, mas é só uma foto dela e da sua amiga Christy ao lado da tia Rose. Elas estão sentadas no sofá duro como pedra e com estampa floral da tia Rose, com um monte de balões prateados e dourados presos em um dos braços. Todas as três parecem radiantes, sorridentes, sem saber de nada.

Não esquece de ligar pra tia Rose e desejar feliz aniversário!

Pode deixar, respondo, engolindo um suspiro. Minha mãe vai saber se eu não cumprir a promessa, então, em algum momento deste dia horrível e interminável, vou ter que gritar parabéns para minha tia-avó de noventa anos conseguir me ouvir por cima dos sons da sua festa.

E isso… hm. Me deu uma ideia, na verdade.

— Estamos quase chegando — avisa Cal.

Olho pela janela e franzo a testa, pronto para rebater, porque continuamos cercados por árvores, então é impossível estarmos

246

perto de um bar no meio de Hyde Park, no centro da cidade. Então ele faz uma curva e, de repente, entramos em uma autoestrada com duas pistas. Vejo o letreiro vermelho e piscante do Pub do Tio Al a meio quilômetro de distância.

— Você fez um milagre, Cal — digo, olhando para o relógio no meu celular antes de guardá-lo no bolso.

São 15h23, dois minutos antes do horário marcado para Autumn aparecer. O Sr. Sorrento disse que as rotas podem variar de acordo com o trânsito, mas ela foi pontual na última parada.

— O lado bom é que, se ela estiver amolando facas lá dentro, vamos saber de cara — diz Cal, entrando no estacionamento do bar. — A van da morte é inconfundível.

Ele tem razão, e ela não está aqui. Cal para em uma vaga e desliga o motor.

— Vamos esperar? — pergunta ele.

— Vamos — digo, porque ainda falta um minuto para a hora marcada, mas Ivy balança a cabeça.

— É melhor a gente entrar e perguntar se ela já veio. Assim, se Autumn estiver adiantada, não vamos perder tempo antes de seguirmos pra próxima parada.

— Boa ideia — digo. Ivy continua disfarçada, escondendo metade do rosto com o moletom grande. — Você quer vir?

— Tudo bem — responde ela, tirando o cinto.

Nós dois nos comportamos como se nada tivesse acontecido, sem demonstrar qualquer sinal de que nos beijamos uma hora atrás. A única vantagem dessa bagunça toda é saber que tenho outra chance com Ivy, mas, por enquanto, ainda não consigo deixar minhas preocupações de lado para pensar nisso.

Afinal de contas, não sou meu pai.

O estacionamento fica bem do lado da estrada, e o som dos carros passando torna impossível conversar com Ivy enquanto seguimos para o bar. Lá dentro, o nível de barulheira é quase igual: uma televisão berra do lado da porta e conversas altas vêm da direção do balcão. O lugar tem cheiro de fritura e cerveja velha. Uma mulher da idade da minha mãe ocupa um banco ao lado de um armário cheio de cardápios grandes, e ela lança um olhar confuso para nós quando nos aproximamos. O lugar é um restaurante, não apenas um bar, então, na teoria, nós podemos ter vindo comer, mas acho que não nos encaixamos no perfil dos clientes habituais.

— Mesa pra dois? — pergunta a mulher com hesitação.

— Não. Estou procurando minha prima — explico. — Ela trabalha pra empresa que amola facas. A Sorrento's? Ela devia estar na cozinha daqui agora, ou chegando.

— Hm. — A recepcionista aperta os lábios. — Não estou sabendo de nada. Vou chamar o gerente.

— Obrigado — digo enquanto ela vira a esquina e entra no bar.

Ivy foca sua atenção na televisão, que exibe o treino dos jogadores do Red Sox.

— Esses bares de esporte são maravilhosos — resmunga ela. — Eles não gostam de passar notícias, então minha cara não deve aparecer na tela enquanto estamos aqui. — Ela franze a testa. — Você acha mesmo que a pessoa que fez a denúncia também matou Boney?

— Não sei por que deveríamos confiar em alguém que nem se identificou. — Eu me apoio no armário e penso em quando Cal e eu assistimos a Dale Hawkins na televisão hoje cedo. —

248

Além do mais, você não acha esquisito a pessoa ter ligado pra polícia *e* pro programa do Dale? — pergunto. — Não foi nem pra um jornal normal, que podia ter verificado um pouco mais a informação. A ideia era espalhar a notícia o mais rápido possível.

— É — diz Ivy, seus olhos ainda grudados na televisão. — Você tem razão. E deu certo, né? Todo mundo está falando de mim em vez de procurar pelo assassino de verdade. Mas sei lá. — Ela esfrega a ponta do sapato no chão. — Uma parte de mim ainda quer que a denúncia seja sobre a Srta. Jamison. — Levanto as sobrancelhas, e ela arrasta o pé com mais força. — Porque, se fosse, então a culpa por eu ter me metido nessa bagunça seria mais dela do que minha.

— Nada disso é culpa sua — digo. — De toda forma, alguém mandou o link dos vídeos do Ishaan e do Zack pro Dale Hawkins, lembra? Você pode botar a culpa disso nela.

Ela revira os olhos.

— Você sabe que foi Ishaan.

A porta da frente se escancara, emoldurando duas figuras ruivas contra o sol forte que brilha lá fora: Cal e Autumn.

— Achei — anuncia Cal, ofegante.

Os olhos de Autumn se arregalam ao me ver.

— O que aconteceu com seu rosto? Você se meteu em...

Antes de ela conseguir terminar, puxo minha prima para um abraço apertado. Geralmente, todos os abraços que dou em Autumn são leves, com um braço só, e fico tão surpreso quanto ela. O alívio invade minhas veias, e, por alguns segundos, a única coisa em que consigo pensar é: *Ela está bem. Ela está bem.*

Contanto que ela esteja bem, podemos resolver o restante.

— Mateo, que isso? — A voz de Autumn está abafada contra o meu ombro e soa tão surpresa que sei que Cal não teve tempo de explicar nada. — Você está bem?

— Agora, estou — digo, soltando-a. — Mas a gente tem muito o que conversar.

20

Mateo

— Ai! — grita Autumn, balançando o pulso. — Droga, está doendo.

— Então para de bater na parede — sugiro, enquanto Ivy e Cal encaram minha prima com expressões idênticas de nervosismo.

Estamos sentados na van da morte, cercados por caixas de facas e amoladores, porque seu interior sem janelas pareceu mais seguro que o carro de Cal.

E também para Autumn não dar um ataque na frente dos outros.

— Não consigo — diz Autumn entre dentes. — Estou. Nervosa. *Pra caralho!* — As últimas palavras são um berro, e ela dá outro soco acompanhado de um grito de dor. — Boney, ai, meu Deus, Boney. — Como esperado, Autumn passou o dia inteiro sem olhar o celular, então fomos nós que lhe demos a notícia. Ela não a recebeu muito bem, por assim dizer. — Coitado daquele idiota. Ai, meu Deus, que ódio. Que ódio de mim. Que ódio de *você.* — Sua voz fica mais alta na última palavra enquanto ela se vira e me bate no braço com tanta força que sei que vou ficar roxo amanhã. — Eu te odeio, seu babaca! Por que você me deixou fazer isso?

Não respondo, porque ela não precisa de uma resposta, mas Ivy se mete:

— Você não pode colocar a culpa no Mateo por...

— Eu sei, Ivy! — berra Autumn, batendo com os punhos no chão.

— Sério, você vai quebrar alguma coisa — digo. — Se não forem suas mãos, vai ser a van.

Ivy e Cal estão olhando ao redor como se tentassem encontrar uma maneira de fugir e esconder todas as facas ao mesmo tempo, mas o negócio é que... é assim que Autumn lida com as coisas. Minha mãe vivia tampando buracos no quarto dela quando ela veio morar com a gente. Eu também ficava assustado, até perceber que é preciso deixar ela extravasar o que sente.

— Eu tento tomar tanto cuidado — diz Autumn. Sua voz engasga na última palavra, e ela respira fundo algumas vezes antes de continuar: — Eu só tenho um cliente. O médico de um dos caras que trabalha na Lanchonete do Ziggy não quer receitar nada pras enxaquecas dele, então ele toma oxicodona. Achei que eu podia ficar de olho nele pra garantir que nada de ruim acontecesse, que tudo ficaria bem. — Ela solta um gemido frustrado e soca o chão de novo. — E eu *falei* pro Boney não ir a Boston. Aquela venda era toda esquisita. Ele prometeu que não iria!

— É, bom, mas parece que o cara o convenceu — digo. — De acordo com Charlie, Boney achava que você estava atrasando eles.

— Arghhhhh. — Autumn finalmente para de bater nas coisas por tempo suficiente para enterrar o rosto entre as mãos, abafando sua voz. Não o suficiente para me impedir de ouvir suas próximas palavras. — Vou me entregar.

O nervosismo toma conta de mim na mesma hora.

— Não vai, não — digo.

— Vou, sim! — Ela ergue a cabeça para me encarar. — A polícia precisa saber com o que Boney estava envolvido pra conseguir encontrar o monstro que o matou.

Eu a encaro de volta.

— Se você se entregar, vai ser presa.

— Eu *devia* ser presa!

— E aí o que acontece com minha mãe? — pergunto, e isso finalmente a faz calar a boca por um instante. — Escuta. Estamos fazendo as coisas do seu jeito há um tempo, e acho que nós dois concordamos que seu jeito é uma porcaria. Certo?

Autumn faz uma careta.

— Cala a boca.

— Vou interpretar isso como um sim. Então agora vamos fazer do meu jeito. Você vai fazer o seguinte. — Bolei um plano no tempo que ela levou para processar a notícia. — Vai devolver a van da morte, chamar um Uber pra South Station e pegar um ônibus pro Bronx. Manda uma mensagem pra minha mãe e diz que você quer fazer uma surpresa de aniversário pra tia Rose.

— Eu quero fazer... — Autumn me encara em choque. — Mas a festa já vai ter acabado quando eu chegar. Tia Elena e Christy vão estar voltando...

— Diz pra ela que você quer dormir lá. Vocês duas precisam passar a noite fora, porque a pessoa que matou Boney provavelmente sabe onde a gente mora.

Autumn tenta de novo.

— Mas e se...

— E você não pode buscar suas coisas em casa — interrompo.

— Compra uma escova de dente em South Station. Tenta convencer minha mãe a passar uns dias lá. Talvez a polícia consiga solucionar tudo antes de vocês voltarem.

— Sem pistas, duvido muito — reclama Autumn. — E você quer que as pistas *passem a noite fora.*

— Não tem outro jeito — digo. — Alguém estava procurando por você.

— Pode ter sido Gabe — sugere Autumn.

— Então por que ele não quis deixar o nome com o Sr. Sorrento? Dá uma olhada no seu celular. Tem alguma mensagem de Gabe perguntando onde você está?

Ela arrasta a tela pela lista de mensagens que recebeu durante o dia.

— Tem algumas dele... Tá, ele não diz *com todas as letras* que ligou pra Sorrento's, mas isso não quer dizer nada. Ele pode ter esquecido de me contar.

Lanço um olhar furioso para ela.

— Para de discutir. Estou falando sério. Se algum traficante por aí sabe nossos nomes, então você precisa tirar minha mãe daqui. — Ela puxa o ar, como se estivesse reunindo forças para argumentar, então dou minha cartada final. — Você me deve isso, Autumn. *Você me deve.* Eu passei semanas dizendo que essa história de oxicodona ia dar merda, e você não me escutou. Você meteu a gente nessa furada. O mínimo que pode fazer é tirar minha mãe disso.

Autumn fica quieta, segurando a mão vermelha e machucada dos socos, e a expressão dissimulada no seu rosto mostra que ela está procurando uma saída. Quando ela suspira, sei que não conseguiu pensar em nada.

— Tudo bem. Eu vou. Mas e você? É o *seu* nome que está na lista. Você está correndo mais perigo que todo mundo. — Um tom suplicante surge em sua voz. — Vem comigo.

— Não posso. Preciso ficar com eles — digo, apontando para Ivy e Cal. — A gente precisa...

Então paro de falar, porque não tenho a menor ideia do que a gente precisa fazer.

Ivy pigarreia.

— Pensei numa coisa — diz ela, ajeitando sua posição no piso da van. — Nossa única pista é a Srta. Jamison, né? E talvez Dominick Payne. Mas não sabemos qual é a proximidade deles. — Ela se vira para Cal. — E se a gente fosse na sala de aula dela na escola e desse uma olhada no tal pôster autografado? Podemos comparar a assinatura dele com a do cartão do D.

Cal franze o cenho.

— Pra que fazer isso?

— Porque isso vai mostrar se eles são mais do que colegas de trabalho — diz Ivy. — Se eles tiverem um envolvimento amoroso, ela tem muito mais motivos para protegê-lo. Ou pra ajudá-lo. Talvez a gente possa fazer uma denúncia anônima também.

— Não sei — diz Cal, hesitante.

— Você tem outra ideia? — pergunta Ivy, mas então parece decidir não esperar por uma resposta. Agora que Charlie não está aqui para chantageá-lo, Cal provavelmente responderia *Ir para casa.* — Escuta, acho que precisamos continuar investigando. Fazendo perguntas e descobrindo informações. Quer dizer, e se a gente não tivesse ido na casa de Charlie? Não saberíamos nada sobre Boney e as drogas.

— Nós saberíamos se Mateo tivesse contado pra gente — resmunga Cal.

— De novo, só pra reforçar: eu não sabia sobre Boney — respondo, irritado, lançando um olhar sério para Autumn. — Já que *alguém* não quis me contar.

Minha prima evita meu olhar.

— Como vocês vão entrar na escola? Quando chegarem em Carlton, vão ser quase cinco horas. Já vão ter trancado tudo.

— Pois é — diz Ivy, e sua expressão determinada enfraquece. — Eu estava preocupada com a hora. Meu plano era estar fazendo outra coisa às cinco, mas... quer saber? Não tem problema. Posso me adaptar. Vou usar um vestido menos complicado. Com menos botões.

Estou perdido. Olho para seu figurino de saia e moletom, que não parece nada complicado.

— E isso vai abrir a escola... como? — pergunto.

— Não vai — diz Ivy, corando um pouco. — Desculpa, perdi o fio da meada. Eu estava pensando em me arrumar pra premiação da minha mãe. Mas, se chegarmos à escola às cinco, consigo estar em casa às cinco e meia, e ainda vou ter tempo suficiente. — Ela empertiga os ombros. — A noite ainda pode ser perfeita, principalmente se encontrarmos alguma coisa que tire o foco de mim e o coloque na Srta. Jamison.

Cal e eu trocamos um olhar, e consigo ler meus pensamentos refletidos no rosto dele: *Deixa ela acreditar nisso.* Ficamos em silêncio enquanto Ivy revira sua bolsa e pega um chaveiro cheio, separando a chave maior.

— *Isto* vai abrir a escola — diz ela. — É uma chave-mestre. Precisei dela pro leilão beneficente na semana passada e acabei não devolvendo.

— Você não está com medo de encontrar alguém? — pergunta Autumn. Pela primeira vez desde que entramos na van da morte, um sorriso fraco toma conta do rosto dela. — Quer dizer, já que você está fugindo da lei e tal.

Ivy tinha empurrado o capuz para trás enquanto falava, mas agora o ajeita sobre a cabeça de novo.

— Estou disfarçada — diz ela. — Além do mais, todo mundo já deve ter ido embora.

— Então tá... Escuta, gente. — Autumn retorce as mãos no colo, seu tom ficando sério. — Sei que vocês devem achar que sou uma escrota.

— Não... — começa Ivy, mas Autumn dispensa seu comentário com um aceno de mão.

— Está tudo bem. Vocês deviam achar mesmo. Fiz uma coisa horrível. Achei que nada de ruim aconteceria, mas aconteceu, e tenho que encontrar uma forma de aceitar isso. — A voz dela embarga. — Quero que vocês saibam que eu nunca teria feito nada desse tipo se não me sentisse tão... desesperada. E impotente. O negócio é que só existem duas pessoas no mundo que eu amo com todas as minhas forças. Por quem eu mataria, ou morreria, ou qualquer outra coisa. — Autumn me dá outro soco no braço, desta vez com menos força. — O primeiro é este idiota. E a outra é minha tia Elena. E a forma como minha tia desabou depois de perder o emprego e a saúde ao mesmo tempo... me deixou de coração partido. Despedaçado, na verdade. Eu nem sabia que ainda era capaz de sofrer assim. Achei que nada seria pior do que perder meus pais, mas aquilo... Vou te contar, aquilo foi quase igual. — Ela esfrega os olhos com raiva. — Não estou tentando inventar desculpas. Só quero que vocês entendam.

— Meu Deus, sim — diz Cal. — É óbvio.

Os olhos de Ivy estão arregalados e brilhantes.

— Eu entendo.

— Entende mesmo? — rebate Autumn. Seu tom quase parece de acusação, e estou prestes a perguntar aonde ela quer chegar, mas minha prima continua: — Que bom. Porque vocês precisam saber que a única forma de eu conseguir começar a consertar as coisas é tendo certeza de que ninguém mais vai se machucar. Vou seguir o plano do Mateo porque devo mesmo isso a ele. Mas quero que vocês me prometam uma coisa. *Você*, não — acrescenta ela, olhando para mim. — Não posso confiar em você nesse sentido. Mas, Cal e Ivy... se vocês chegarem ao ponto de precisarem explicar o que aconteceu para sua segurança ou a de qualquer outra pessoa, não hesitem por minha causa. — Autumn ergue o queixo. — E não ousem deixar Mateo impedir vocês. Contem tudo e deixem que eu leve a culpa. Não vou sair daqui antes de vocês me prometerem isso.

O silêncio na van é ensurdecedor. Abro a boca para quebrá-lo, mas Autumn enfia a palma da mão na minha cara antes de eu conseguir falar.

— Cala a boca, Mateo. Estou falando com eles.

Cal lambe os lábios.

— Tá bom — diz ele. — Eu prometo.

Ivy apenas concorda com a cabeça, parecendo chocada, até Autumn esticar um braço e sacudir seu ombro. Não com a força que ela usa comigo, mas de um jeito que mostra que está falando sério.

— Fala — ordena ela. — Preciso ouvir você prometer.

— Sim. — Ivy engole em seco. Ela parece quase com medo, e eu mandaria Autumn maneirar se não estivesse tão desesperado para acelerar as coisas.

— Quero palavras, Ivy — insiste Autumn. — Diga com todas as letras.

— Eu prometo — sussurra Ivy. Então ela engole em seco. — E eu... eu sinto muito por tudo o que aconteceu com sua tia. — Os olhos dela recaem em mim. — Com sua mãe.

— Foi horrível. Mas não justifica o que eu fiz. — Autumn passa por mim para abrir a porta dos fundos da van. — É melhor vocês irem. Tomem cuidado.

Sinto que eu deveria dizer alguma coisa agora — alguma coisa profunda, impactante e verdadeira. Tipo *Não culpo você por nada disso*. Ou *Se eu não concordasse minimamente com você, teria encontrado uma forma de impedi-la*. Ou talvez *Eu também morreria por você*. Mas a única coisa que sai enquanto pulo para fora da van é:

— Não deixa minha mãe voltar.

— Pode deixar — diz Autumn.

O sol me desorienta depois da escuridão da van, e aperto os olhos enquanto pontos de luz dançam diante dos meus olhos.

— Cal, onde foi mesmo que você parou o carro? — pergunto.

— Por aqui.

Eu me viro na direção da voz dele e sinto a mão de alguém no meu braço, menor e mais leve do que a de Cal seria. Pisco, e o rosto de Ivy, tenso e franzido, entra em foco.

— Preciso contar uma coisa — diz ela.

21

Mateo

Ivy parece séria, mas isso é normal. Além do mais, tenho quase certeza de que já desenvolvi imunidade contra notícias ruins a esta altura.

— O que foi? — pergunto, deixando ela me guiar até o carro de Cal.

Nós entramos e ele liga o GPS de novo, apesar de eu não entender o motivo, já que ele provavelmente vai seguir seus atalhos mágicos até o Colégio Carlton.

— Eu... — Ivy olha para Cal enquanto se acomoda no banco do passageiro e depois se vira para mim. — Acho que eu devia conversar com você em particular, Mateo, mas nós provavelmente não vamos ficar sozinhos tão cedo, e eu não... Agora já não dá mais pra ficar quieta.

— Hum, se for uma declaração de amor, estou feliz por vocês — diz Cal, dando partida no carro. — Mas vou ficar super sem graça.

Solto uma risada irônica.

— Presta atenção na estrada, Cal. A gente não precisa dos seus comentários.

Fico esperando Ivy concordar, talvez até rir, mas ela parece arrasada. Pela primeira vez desde que ela segurou meu braço, o nervosismo faz meu estômago se revirar.

— Tudo bem — diz Cal. — Vou entrar no modo invisível pra vocês conversarem sobre o que quiserem em particular.

Ele gesticula colocar um escudo em sua cabeça, feito o nerd que é. Eu adoro esse cara, mas ele devia maneirar nas revistas em quadrinhos de vez em quando.

— Ser invisível não vai impedir você de escutar a gente, sabia? — retruco.

— Não consigo escutar! Invisível! — exclama Cal, e preciso rir. Mas Ivy não acha graça. Ela está quieta.

— Acho que agora é sua vez — incentivo.

— Tá. Tudo bem. Então... — Ivy está virada na minha direção, mas não olha para mim. Seus olhos estão focados na janela ao meu lado enquanto Cal entra na autoestrada e os carros começam a passar em disparada por nós. — É difícil saber por onde começar, mas... acho que seria no show de talentos do ano passado — diz ela.

Isso é tão inesperado que, no começo, não reajo. Então engulo um sorriso.

— Você está falando do seu monólogo sobre o bombeiro gostoso?

Eu sabia de onde aquilo tinha saído assim que comecei a ouvir. Ivy lia os livros da sua tia para mim e para Cal sempre que os lançamentos chegavam.

Ivy se encolhe. É óbvio que a lembrança ainda a incomoda, e eu queria — assim como quis quando a assisti da plateia no ano passado — que ela tivesse me ouvido quando falei para deixar isso para lá. Sim, Daniel pregou uma peça nela e foi humilhante. Mas Ivy não entende que a maioria das pessoas queria rir *com* ela, não dela. Ivy tem senso de humor, mas não conseguiu usá-lo quando precisava. Se ela tivesse conseguido fazer pouco caso ou até piada do que aconteceu, teria vencido a eleição de ontem de lavada.

E nenhum de nós estaria aqui agora.

— Sim — diz ela, retorcendo as mãos no colo. — Acho que não preciso explicar que fiquei muito nervosa, me sentindo humilhada e... morrendo de raiva do Daniel. É sempre a mesma coisa. Ele é a estrela da família, mas acaba comigo toda vez que tem uma oportunidade.

— Ivy, se você ainda não entendeu que também é uma estrela, não sei o que dizer — rebato.

Minha intenção era que a frase soasse como um elogio, então fico surpreso — e meio horrorizado — quando ela pisca e seus olhos se enchem de lágrimas.

— Não chora — acrescento, rápido. — Não foi nada demais.

Quase consigo escutar a voz da minha mãe na minha cabeça, repetindo a mesma coisa que ela falava quando Autumn foi morar com a gente e sua raiva se transformava em lágrimas: *Chorar é saudável. Eu me preocuparia mais se você* não *chorasse.*

Mas ela estava falando de uma pessoa que perdeu os pais. Não de alguém que passou vergonha na escola.

— Não estou chateada por causa do show de talentos — diz Ivy. — Não mais. Quero contar... o que eu fiz depois. — Ela engole em seco. — Quando tentei dar o troco no Daniel.

— Dar o troco no Daniel? — repito. — Como assim, tipo... vingança?

— É — responde Ivy. — Eu queria que ele soubesse como é ser motivo de piada na escola. Não sabia exatamente como, mas queria fazer *alguma coisa*.

Eu riria se ela não parecesse tão arrasada. A ideia de Ivy Sterling-Shepard, toda certinha, bolando um plano diabólico contra o idiota do seu irmão é muito divertida, apesar de eu nem imaginar por que ela achou que isso daria certo. Daniel se acha demais para se importar com a opinião dos outros.

— Então a que conclusão você chegou? — pergunto.

— Bom, esse foi o problema. Eu estava esperando pela oportunidade certa, mas ela nunca apareceu, e aí... eu fiquei de buscá-lo na festa de aniversário de Patrick DeWitt em junho do ano passado. Que foi no Strike-se.

O pressentimento ruim volta. Não apenas porque ela está falando do nosso boliche, mas porque essa foi *a* festa. A festa que estragou tudo.

— É? — digo, hesitante.

— É. — Ivy fica vermelha como um tomate. — Então Daniel mandou uma mensagem pedindo pra eu ir logo, porque a festa estava chata. Só que, quando cheguei, ele resolveu que não queria mais ir embora. Os caras começaram a se filmar fazendo palhaçada, postando no Instagram. Daniel ficou todo empolgado, porque conseguia derrubar os pinos com os olhos fechados, ou de costas, ou pulando em um pé só. Ele me falou pra ir embora, mas pensei: Pra quê? Eu teria que voltar em algum momento mesmo. Então fiquei sentada lá, toda irritada, e comecei a organizar os sacos com umas coisas que tinha comprado pra minha mãe, até que... tive uma ideia.

Eu não quero saber. Tenho certeza absoluta, com todas as células do meu ser, que não quero saber qual foi a ideia. Então não digo nada, mas Ivy continua.

— Já tinha bastante gente assistindo à transmissão. Eu achei... achei que seria justo se eu conseguisse fazer Daniel parecer um idiota na frente de todo mundo. E eu tinha comprado óleo de bebê pra minha mãe na farmácia. Então, quando os caras fizeram um intervalo pra comer pizza logo antes da vez do meu irmão, eu... — Ela está literalmente tremendo agora, vibrando no banco, como se alguém tivesse ligado um interruptor nela e a ajustado para a velocidade mais alta. — Joguei um pouco na pista. Pro Daniel cair de bunda no chão enquanto estivesse se exibindo. Só que...

— Ivy. Puta merda. — Cal fala pela primeira vez, o que é ótimo, porque eu não consigo dizer nada. — Só que não aconteceu nada com ele. Quem caiu foi Patrick DeWitt.

Pois é, quem caiu foi Patrick DeWitt. Ele voou para dentro da canaleta das bolas e deslocou o ombro. Metade do time de lacrosse transmitiu a cena pelo Instagram, o que foi ótimo para os pais de Patrick quando eles resolveram processar minha mãe. A fúria me invade, quente e ardida, e preciso me controlar para não socar a janela de Cal.

Ivy está chorando de verdade agora, mas ela que se dane. Chorar pode até ser saudável, só que ela não está em posição de fazer drama. Outras pessoas sofreram — sofreram *muito* — por causa das suas ações, ao contrário dela.

— Então quer dizer que você armou o acidente de Patrick — digo em uma voz baixa, fatal. — Mas, em vez de contar pra alguém, você deixou minha mãe ser processada por negligência.

— Eu não sabia! — exclama Ivy, chorosa. — Quer dizer, eu sabia do que tinha acontecido com Patrick, é óbvio, mas todo mundo disse que ele ia ficar bem. Eu não sabia sobre o processo. Eu estava no exterior com minha mãe quando aconteceu, e foi no meio das férias de verão, então ninguém daqui comentou comigo. — Ela continua tremendo feito um coelho assustado, mas não me importo. Não consigo olhar para ela. Não acredito que *beijei* ela. — E eu tentei... Quando me dei conta do que estava acontecendo — continua Ivy —, tentei resolver as coisas e pedi pro meu pai oferecer um emprego pra sua mãe...

— Um emprego? Pra substituir o que você destruiu? — Estou gritando agora, minha voz alta demais para o carro pequeno. Ainda bem que não estou dirigindo, porque nós todos morreríamos. Eu teria perdido o controle e batido em alguma coisa, acabando com as palavras de Ivy em uma explosão de vidro, metal e corpos destroçados. Estou tão furioso que a ideia quase parece boa. — Minha mãe construiu aquele lugar do *zero*, Ivy. Era a vida dela. Era a vida de todos nós. Agora, Autumn e eu temos cinco empregos no total, e minha mãe mal consegue trabalhar, e você passou o dia inteiro se comportando como se nada disso fosse culpa sua. Só *Puxa vida, que pena, a vida de vocês é uma merda.*

Ivy seca as bochechas molhadas com força.

— Eu não queria... Eu me sinto péssima. Foi por isso que contei, apesar de...

— Apesar do quê? Apesar de você ter transformado minha prima em uma traficante de drogas?

O rosto de Ivy desmorona, e um canto do meu cérebro furioso sabe que fui longe demais. Mas só consigo pensar na expressão no rosto da minha mãe quando ela foi notificada do processo.

— Pista encerada demais — disse ela na época, em um tom anestesiado, desabando sobre uma cadeira. Seus joelhos já doíam, mas nem imaginávamos que isso era um problema permanente. — E a questão é que... eles têm razão. A pista estava escorregando. Mas não entendo por quê. Não fiz nada de diferente naquele dia. Não sei o que aconteceu.

Minha mãe nem ficou chateada com o processo, apesar de o ombro de Patrick ter ficado bom e os DeWitt serem babacas exagerados com sua baboseira de *É importante punir estabelecimentos irresponsáveis.* Minha mãe ficou se sentindo culpada. Como se merecesse perder tudo.

E então ela perdeu mesmo, e minha prima se sentiu pressionada o suficiente para tomar a pior decisão da sua vida. Quando penso no efeito dominó da estupidez de Ivy, quase perco o ar. Minha vida inteira seria diferente se ela tivesse cuidado da própria vida e deixado aquele óleo de bebê no seu devido lugar.

Óleo de bebê. Nossa. De todas as formas possíveis de alguém destruir seu mundo, essa devia ser a mais ridícula.

— Vou ajeitar as coisas... — começa Ivy.

— Ah, vai? Como? Você pretende construir uma máquina do tempo e voltar ao passado pra impedir essa babaquice? — Esfrego a testa com força, desejando conseguir apagar a história toda do meu cérebro. — Sabe qual é a pior parte, Ivy? Não foi você basicamente ter acabado com a minha mãe e ser covarde demais pra admitir o que fez. O problema foi você ser *mesquinha* pra cacete. Que grande ideia, hein? Seu plano brilhante pra se vingar de Daniel. Que nem seria um problema se você conseguisse, só pra variar, parar de achar que tudo gira ao seu redor e não encarar uma brincadeira idiota como o fim do mundo.

O carro cai em silêncio. Mal consigo pensar em Cal, mas a parte minúscula de mim que não está tomada pela raiva fica com pena dele por estar preso aqui dentro. Por outro lado, se não fosse por Cal, nenhum de nós estaria aqui, então ele que se foda também.

— Se isto vale de alguma coisa — diz Ivy finalmente, baixinho —, eu me odeio tanto quanto você me odeia.

— Impossível — rebato. — E só pra deixar claro, Ivy... Não quero mais saber de você. Nunca mais quero ver, nem falar com uma pessoa tão patética.

Ela abaixa a cabeça.

— Ah, isso eu entendi.

Não há mais o que dizer. Quase não lembro mais por que estamos indo para o Colégio Carlton, mas decido ir embora assim que chegarmos lá. Cal e Ivy podem ir pro inferno.

Espero que ela fique lá para sempre.

22

Cal

Bem que eu queria que meu escudo de invisibilidade fosse real. E à prova de som. Aparentemente, ele seria inútil agora, já que Mateo e Ivy estão quietos desde a briga. Mas o silêncio entre os dois é do tipo que preenche seus ouvidos com um zumbido entorpecente que consegue ser pior do que gritos. Quando paro no estacionamento da escola, minha cabeça está latejando.

O espaço estaria vazio se não fosse pelo carro de Ivy e alguns outros. Mas antes mesmo de eu desligar o motor, Mateo pergunta, ríspido:

— Dá pra abrir lá atrás?

Quando faço isso, ele sai do carro, pega sua mochila no bagageiro, fecha a mala e se inclina sobre a porta traseira ainda aberta. Quase fico com medo de ele começar a gritar com Ivy de novo, mas tudo que ele diz é:

— A gente se vê, Cal.

Então ele bate a porta com força e sai andando pelo estacionamento, seguindo para a cerca dos fundos.

— Bom, mas que merda — digo, olhando na sua direção. — Não achei que ele iria *embora*.

Ivy desaba sobre o banco.

— Ele não aguenta olhar pra mim.

O que é justo, mas o dia não pode acabar assim. Ainda há muito em jogo.

— Fica aqui — peço, saindo de trás do volante. — Vou falar com ele.

Tenho que praticamente correr para alcançá-lo antes de ele pular a cerca.

— Mateo, espera. Para — digo, ofegante, segurando seu braço. — Você não vai entrar?

Ele gira para me encarar.

— Pra quê? — pergunta, puxando o braço. — Pra que a gente veio aqui? Pra ver a porra de um *pôster*? Que diferença faz? Essa foi só mais uma ideia idiota de Ivy, e quer saber? Estou de saco cheio delas.

Não vou tentar defendê-la. Ainda não caiu a ficha do que ela fez nem para mim, então só consigo imaginar como Mateo se sente.

— Escuta, eu entendo — digo. — Você tem razão em estar irritado. Mas o que você vai fazer agora?

Ele dá de ombros.

— Vou pra casa. E depois pro trabalho.

— Mas não dá pra você ir pra casa! — quase grito. — Você mandou sua prima sair da cidade porque não é seguro. E se alguém estiver esperando lá?

— Não se preocupa comigo, Cal — diz Mateo. — Não sou mais problema seu. O Dia Mais Merda da Vida está oficialmente encerrado.

Ele se vira, e seguro seu braço de novo. Ele se desvencilha, e, desta vez, sua expressão é quase ameaçadora, então falo rápido.

— Mas a gente ainda não combinou nossa versão. O que você vai dizer se a polícia perguntar por Autumn? Ou...

— Nada. Porra nenhuma. — Mateo cruza os braços. — Ninguém pode provar que ela fez nada de errado. Boney morreu. Charlie vai ficar quieto. Estou lavando minhas mãos e indo embora. Eu faltei hoje porque fiquei doente, pronto. Cansei.

— A rispidez na sua voz diminui um pouquinho quando ele acrescenta: — Se cuida, tá, Cal?

Desta vez, não o seguro. Ele pula com facilidade por cima da cerca, e, com uma sensação impotente de derrota, observo suas costas se afastarem pela mata. Já passamos da fase de fingir que nada aconteceu. Se Mateo estivesse com a cabeça no lugar, lembraria que a polícia não depende só dele ou de Charlie para descobrir sobre Autumn. E talvez tivesse pensado duas vezes antes de esculhambar Ivy.

— Cal? — A voz dela me traz de volta para a realidade. Eu me viro e encontro Ivy vindo devagar na minha direção, seus olhos grudados na mata por onde Mateo desapareceu. Ela pegou sua mochila na minha mala e a carrega pendurada na mão. — O que ele disse?

— Ele disse que cansou. De tudo.

— Ah — diz Ivy baixinho. O fato de não começar a discursar sobre todos os furos desse plano mostra como ela ficou arrasada com a briga no carro. Em vez disso, ela diz: — O avião dos meus pais pousa às cinco e meia. Eles provavelmente vão receber um milhão de mensagens da escola, dos amigos, talvez da polícia, então... — Ela respira fundo, soltando o ar devagar. — A gente precisa resolver tudo antes disso.

— Ivy — digo no tom mais gentil que consigo. — Acho que não vamos conseguir consertar nada. — Ela não responde, e acrescento: — Isso é muito maior do que a gente. Tipo, estamos aqui — espalmo uma das mãos perto do chão e estico a outra o máximo que consigo —, e o problema está aqui. Vezes o infinito. Você entende isso, né?

Ela passa tanto tempo em silêncio que quase repito a pergunta.

— É, entendo — diz ela finalmente. — Mas ainda vou seguir o plano. E você?

O plano. Que plano é esse mesmo? As palavras de Mateo ecoam na minha cabeça: *Pra ver a porra de um* pôster? *Que diferença faz?*

Ivy já se virou na direção do prédio, parando no próprio carro para jogar a mochila no banco do carona. Então ela continua andando, acelerando o passo, e observo seu progresso com um senso de inevitabilidade. Mil anos atrás, hoje de manhã, eu queria acreditar em qualquer coisa que Lara me dissesse. Mas as conexões entre ela e Boney só se fortalecem. Ela está no meio desse desastre, e apesar de eu não saber exatamente qual foi o seu papel, uma coisa é certa: ela não agiu sozinha.

Te amo demais, meu anjo. As coisas vão dar certo pra gente, D.

Que diferença faz? Acho que muita.

Saio correndo atrás de Ivy para alcançá-la na entrada dos fundos e espero enquanto ela tira o chaveiro da bolsa. Ela encaixa uma chave de latão grande na fechadura enferrujada e gira, virando a maçaneta. A porta se abre com um rangido alto, revelando um corredor comprido e escuro.

— Onde estamos? — pergunto, entrando com ela.

— Perto do ginásio — responde Ivy, e eu devia ter imaginado.

O espaço tem aquele cheiro característico de academia; o aroma forte de amônia é incapaz de mascarar os anos de acúmulo de suor. Recortes de jornal com notícias sobre os campeonatos em Carlton decoram as paredes, e, conforme seguimos em frente, consigo me localizar. A sala de Lara também fica por aqui. Na verdade, a proximidade com o setor de atletismo deve ter sido o fator que a aproximou do treinador Kendall.

Estamos a três portas de distância da sala de Lara quando o som de vozes nos interrompe:

— ... mas você precisa treinar seu lançamento — diz alguém.

— É, eu sei — vem a resposta. — Estou errando o tempo.

— E o resto também — comenta uma nova voz.

— Bom — diz a primeira pessoa em um tom gentil —, sua cabeça deve estar a mil hoje. Não estou atrás de perfeição. Mas sei que os treinos podem ser uma boa distração, e talvez seja uma boa ideia você ficar praticando em casa enquanto espera por notícias da sua irmã.

Ivy arregala os olhos. Antes de eu entender o que está acontecendo, ela agarra meu braço, abre a porta mais próxima e me joga dentro de uma salinha escura.

— O que foi isso? — esbravejo, meu ombro batendo na parede mais próxima.

Mal tenho tempo de entender que estamos em um armário cheio de esfregões e baldes antes de ela fechar a porta e a escuridão tomar conta de tudo.

— É Daniel e o treinador Kendall — chia ela. — O escritório dele é aqui do lado. E o amigo de Daniel, Trevor, acho. O treino de lacrosse deve ter acabado agora.

— Ah, merda — resmungo, e meu coração se aperta enquanto escuto a voz empolgada do treinador Kendall discursar sobre *proteger a bola na corrida.*

Desde que comecei a passar tempo com Lara, eu me esforço para não pensar nele, e, quando penso, é para dizer a mim mesmo que ele e Lara não combinam e deviam terminar. Mas, agora, escutando sua conversa com Daniel e Trevor, só consigo pensar que ele é um cara legal que fica até mais tarde no trabalho com um aluno preocupado, enquanto é traído pela noiva. Com mais de uma pessoa.

— Daniel, você ainda está com aquelas luvas extras do último jogo? — pergunta o treinador Kendall.

— Estou, no bolso da frente da bolsa — diz Daniel.

— Vou pegar de volta, tá? Fitz pode precisar delas. — Uma risada, e depois o treinador Kendall pergunta: — O que você está carregando aqui? Pedras?

Meu Deus. É o tipo de piada sem graça de tiozão que Wes faria, e isso faz eu me sentir pior.

— Só um monte de bolas — responde Daniel.

— Bolas — repete Trevor, rindo. — São muitas mesmo.

— Tudo bem, meninos, preciso ir. Descansem hoje, tá?

— Pode deixar, treinador.

Escuto passos se distanciando pelo corredor. Daniel e Trevor ficam se empurrando por alguns minutos, rindo de alguma coisa que não consigo entender, e então seus passos também se afastam de nós, altos e ecoantes enquanto eles apostam corrida pelo corredor vazio. Esperamos até não escutarmos nada além de silêncio, e então esperamos um pouco mais. Finalmente, Ivy abre uma fresta e espia o corredor.

— Barra limpa — sussurra, tirando o chaveiro da bolsa e o apertando na mão para não fazer barulho enquanto caminhamos.

— Tem certeza de que essa chave vai funcionar? — pergunto enquanto nos aproximamos da sala de Lara.

A porta está fechada, e o interior, escuro.

Ivy gira a maçaneta, mas nada acontece.

— Vamos descobrir — diz.

A mesma chave quadrada de antes se encaixa perfeitamente na fechadura e, quando ela gira a maçaneta de novo, a porta se abre com um rangido baixo.

— É meio perigoso ter uma chave pra tudo — comento.

— Bom, nós estamos em Carlton. — Ivy entra na sala, e vou atrás. — Nada de ruim deveria acontecer aqui, né?

A sala está escura até Ivy apertar o interruptor perto da porta, enchendo-a de luz. É esquisito, levando em consideração as circunstâncias, mas começo a relaxar quando sinto o aroma familiar de tinta e cascas de lápis. A sala parece como sempre. Uma mesa comprida apoiada na parede dos fundos está coberta com material de arte: calhamaços de papel, potes de tinta colorida, caixas de carvão e lápis de cor e latas prateadas para guardar pincéis.

Mesmo antes de Lara começar a dar aula aqui, esta sala era meu lugar feliz — a única parte da escola em que eu me sentia em casa. Mas, parando para pensar, eu provavelmente ficava mais à vontade *antes* de ela virar minha professora. Porque esta sala só se resumia a arte na época. Meus dedos coçavam para pegar um carvão ou um lápis assim que eu passava pela porta, minha mente se enchendo de imagens que eu mal podia esperar para transmitir para o papel. Não havia nenhum desejo desesperado de ser notado, nenhuma confusão ou culpa quando isso finalmente acontecia. Uma história em quadrinhos que fiz no segundo ano está emoldurada na parede dos fundos, da época em que meu professor, o Sr. Levy, a inscreveu em um concurso. Ela ganhou o primeiro lugar, e a turma inteira aplaudiu quando o Sr. Levy a pendurou.

— Parabéns, Cal — dissera ele. — Espero que você esteja tão orgulhoso quanto todos nós.

E eu estava.

Sou inundado por uma onda de algo parecido com saudade, tão forte que meus joelhos perdem a força, e preciso me apoiar na parede. De repente, cai a ficha de que, no estacionamento hoje cedo, eu não estava sentindo falta do ensino fundamental. Estava sentindo falta *disto* — da versão do Cal antes de Lara —, porque foi a última vez que me lembro de gostar de mim mesmo.

Noemi podia ter falado de um jeito mais agradável, talvez, mas ela estava certa. Eu sou um robô.

Meu celular toca, dando um susto em mim e em Ivy. Eu atendo em pânico para acabar com o barulho, mal notando que é Wes antes de segurar o aparelho contra a orelha.

— Oi, pai.

— Cal? — Sua voz está tensa e preocupada. — Está tudo bem?

— Sim — respondo baixinho. — Por que não estaria?

— Por causa daquele podcast sobre você — diz outra voz familiar, e meu coração aperta.

Ai, meu Deus, meus pais me ligaram juntos. Isso não é um bom sinal.

— Não é um podcast, Henry. Podcast é só áudio. — Fecho os olhos com força enquanto Wes continua: — Cal, um dos meus alunos me mandou um vídeo de dois colegas seus falando sobre a morte de Brian Mahoney. Eles fizeram algumas sugestões muito infelizes sobre aquela menina que era sua amiga, Ivy, mas também… disseram que você faltou hoje?

De repente, a estratégia de *negar tudo* de Mateo não parece das piores. Mas, mesmo sem saber o que Ishaan e Zack falaram sobre mim no *A voz de Carlton*, tenho certeza de que isso não daria certo com meus pais.

— Hum, pois é. Eu passei mal. Estou passando mal.

— Então, por que foi que… — A mágoa na voz de Wes faz com que eu me sinta minúsculo. — Por que foi que você não me contou quando conversamos antes?

— Eu não queria que você se preocupasse.

Abro os olhos e me sinto pior no mesmo instante. Por algum motivo, é especialmente terrível ter essa conversa na sala de Lara.

Henry interfere.

— Cal, não entendi por que descobrimos sobre sua falta através de um pod… desculpa, por um vídeo na Internet. Nenhum de nós ligou pra justificar sua ausência, então por que a escola não entrou em contato com a gente?

Suor começa a se acumular na minha testa.

— Talvez tenham se esquecido. — Ivy me encara, estou fazendo barulho demais. Também estou prestes a ser alvo de um monte de perguntas que não sei como responder, então acrescento: — Preciso vomitar. Já ligo de volta. — Então desligo

277

e coloco o celular no silencioso. — Estou tão ferrado quanto você — digo para Ivy.

— Duvido muito. — Ela dá uma volta na sala, observando tudo. — Cadê o pôster de Dominick Payne? — Ainda não me recuperei o suficiente para responder, mas ela o vê na parede atrás da mesa de Lara antes mesmo de terminar de falar. — Arrá! — diz, se aproximando dele.

A pintura é uma paisagem abstrata de cidade, com linhas fortes e cores vibrantes, e odeio o fato de eu gostar um pouco dela. Já até a elogiei para Lara, apesar de nunca ter prestado tanta atenção a ponto de me lembrar da assinatura. Mas, agora que olho de perto, consigo ver um rabisco preto no canto. E...

— São completamente diferentes — conclui Ivy.

Ela segura o cartão do D sobre a imagem, e tem razão. O bilhete do *As coisas vão dar certo pra gente* está escrito em uma letra apertada, difícil de ler, enquanto a assinatura de Dominick Payne tem letras altas, retas. O D no cartão nem parece a mesma letra que o da assinatura de Dominick.

— Hum. Que sem graça — comento.

Eu me sinto mais aliviado do que decepcionado, porque, de repente, estou pouco me lixando para a identidade de D. Não faz diferença. Bom, faz diferença para as teorias que Ivy está tentando bolar, mas não para mim, acho.

— Pois é — concorda Ivy. Ela parece perdida enquanto guarda o bilhete dentro da bolsa, e me dou conta de que ela estava contando com isso: alguma descoberta para distraí-la da situação com Mateo no carro. — Acho que podemos dar uma olhada nas coisas dela — sugere, seguindo para trás da mesa de Lara e abrindo a primeira gaveta. Mas sem muito ânimo.

Olho para o céu que escurece do lado de fora da janela. Já estamos quase na hora do jantar, e o pessoal que volta mais tarde do trabalho vai começar a engarrafar as ruas daqui a pouco — incluindo meus pais, que devem estar morrendo de preocupação depois daquele telefonema. Eles não fazem ideia de quão grave é a situação, e preciso pensar em como vou dar a notícia. Não apenas sobre hoje, mas sobre tudo.

— Ivy, vamos embora, tá? Podemos tomar um café e tal — sugiro. Ainda tenho que contar umas coisinhas para ela, apesar de provavelmente não fazer mais diferença. — Vamos deixar a agenda de Lara aqui. Ela vai achar que esqueceu na sala. Você vai precisar se explicar bastante daqui a pouco, e pode ser melhor tirar isso da lista.

— Não. — Um resquício da teimosia habitual volta ao rosto de Ivy enquanto ela continua revirando a mesa de Lara. — A Srta. Jamison continua sendo muito suspeita. Boney morreu no ateliê dela. A casa de Charlie foi invadida. Ela estava carregando uma lista com o nome dos dois circulados e... — Ivy puxa com força a última gaveta e franze o cenho. — Esta está trancada.

— Escuta...

Faço uma pausa, tentando encontrar as palavras certas para tirá-la daqui. Então ouvimos uma batida alta à porta entreaberta, e pulo de surpresa quando uma cabeça loura aparece, exibindo uma expressão que demonstra, ao mesmo tempo, incredulidade e fúria.

— O que vocês estão fazendo aqui? — pergunta Daniel Sterling-Shepard.

23

Ivy

— O que *você* está fazendo aqui? — rebato, tentando ganhar tempo. — Escutei você indo embora.

— Você me escutou indo embora? — repete Daniel. — Como assim, resolveu me espionar agora?

Não comecei bem.

— Não, eu só... escutei você e Trevor no corredor quando entrei, e aí... aí ouvi você indo embora.

— Voltei pra mijar — diz meu irmão, tão eloquente. — E aí eu escutei *você*. Pela primeira vez em horas. — Ele está usando a blusa do time de lacrosse de Carlton e um short, o cabelo suado grudado na testa. Sua bolsa grande de equipamento está pendurada em um obro, entortando sua postura. Ele a coloca no chão e se apoia no batente, estreitando os olhos. — Por que você está usando meu moletom?

Puxo uma das cordas do capuz.

— Eu, hm, fiquei com frio.

— Você ficou com frio — repete Daniel. Então ele balança a cabeça como se tentasse organizar os pensamentos. — Esquece. O mais importante é: Onde foi que você se meteu o dia inteiro?

— Ah, sabe como é — digo no tom mais vago possível. Cal se aproxima da parede, tentando sair da linha de fogo entre mim e Daniel. — Por aí.

É uma resposta ridícula, totalmente merecedora do olhar furioso que recebo do meu irmão.

— Você tem noção de que perdi metade do treino de lacrosse falando com a polícia sobre você? — pergunta ele.

Ai, meu Deus. De repente, minhas pernas parecem feitas de borracha, mal aguentando meu peso até eu desabar sobre a cadeira mais próxima.

— Com a polícia? — repito. — O que... Por quê?

— Por que você acha? — rebate Daniel. — Talvez porque você passou o dia inteiro sumida, porque seu nome está na boca de todo mundo e porque ninguém sabia onde você estava? Tirando aquele instante em que você resolveu fugir de uma equipe de filmagem no centro, é óbvio.

É agora. Este dia horrível está prestes a ser jogado na minha cara, e não estou nem um pouco pronta para isso.

— Então a polícia acha... a polícia acha mesmo que matei Boney? — sussurro.

Daniel solta uma risada irritada.

— Eles não sabem no que acreditar. Querem falar com você, mas sabe como é. — Ele gesticula aspas no ar. — Você estava *por aí.*

Não consigo reagir ao seu sarcasmo agora.

— O que eles perguntaram? — insisto.

— Ah, um monte de coisas. Onde você estava, por que faltou à escola, por que estava em Boston, se você ficou com raiva de Boney por causa da eleição do conselho estudantil. Tudo muito divertido. E pediram seu telefone.

— Você deu? — pergunto, ao mesmo tempo verificando meu celular para ver se recebi chamadas de números desconhecidos.

Tem algumas, mas antes que eu possa ouvir as mensagens na caixa postal, um alerta surge na tela. *Voo 8802 atrasado devido ao tráfego aéreo, nova previsão de chegada às 17h45.* Olho para o relógio na parede e faço uma careta; mesmo com o atraso, falta menos de meia hora.

Menos de meia hora até eles descobrirem tudo. Meu estômago se revira, e finalmente preciso admitir que passei horas mentindo para mim mesma. O dia inteiro, na verdade.

Cal tinha razão. Não vamos resolver nada.

— Eu passei *um* telefone — responde Daniel.

Franzo a testa.

— Como assim?

Ele dá de ombros.

— Talvez eu tenha confundido alguns números.

Eu pisco. Só posso ter escutado errado.

— De propósito? — pergunto, confusa, e ele revira os olhos.

— O que você falou pra eles sobre mim?

— Nada.

— Como assim, nada? — pergunto, frustrada. Talvez eu mereça essas respostas vagas depois de ter feito a mesma coisa com ele, mas isso não as torna mais fáceis de engolir.

— Isso mesmo. Falei que a gente conversou por volta de uma da tarde e que você parecia bem, e não tive mais notícias depois disso.

Você parecia bem. Penso na nossa conversa, que foi basicamente Daniel gritando comigo e se recusando a me dar o número de Charlie St. Clair.

— Você contou que eu pedi o número de Charlie?

Ele balança a cabeça.

— Não.

Estou confusa. Essa era a oportunidade de Daniel mostrar para o mundo como eu sou um desastre, e todos entenderiam se ele a aproveitasse. Então o que aconteceu?

— Por quê?

Daniel puxa o ar, frustrado.

— Porque eu não sabia o que estava acontecendo! Você me ignorou o dia inteiro, eu não queria dizer nada que piorasse sua situação.

Minha cabeça gira enquanto o encaro.

— Por que... por que você não queria piorar minha situação? — E então, antes que ele consiga responder, acrescento: — Você me odeia.

As palavras escapam do canto mais triste e mais inseguro do meu cérebro — a parte de mim que sabe que meu relacionamento com Daniel mudou depois que ele se tornou *extraordinário* e eu passei a ser *inferior*. Nunca falei nada disso em voz alta; acho que nunca nem pensei nisso. E, agora, estou morrendo de medo do que Daniel vai responder.

A boca dele se retorce.

— Você acha isso mesmo?

— Você me humilhou no show de talentos...

— Foi uma brincadeira, Ivy! — interrompe Daniel. — Uma brincadeira idiota. Achei que você fosse rir, só pra variar. Como a gente fazia sempre que um dos livros da tia Helen chegava. Eu nem sonhava que você ia ler aquilo na frente do auditório inteiro.

— Você sabe que não consigo improvisar discursos — rebato.

— Eu não sei nada sobre você. Porque é isso que você me conta.

Nós nos encaramos, e a expressão do meu irmão... é de *mágoa*? Como isso é possível, quando fui eu que sofri esse tempo todo? Penso naquele dia no Strike-se, quando Daniel estava se exibindo na frente dos amigos, e na felicidade que senti enquanto planejava minha vingança. Estraguei o negócio da Sra. Reyes por causa disso. Não posso ter feito aquilo com base numa percepção errada sobre meu irmão.

— Meus Sugar Babies — digo de repente. — Você pegou eles, seu babaca. Então nem tenta fingir que você não passou anos me perturbando.

— Essa história de novo? — Daniel esfrega o maxilar. — Você pode me explicar por que fica falando dessas porcarias de Sugar Babies? Porque eu *não* estou entendendo.

— Os Sugar Babies que Mateo deixou na nossa varanda no nono ano — digo, cruzando os braços. Daniel não esboça nenhuma reação, então acrescento: — Fala sério, você se lembra. Ele deixou um pacote e um bilhete, me chamando pra assistir a *Guerra infinita*. Você pegou tudo antes de eu encontrar, e foi basicamente por isso que Mateo e eu paramos de ser amigos. Ou qualquer outra coisa.

Um vislumbre de compreensão surge no rosto de Daniel. Sinto uma pontada rápida de satisfação antes de ele se virar para Cal e dizer:

— Você vai me deixar levar a culpa?

Quando olho para Cal, ele está pálido, as mãos nos bolsos enquanto encara o chão.

— Oi? — pergunto. Cal continua quieto, então me viro de volta para Daniel. — Que história é essa? O que ele tem a ver com isso?

Meu irmão espera um segundo, olhando para Cal. Quando ele permanece quieto, Daniel bufa de irritação.

— Sério? Então tá. Bom, vou contar o que me lembro, Ivy. Cheguei em casa e Cal estava na varanda, segurando um pacote de Sugar Babies e um papel. Perguntei o que ele estava fazendo, e ele disse que queria fazer uma surpresa pra você, mas como você não estava em casa, ele voltaria mais tarde. E me pediu pra não contar nada.

— Cal? — Eu me sinto quase bêbada, meu cérebro girando em várias direções ao mesmo tempo. — Isso é verdade?

Cal pressiona o corpo contra a parede, como se tentasse atravessá-la e ir parar em outra dimensão, bem longe de mim e de Daniel. Finalmente, quando aceita que isso não vai acontecer, ele concorda com a cabeça, resignado, e diz:

— Sim.

24

Mateo

Quando chego em casa, entro no caos.

Achei que tinha me preparado para o que ia encontrar, mas, no fim das contas, é impossível dar de cara com sua casa destruída sem sentir nada. Eu mal reconheço os cômodos em que cresci; parece que alguém montou uma versão alternativa para o set de filmagens de um filme pós-apocalíptico. Uma apreensão enjoativa pulsa por mim enquanto analiso o estrago, e preciso lembrar a mim mesmo de que podia ser pior. Comparado com o que aconteceu com Boney, tivemos sorte.

Fecho a porta e fico imóvel por alguns longos minutos, escutando. A casa está silenciosa, com uma quietude que indica que a pessoa que fez isso já foi embora há muito tempo. Ela deve ter vindo aqui pouco antes, ou depois, de passar na casa de Charlie.

O que foi mesmo que Charlie disse? *É comum casas serem invadidas.* Talvez, mas não assim: duas seguidas, na mesma cidade, no mesmo dia em que um aluno da nossa escola morreu. Não posso prestar queixa. Minha única opção é arrumar tudo antes da minha mãe e Autumn voltarem para casa.

Olho ao redor, tentando decidir por onde começar, e o tamanho da tarefa imediatamente me desanima. Em vez de admitir que é impossível — pelo amor de Deus, metade dos nossos pratos foram quebrados —, sigo para a geladeira. Tem metade de uma garrafa de refrigerante da marca do mercado lá dentro, e sei que não tem mais gás, porque tomei um copo dele ontem à noite e não havia nem sinal de bolhas. Não me importo: abro a tampa, viro a garrafa e tomo tudo em menos de dez segundos. É tão ruim quanto o esperado, mas pelo menos alivia a secura da minha garganta arranhada.

Talvez eu esteja com faringite, como Ivy disse para a escola hoje cedo. Seria bem irônico.

Não. Não vou pensar em Ivy. Seco a boca, deixo a garrafa vazia sobre a bancada com o restante da bagunça e tiro meu celular do bolso antes de me sentar à mesa da cozinha. Recebi uma mensagem nova de Autumn com a foto de uma passagem de ônibus: *destino — Bronx.*

Alívio toma conta de mim, mas menos do que eu esperava. Eu me sinto mais sozinho do que qualquer outra coisa.

Passo por dezenas de notificações até encontrar uma mensagem nova do meu pai. Ela foi enviada mais ou menos na hora em que eu procurava a van da morte de Autumn por Boston. *Acabei de confirmar: vou começar na White & West em 1º de out. Até logo!*

Solto uma risada desanimada. Meu pai cumpriu a promessa: largou o emprego de *roadie* para aceitar o cargo de gerente-assistente em uma loja de música aqui perto. *Pra eu conseguir ajudar mais*, disse ele quando me contou que se candidataria à vaga. Não prestei muita atenção na época, porque achei que ele estivesse falando só por falar, como sempre.

Pelo visto, não. Pena que ele não fez isso um mês atrás, antes de Autumn começar seu bico como vendedora de oxicodona. Penso em responder *Agora não faz mais diferença*, mas destruir a bolha de alegria sem noção do meu pai exige uma quantidade de energia que não tenho agora.

A última mensagem da minha mãe foi enviada pouco depois da dele. Analiso a foto que ela mandou da minha tia-avó radiante depois de ganhar o dia por minha mãe ter se dado ao trabalho de ir até lá. *Não se esquece de ligar pra tia Rose e dar parabéns!* Não tenho muito como diminuir o desastre que foi o dia de hoje, mas posso fazer isso.

Tia Rose só tem telefone fixo, e não faço ideia de qual seja o número, então entro nos meus contatos e ligo para minha avó. Não vou conseguir usar minha mãe como intermediária agora.

Ela atende no primeiro toque.

— Mateo, *mi amor*. Sentimos sua falta hoje.

As palavras criam um bolo na minha garganta, então preciso engolir antes de conseguir responder.

— Oi, vó. Desculpa eu não ter ido, mas queria dar parabéns pra tia Rose.

— Ah, bom, ela subiu pra tirar uma soneca faz dez minutos. Pra ser sincera, acho que ela só acorda amanhã. Foi um dia muito agitado. Quer falar com sua mãe? Elena! — chama ela antes de eu conseguir recusar.

— Vó, não... — começo, mas minha avó já voltou para a linha.

— Ela está no telefone com Autumn.

Que bom. Fazendo planos para passar a noite lá, espero.

— Tudo bem. Preciso ir pro trabalho, mas vou tentar falar com tia Rose mais tarde.

— Não se preocupa, eu aviso que você ligou. Você é tão ocupado. — Um tom familiar de preocupação irritada surge na voz dela. — Você trabalha demais. Falei isso pra Elena assim que ela chegou. Sempre que a gente se fala, você parece tão cansado.

— Não estou cansado — respondo no automático, apesar de todas as células do meu corpo parecerem pesadas com uma tristeza exausta. — Estou bem.

— Ah, Mateo. Você não está bem, mas nunca vai admitir isso, né? — Ela suspira, então acrescenta a mesma coisa de sempre. — Você vai acabar me matando.

— Preciso desligar, vó. Te amo — digo, e desligo antes que ela faça eu me sentir mais culpado com sua preocupação.

Olho para o relógio do micro-ondas. Eu deveria estar no Garrett's daqui a uma hora, mas é óbvio que isso não vai acontecer. Vou passar a noite toda arrumando essa bagunça e, além do mais, não consigo me imaginar aparecendo lá como se hoje fosse uma terça-feira normal. Tento me imaginar tirando os pratos da mesa a qual me sentei com Cal hoje de manhã ou limpando a cabine onde deixei Ivy depois que ela desmaiou, mas... Não. Não vou pensar sobre Ivy.

Só que já estou pensando. Eu meio que não consigo parar. Todas as coisas que falei para ela no carro de Cal ficam passando pela minha cabeça em um ciclo demorado e venenoso. Naquele momento, eu estava tão furioso que só queria magoá-la. E fiz um ótimo trabalho.

— Ela mereceu — digo em voz alta, testando as palavras. Elas soam corretas. Elas *estão* corretas. Ivy fez uma coisa idiota e egoísta que acabou com o negócio da minha mãe e não teve nem a coragem de confessar quando isso ainda podia fazer diferença. — Ela mereceu — repito, mas parece menos convincente da segunda vez.

Quando eu admiti que sabia que Autumn estava vendendo drogas, Ivy não me julgou. E, sim, em parte porque se sentia culpada — mas culpada por consequências imprevisíveis. *Todo mundo erra, né? E quase nunca conseguimos prever as consequências do que a gente faz.*

Levanto a mão para massagear minha têmpora dolorida, mas meus dedos tocam o curativo que Ivy colocou em mim. Fico com vontade de arrancá-lo fora, mas não sou idiota a ponto de querer sangrar só por rancor. Sei que eu devia ligar para o Garrett's, mas, antes que eu consiga fazer isso, uma nova mensagem de Autumn surge na minha tela. *Não vou pro Bronx.*

Espera. Quê?

Começo a digitar, mas Autumn é mais rápida. *Contei pra tia Elena. Não teve jeito. Ela sabia que havia alguma coisa errada e ficou insistindo. Você sabe como ela é.*

Minha garganta se aperta. É, eu sei, mas *fala sério*, Autumn. Você só precisava fazer uma coisa.

Eu não podia continuar mentindo pra ela agora que Boney morreu, acrescenta ela.

Não, não, não. Ela não devia ter feito isso. E o que exatamente ela contou para minha mãe?

A próxima mensagem de Autumn responde à pergunta. *Ela quer que eu fale com a polícia.*

E então: *Desculpa. Eu tentei.*

Não quero ler mais nada. Desligo o celular e o jogo por cima da mesa antes que ele toque com uma ligação apavorada da minha mãe. Meu coração dispara enquanto me levanto e saio da cozinha, dando uma volta pela bagunça da sala. Raiva, preocupação e vergonha percorrem meu corpo, lutando para me dominar, e, nas primeiras rondas pela sala, a vergonha vence. Porque agora minha mãe sabe de tudo — inclusive aquilo que sou capaz de esconder dela.

Então a preocupação assume o controle, apertando meu peito com pensamentos sobre minha prima. Porra, mas no que Autumn estava pensando, se entregando assim? Boney morreu e Charlie só tem dezessete anos, então ela vai acabar levando a culpa por tudo.

Não posso ficar me torturando com possibilidades, preciso *agir*. Não faz mais sentido tentar limpar a casa, mas posso dar uma olhada no estado dos outros cômodos. Abro caminho até o andar de cima, me preparando para ver o estrago em nossos quartos. Está tão ruim quanto o andar de baixo, mas nossos notebooks parecem inteiros. Mesmo assim, só de pensar que alguém mexeu nas minhas coisas — que jogou tudo que tenho no chão, como se isso não significasse nada —, fico com vontade de socar a parede. Não aguento ficar no meu quarto, então volto para o de Autumn. O quadro de cortiça acima da sua escrivaninha foi arrancado da parede, como se tivessem achado que ele escondia um cofre, e arremessado sobre uma pilha de roupas. Eu o pego e o coloco sobre a mesa com cuidado, analisando o conjunto de fotos que representa a vida de Autumn.

A vida que vai mudar completamente depois de hoje. É bem provável que ela seja presa, transformada em um alerta e um exemplo para os jovens de Carlton, e as pessoas vão dizer que ela mereceu. Não vão querer saber dos motivos por trás dos seus atos.

Ela mereceu.

A maior foto no quadro é do pai e da mãe dela, o tio e a tia que mal conheci, segurando minha prima bebê no colo. A segunda exibe minha mãe e eu ladeando Autumn em sua formatura da escola, na primavera passada. Tem uma de mim e Autumn no aquário, no verão em que ela veio morar com a gente, parados com um ar desconfortável diante de uma exposição sobre o maior e o menor peixe do mundo. Sei que o tubarão-baleia é o maior, mas preciso apertar os olhos para enxergar a placa ao lado de Autumn para me lembrar de como se chama o menor. *Paedocypris progenetica*, com menos de um centímetro de comprimento.

É isso que Autumn é, penso, meus olhos observando a versão de doze anos da minha prima. Ela é um peixe pequeno no meio dessa confusão toda. Tem gente muito maior envolvida, alguém que comercializa tantos comprimidos que pode guardar milhares deles em um barracão abandonado. Alguém com conhecimento, recursos e sangue-frio suficiente para matar Boney. Se a polícia descobrir quem é essa pessoa, Autumn vai deixar de ser importante. O tubarão-baleia seria encontrado.

Quase desejo não ter largado Cal e Ivy. Ivy é muitas coisas — e Deus é testemunha de que eu falei isso para ela —, mas ela não desiste. E tem talento para desvendar as coisas. Se ela acredita que tem alguma coisa importante na sala da Srta. Jamison, provavelmente tem razão.

Assim que começo a pensar em Ivy, o rosto dela se destaca no quadro de Autumn. A foto foi tirada no ginásio decorado com serpentina do Colégio Carlton de Ensino Fundamental, no único baile que fui lá. Nós passamos a noite toda juntos:

eu, Autumn, Ivy, Cal e Daniel. Na foto, nossos braços estão jogados por cima dos ombros uns dos outros, nossos sorrisos largos e cheios de aparelhos. Ao lado dessa, vejo uma de Autumn no luau na floresta da sua turma no ano passado, o rosto dela pressionado contra o do babaca do Gabe, enquanto Stefan St. Clair sorri atrás dos dois. Por baixo, tem uma foto do casamento dos meus pais, e juro por Deus que, pela cara da minha mãe, dá para ver que ela já havia entendido que precisaria cuidar de um criança.

Meus olhos passam pelas fotos enquanto meu cérebro cataloga tudo que aconteceu hoje. A morte de Boney. A cobertura de Dale Hawkins. O roubo da agenda da Srta. Jamison. A lista de vítimas. A descoberta sobre o envolvimento de Charlie. A conversa com Autumn na van da morte. A briga com Ivy. Tem alguma coisa que conecta tudo — não um denominador comum, mas algo aleatório. É alguma coisa que está fora do meu alcance, me provocando com o fato de que, se eu soubesse para onde olhar, poderia começar a desvendar tudo.

Um pensamento surge na minha mente antes que eu tenha tempo de afastá-lo: *O que Ivy faria?* E tenho quase certeza de que sei a resposta.

Tiro um celular do bolso. Não o meu, que joguei para longe feito um covarde lá embaixo, mas o de Boney. *Talvez seja o nome dele*, sugeriu Ivy enquanto tentava adivinhar a senha na QUERO DONUTS. Ela digitou *B-O-N-E-Y* e não deu certo, então tento *B-R-I-A-N*.

— Puta merda — murmuro quando a tela desbloqueia.

Meu coração dispara enquanto abro as mensagens. A última é só um número: *5832*. A senha do ateliê da Srta. Jamison. O telefone que a enviou não está salvo com nenhum nome, mas disco o número e levo o aparelho à orelha, analisando o quadro de Autumn enquanto toca.

Olho para uma das fotos e penso: *Talvez.*

Então a chamada cai na caixa postal, e quase deixo o aparelho cair quando uma voz conhecida preenche meu ouvido. Não tem nada de *talvez*. Meu coração começa a martelar enquanto minha visão se estreita e eu não consigo ver nada além da foto que chamou minha atenção. Quero bater em mim mesmo por ter deixado tantos sinais passarem despercebidos, mas finalmente olhei para o lugar certo.

E, pela primeira vez no dia todo, sei o que preciso fazer.

YOUTUBE, CANAL A VOZ DE CARLTON

Ishaan e Zack estão na casa de alguém, cercados por alunos segurando copos. Alguns falam com empolgação, alguns parecem assustados, outros fazem careta para a câmera.

ISHAAN: Oi, pessoal, aqui quem fala é Ishaan e Zack, ainda com nossa cobertura de 24 horas da morte de Boney Mahoney. Estamos ao vivo da casa de Stefan St. Clair, onde alunos e ex-alunos do Colégio Carlton se reuniram após a tragédia de hoje.

ZACK, *parecendo nervoso*: Tecnicamente, não fomos convidados.

ISHAAN: É quase um velório. Todo mundo está convidado. Enfim, nossos espectadores mandaram muitas perguntas, então vamos responder algumas agora. *(Olha para alguma coisa em sua mão.)* Primeiro, Jen, de Carlton, quer saber: *Essa tal de Ivy é suspeita mesmo ou* *só está sendo investigada?* Ótima pergunta, Jen. Quero deixar claro que não temos nenhum tipo de treinamento judicial...

ZACK: Ou conhecimento.

ISHAAN: Mas eu diria que são as duas coisas. Além de fugitiva. Mas, novamente, talvez esses não sejam os termos exatos que as autoridades usariam.

ZACK, *baixinho*: Cadê a Emily quando a gente precisa dela?

ISHAAN: Nas palavras da própria Emily, ela não vai, abre aspas, *nunca mais falar com vocês dois*, fecha aspas. A próxima pergunta vem de Sully, de Dorchester, e diz: *Vocês são um bando de riquinhos que não tem mais o que fazer além de...* Tá, isso é mais um comentário do que uma pergunta, Sully.

(Uma garota abre caminho até aparecer na tela, ofegante.) Gente. O pai da prima da minha melhor amiga trabalha pra um cara que conhece o cara que comprou o prédio onde Boney morreu, e ela disse que ele falou que o assassinato pode ter alguma ligação com *drogas.*

ZACK: Assim... É, essa foi a causa da morte de Boney, né? Drogas.

GAROTA: Não é só isso. Encontraram drogas onde ele morreu. Tipo, era literalmente uma boca de fumo e tal.

ISHAAN: Uma boca de fumo. Maneiro. Esse devia ser o título do episódio.

(Um garoto com cabelo louro-platinado surge no canto da cena. Ele é muito parecido com Charlie St. Clair, só que mais alto e mais arrumado.)

GAROTO LOURO, *de cara feia*: O que está acontecendo?

ISHAAN: Ah, oi, Stefan. A festa está ótima. Lembra de mim? Ishaan Mittal, a gente estava na mesma turma de tecnologia da mídia...

STEFAN: Não foi isso que eu perguntei. O que está acontecendo? *(A carranca dele aumenta.)* Vocês estão filmando alguma coisa?

ZACK: É, nós somos do *A voz de Carlton*, passamos o dia inteiro noticiando a morte de Boney... *(A cena escurece de repente. Sobrepondo o som de protestos confusos, uma voz é nítida antes de o áudio ser interrompido.)*

STEFAN: Vão embora, porra.

25

Cal

— *Você* pegou os Sugar Babies? — Ivy me encara, boquiaberta, a decepção estampada em seu rosto. — Por que, Cal? Por que você faria isso?

Eu queria poder usar o frasco de removedor de tinta para apagar o sorriso convencido de Daniel. Eu pretendia contar para Ivy — até tentei, quando estávamos do lado de fora da Quero Donuts —, mas não desse jeito.

— É complicado — digo, dobrando as mangas da camisa enquanto meus olhos focam no corredor. — Ei, vocês escutaram isso? — Tenho quase certeza de que escutei passos, e me apego a essa distração como se eu estivesse me afogando e ela fosse uma boia. — Acho que tem alguém vindo.

Daniel se inclina para fora da porta, olhando de um lado para o outro.

— Não tem — diz ele, sucinto.

Ivy estreita os olhos.

— Para de mudar de assunto e se explica.

— Deve ser uma história muito interessante — comenta Daniel, pegando sua bolsa. — Mas não me interessa. Trevor e eu vamos pro Olive Garden.

— É óbvio — suspira Ivy, mas não de um jeito irritado.

Ele ergue as sobrancelhas.

— Você vem pra casa mais tarde?

— Eu... Sim — responde Ivy, se levantando devagar. — Vou explicar tudo quando chegar.

— Trevor está com o carro da mãe dele, então você pode ir com o nosso — diz Daniel. A expressão dele fica ainda mais metida enquanto ele olha entre nós dois. — Se Cal ficou bancando o motorista hoje, acho que você vai mesmo precisar do carro.

Daniel segue para a porta, e, na minha cabeça, mostro o dedo do meio para ele.

— Certo — diz Ivy. O fato de ela deixá-lo ir embora assim não parece muito promissor, porque significa que toda a atenção voltada para Daniel há um segundo agora é direcionada para mim. — Pode falar — pede ela, cruzando os braços. Então, antes que eu consiga abrir a boca, seus olhos se arregalam e se tornam quase solidários. — Ai, meu Deus. Você estava apaixonado por mim?

— Não! Fala sério, Ivy. Só porque você e Mateo continuam a fim um do outro e Charlie ficou meio obcecado não quer dizer que o mundo inteiro esteja apaixonado por você. — Falo com total convicção, e só depois que as palavras saem da minha boca é que me dou conta de que acabei de destruir a única desculpa que ela poderia aceitar.

Ivy faz cara feia.

— Então por quê?

Não é como se eu tivesse ido à casa dela pretendendo roubar alguma coisa. Eu queria conversar, porque a gente não fazia isso há um tempo, apesar de nada nos impedir. Não mandei mensagem porque Ivy tinha começado a demorar horas para me responder e eu não queria esperar. Quando entrei na varanda, vi os Sugar Babies de cara, mas não olhei para eles até eu entender que ninguém abriria a porta. Então peguei o bilhete, desdobrei o papel e li o que Mateo tinha escrito.

Eu não sabia, naquele momento, que os dois tinham se beijado. Ivy só me contou depois, quando achou que ele estava fingindo que ela não existia. Mas, de repente, eu entendi por que estava me sentindo tão excluído.

— Porque eu não queria que as coisas mudassem — digo para Ivy agora.

— Você não queria que as coisas mudassem — repete ela.

— É. Por dois anos, vocês foram meus melhores amigos. E aí, de repente, iam virar um casal? Você já tinha começado a me ignorar. Tinha, *sim* — enfatizo quando ela começa a negar. — Fazia semanas que você me excluía das coisas. A gente estava prestes a entrar no ensino médio, e eu pensei... pensei que, se vocês começassem a sair, eu ficaria sozinho. Ou que vocês terminariam de um jeito feio e me obrigariam a escolher o lado de alguém. De toda forma, tudo ia mudar. E eu gostava da maneira como as coisas estavam.

A ironia, obviamente, é que nós três nos afastamos mesmo assim. Se eu não fosse um garoto de treze anos assustado e burro, teria entendido isso. Foi ingenuidade achar que rasgar um bilhete e jogar um presente fora acabaria com a atração entre Ivy e Mateo. Os dois eram ímãs vibrando na presença um do outro, mas… eu virei os polos. Todas as coisas que costumavam uni-los começaram a afastá-los, até os dois estarem tão distantes que eu fiquei parado sozinho no meio.

O rosto de Ivy desmorona, seus lábios se voltando para baixo.

— Eu gostava dele — diz ela baixinho, puxando a barra do moletom de Daniel. — Eu gostava tanto, tanto dele.

— Eu sei.

E sabia mesmo, ao mesmo tempo que não. Naquela época, eu não entendia como era gostar de uma pessoa desse jeito. Meus crushes do ensino fundamental eram raros e unilaterais. Não tive uma Noemi, e com certeza não tive uma Lara. Achei que aquilo seria uma besteira, algo que eles mal notariam e logo esqueceriam.

O pedido de desculpas está na minha língua, mas Ivy ergue as sobrancelhas e leva as mãos às bochechas.

— Essa… essa foi a coisa mais egoísta que já ouvi — diz ela.

E é então que perco a paciência. Talvez seja um mecanismo de defesa, uma forma de negar que realmente fiz algo tão ruim assim, mas, levando em consideração o dia que tivemos, seria de se esperar que ela percebesse a ironia desse comentário.

— Ah, é? — pergunto. — A coisa *mais* egoísta? Não teve nenhuma outra? Foi mal, mas você já se esqueceu do que aconteceu no carro no caminho pra cá? Eu preciso lembrar que você faliu o Strike-se com um frasco de óleo de bebê?

— A gente está falando de outra coisa agora! — chia Ivy.

— Mesmo assim! — chio de volta.

Ivy aperta as mãos, como se estivesse se preparando para me empurrar contra a parede.

— Minha vida inteira seria diferente se eu tivesse recebido aquele bilhete! É bem provável que a gente nem tivesse se metido nessa confusão de agora. E a história do Strike-se nunca teria acontecido.

Ah, de jeito nenhum.

— Você não vai jogar a culpa disso em cima de mim — rebato. — Aquilo foi responsabilidade sua.

— E Daniel... Eu fui horrível com Daniel...

— Não por causa disso — lembro a ela. — Você só ficou sabendo dos Sugar Babies hoje. Você foi horrível com Daniel porque quis. — Ela não tem uma boa resposta para isso, e meu rosto arde com a lembrança do sorriso satisfeito do irmão dela. — Aliás, você acreditou mesmo naquela ladainha? — continuo. — Do nada, Daniel vira seu amigo, cuidando de você, ajudando com a polícia só porque ele é uma pessoa muito boa? Fala sério.

Ivy franze o cenho e ergue o celular, alternando entre cutucar a tela e levar o aparelho até a orelha.

— Mas é verdade — diz ela depois de alguns minutos. — Nenhum policial me ligou. Ele deve ter dado o número errado mesmo.

— Se ele fez isso, deve ter algum motivo. — Noto que o cartão de Lara está saindo da bolsa de Ivy, e, de repente, um pensamento desagradável aterrissa com um baque enjoativo. Daniel tem, como Lara diria, um *rosto interessante*. E apesar de não fazer aula de artes, até onde me consta, ele passa o tempo todo por este corredor, para os treinos de lacrosse. — Talvez ele seja o D. Talvez ele não tenha entrado na sala de Lara porque ouviu sua voz. Talvez ele tenha vindo atrás dela.

— Quê? — O rosto de Ivy fica completamente confuso até ela seguir meu olhar. — Ah, não — diz ela no mesmo instante. — Impossível.

Agora que a ideia surgiu no meu cérebro, não consigo ignorá-la.

— Essa letra parece com a dele?

— Eu... — Ivy tira o cartão da bolsa e o abre. E não parece se acalmar com o que vê. — Sei lá. Daniel não *escreve* nada. Ele manda mensagem ou digita no computador. Mas é impossível... — Ela estreita os olhos. — Você só está tentando me distrair.

— Não estou, não. Você passou o dia inteiro insistindo que Lara faz parte desse esquema de drogas. Você ficou procurando formas de encaixar ela nas situações, mas vai ignorar o fato de que seu irmão ficou de bico calado hoje, de um jeito *muito* atípico? Sem mencionar que ele estava usando um tênis que custa mais de mil dólares?

— Quê? — Ivy se retrai. — Que ridículo. Ele não estava.

— Estava, sim. Eu vi aquele Nike de edição limitada no jornal. Custa mil dólares, fácil.

— Bom, ele... ele tem um emprego — gagueja Ivy.

— Limpando mesas, né? — pergunto. Ela concorda com a cabeça. — Mateo também faz isso. Você já viu *ele* andando por aí com tênis de mil dólares? — Ivy não responde, e acrescento: — Talvez Daniel não seja o D. Talvez ele seja o Dedo-Duro. Pensa um pouco. Ele é amigo de todo mundo, é convidado pra todas as festas, não quer *mesmo* que a polícia se meta nessa história...

— Para! — interrompe Ivy. — Você está sendo horrível.

— É, e você também.

Nós nos encaramos em silêncio por alguns segundos, então Ivy guarda o cartão de Lara fundo o suficiente na bolsa para conseguir fechá-la.

— Não quero mais falar disso com você — resmunga ela, séria. — Não quero mais falar com você, ponto final.

— Por mim, tudo bem.

De repente, parece impossível que eu já tenha me importado tanto com a amizade de Ivy a ponto de sabotar as coisas entre ela e Mateo. Mateo, que foi embora batendo os pés feito uma criança emburrada no instante em que as coisas deixaram de acontecer do seu jeito. Os dois se merecem.

— Vou embora — diz Ivy.

Dou de ombros com uma indiferença fingida.

— A gente não está no aeroporto. Você não precisa anunciar sua partida.

— Arghhhh — rosna ela, girando e agitando os braços. Um segundo depois, ela vai embora, me deixando com a satisfação de ter dado a palavra final.

Mas é um sentimento que dura pouco, e o desânimo toma conta de mim enquanto olho ao redor da sala de Lara. E agora? Mateo foi embora, Ivy foi embora, e não me resta nada além de ir para casa e me explicar para os meus pais. O pensamento não me anima nem um pouco. Acabo entrando mais na sala, deixando meu olhar vagar pelas carteiras, pelos materiais, pelas obras dos alunos na parede.

Pela mesa.

Ivy tentou abrir a última gaveta antes, mas não conseguiu. Ela está trancada, e sei que é porque Lara guarda o inalador ali.

— Não posso perder — me disse ela uma vez, antes de jogá-
-lo lá dentro e virar a chave.

E então guardar a chave em algum lugar embaixo da mesa.

Atravesso a sala e me sento à mesa, deslizando a mão sob
ela. No começo sinto apenas o metal frio, e então... um relevo.
Faço força e puxo uma caixinha retangular de baixo da mesa.
Ela é magnética, e, quando empurro o topo, uma chave aparece.

Coloco a chave no trinco. Ela gira com facilidade, e puxo a
gaveta. Mas não encontro o inalador de Lara.

No interior, há dezenas de saquinhos plásticos transparentes
cheios de comprimidos. Não preciso ver as etiquetas para saber
o que são, mas faço isso mesmo assim.

Você tem medo das coisas erradas, me disse Ivy uma vez,
muito tempo atrás. Eu a ignorei, mas talvez seja verdade. Esses
sacos deviam me deixar apavorado — o que eles são, o que re-
presentam, o que significam em termos do que precisa acontecer
agora —, mas não fazem isso.

Eu os encaro em silêncio por alguns segundos, pensando.
Então pego um, enfio embaixo da minha camisa e sigo para a
porta.

26

Ivy

Sento no meu carro no estacionamento vazio do Colégio Carlton, coloco a chave na ignição e ligo o motor. Como já fiz milhares de vezes. Mas, depois disso, não é exagero dizer que não tenho a menor ideia do que fazer.

Meu celular apita, me dando um susto, e olho para baixo. *Voo 8802 atrasado devido ao tráfego aéreo, nova previsão de chegada às 18h00.*

Apoio a cabeça no volante, imaginando um universo alternativo em que minha maior preocupação seria o fato de que preciso levar a roupa da minha mãe para a premiação. Não a possibilidade muito real do evento ser cancelado quando eu for presa na porta.

Eu me pergunto se devo ser proativa e ligar para os meus pais. Ter notícias minhas assim que eles aterrissarem vai ajudar em alguma coisa? Ou será melhor eu assistir às últimas transmissões do *A voz de Carlton* primeiro, para ver se os boatos pioraram muito desde que saímos da casa de Charlie? Ou talvez fosse melhor ligar para Mateo e deixar uma mensagem de voz com um pedido de desculpas demorado e divagante, já que ele nunca vai atender o telefone.

Não vou ligar para Cal. Quero que ele se exploda.

E Daniel... Nem sei o que pensar sobre Daniel.

Tem um negócio no Reddit chamado *O babaca sou eu?*, em que as pessoas escrevem sobre brigas que tiveram e pedem para os outros julgarem quem estava errado. Às vezes os posts são horríveis, às vezes são engraçados, mas, na maioria das vezes, as pessoas que escrevem realmente não sabem se elas são as vilãs da história. Agora estou repassando os últimos quatro anos das minhas interações com Daniel com esse olhar, me perguntando se todos os comportamentos dele que eu acreditava serem propositais e maliciosos eram, na verdade, reações. Ou será que Cal tem razão e Daniel estava apenas me manipulando?

É tentador acreditar nisso — confortável e familiar —, mas não é como se eu fosse a melhor pessoa do mundo. Afinal, acabei de perder uma eleição só porque meus colegas quiseram me irritar e eleger alguém que se candidatou como piada.

Boney. Ai, meu Deus, Boney.

Passei o dia inteiro sem me permitir chorar por Boney, mas as lágrimas vêm agora. Abraço o volante e choro até minha garganta arder. Eu queria poder voltar para a tarde de ontem, quando anunciaram o resultado da eleição, e parabenizá-lo do jeito que devia ter feito. Se eu soubesse perder, teria insistido para nos encontrarmos hoje cedo para bolarmos um plano de transição, e talvez ele não tivesse ido a Boston. Pela primeira vez na minha vida, eu teria usado minha famosa insistência para o bem. Boney estaria jantando com os pais agora, não guardado em um necrotério.

— Desculpa, Boney — digo com a voz embargada, as palavras saindo arranhadas. — Me desculpa.

Estou quase sem lágrimas quando o celular apita de novo no meu colo. Seco os olhos e respiro fundo algumas vezes antes de olhar. *Não importa o que ou quem for*, penso, *vou fazer a coisa certa*.

A mensagem é do meu irmão. *Oi, o carro quebrou. Você pode buscar a gente?*

Pisco para a tela quando Daniel manda sua localização. Ele não está longe; em algum lugar nos limites de Carlton, pelo que parece.

Esfrego minhas bochechas ainda molhadas com a palma da mão. Cal me deixou nervosa de verdade na sala de aula, tirando da cartola aquelas teorias malucas sobre Daniel. Que coisa ridícula, é impossível meu irmão estar envolvido com a Srta. Jamison ou com drogas. Ele teria que ser manipulador de verdade para conseguir fazer tudo isso sem ninguém perceber, e eu teria que ser uma idiota completa por nunca ter notado.

Mas a história dos tênis é meio esquisita. Eu nem imaginava que eles eram tão caros.

Argh. Não. Dou um tabefe imaginário em mim mesma. *Faça a coisa certa, Ivy. Não fique sentada aí, bolando teorias da conspiração enquanto seu irmão precisa de ajuda.* Desde que entrei no carro, fui paralisada pela indecisão, mas agora, finalmente, encontrei algo que posso fazer.

Estou indo, respondo.

27

Mateo

Ainda nem escureceu, mas a festa já está animada quando estaciono o Buick da década de 1980 impecável da Sra. Ferrara na frente da casa de um andar bem-cuidada. Todos os anos que passei tirando neve da entrada da casa da minha vizinha idosa finalmente foram recompensados com um empréstimo de emergência do carro. E ainda bem, porque a caminhada até aqui seria demorada, e não tenho tempo para isso.

A música escapa das janelas abertas, e o quintal da frente está lotado de rostos conhecidos. Alunos atuais e antigos do Colégio Carlton conversam em grupinhos, alguns parecendo quietos e sérios, outros rindo como se essa fosse uma festa normal de Stefan St. Clair. A casa é pequena para Carlton, e, pelo que me contaram, Stefan a divide com um monte de gente, mas mesmo assim. É um lugar legal pra um cara que acabou de começar a faculdade.

Enquanto sigo para a porta da frente, duas garotas com fitas pretas no cabelo se abraçam enquanto uma terceira tira foto delas com o celular.

— Não esquece da hashtag *RIP Boney* — diz uma delas.

Abro a porta e entro, a batida alta de um rap me alcançando enquanto analiso a multidão em busca de rostos conhecidos. Charlie St. Clair levanta uma garrafa para me cumprimentar, e espero enquanto ele se aproxima. Seu pescoço ainda exibe o colar de conchas com que quase o estrangulei, mas sua camisa foi trocada por algo menos ensanguentado.

— Você veio — diz ele, olhando por cima do meu ombro. — Cadê Ivy e Cal?

— Não estão aqui — respondo. — E a sua casa?

— Está vazia. Meus pais estão bem noiados. Eles foram pra um hotel e vão, tipo, instalar todo um sistema de segurança. Estão falando até de botar grades nas janelas. — Charlie esfrega os olhos, que parecem um pouco mais alertas do que estavam na sala de Ivy.

— Já está sóbrio? — pergunto.

— É. Quase lá. — Charlie coça o queixo. — Eu não costumo beber muito. Mas fiquei nervoso com a história de Boney e, quando vi o que aconteceu com minha casa, eu... eu precisava de alguma coisa que me relaxasse, sabe? — Ele levanta a garrafa de novo, girando-a para revelar o rótulo de uma marca de água. — Por hoje, chega de álcool.

— Boa ideia.

Cogito contar a ele que Autumn vai à delegacia, mas, antes que eu possa fazer isso, Charlie acrescenta:

— Mas não consigo parar de pensar naquilo. Tipo, hoje de manhã, Boney deve ter achado que seria um dia normal, e agora ele morreu. — Charlie toma um gole demorado da água. — Podiam ter ligado pra mim pra fazer a venda. Podiam ter ligado pra você, né? Se alguém te confundiu com Autumn.

Eu não iria, quase digo. Mas talvez eu fosse; se tivessem me mandado uma mensagem aleatória sobre uma venda grande em Boston, eu poderia ter ido para ver o nível do problema em que minha prima se meteu. Além do mais, sei que não é isso que Charlie está dizendo. A questão é que Boney deu um azar absurdo hoje, e nós dois estamos de pleno acordo nesse ponto.

— Boney não merecia aquilo — digo.

Charlie baixa a voz, e mal consigo escutá-lo com a música.

— Sei que Cal queria contar pra alguém sobre as drogas e tal. Talvez fosse melhor a gente fazer isso mesmo. Sei lá. — Ele coça o maxilar. — Contei pra Stefan o que está acontecendo, e ele falou que nem pensar. Ele acha que preciso ficar na minha e não chamar atenção por um tempo. E que tudo vai se ajeitar.

Esse parece exatamente o tipo de conselho que Stefan St. Clair daria.

— Stefan está por aqui?

— Lá fora — diz Charlie, apontando com a cabeça para trás. — Tem uma varanda do lado de fora da cozinha. — Faço menção de me afastar, mas ele entra na minha frente. — Ei, escuta. Você e Ivy têm alguma coisa?

Meu Deus. Nós não temos tempo para essa conversa, e, mesmo se tivéssemos, eu não saberia o que dizer.

— Depois a gente se fala, tá, Charlie? — digo, passando por ele.

Abro caminho até a cozinha, onde garrafas ocupam cada centímetro da bancada e a fila para o barril de cerveja serpenteia até a sala de jantar.

— Eu não o conhecia direito — diz o cara que está enchendo
o copo para a garota ao seu lado. — Mas a gente precisa comemorar a vida, né?

— É — responde a garota com uma voz pesarosa, inclinando
o copo para ele. A manga de sua camisa está um pouco afas-
tada para exibir a fita preta em seu pulso. — Boney ensinou
isso pra gente.

Uma porta de correr leva à varanda. Ao longe, vejo pinheiros
de verdade e seu reflexo espelhado no brilho vítreo de um lago.
Eu sabia que este bairro era familiar: o quintal de Stefan dá para
o campo de golfe novo. Minha mãe riu quando viu o anúncio
dessas casas na internet.

— Estão falando que são *na orla* — disse ela. — Acho que a
gente só tem orlas de lagos em Carlton.

Stefan St. Clair está sentado no parapeito da varanda, se
exibindo para metade das líderes de torcida do Colégio Carlton.
Ele me ignora quando me aproximo, o que já era de se esperar.
Stefan pode ter se formado na primavera passada, mas ainda
acha que é o rei da escola. O cara que conhece tudo e todos,
que dá festas todos os dias da semana. Mesmo na noite depois
de um antigo colega morrer.

Stefan balança o cabelo para longe do rosto do mesmo jeito
que seu irmão mais novo faz, rindo do comentário de alguma
das garotas. Abro caminho pela plateia até chegar tão perto que
é impossível ele continuar me ignorando.

— E aí, cara? — diz Stefan, jogando a cabeça para trás para
tomar o resto da cerveja. — De boa?

— Você viu... — começo, mas me interrompo quando vejo
alguém parado na beira do quintal de Stefan, perto dos arbustos

que o separam do campo de golfe. Alguém que está mijando, pelo visto. — Deixa pra lá.

— Que bom que a gente conversou — grita Stefan quando me viro de repente e sigo para a escada que sai da varanda para o quintal.

Não quero ser discreto. Quero que ele perceba minha presença, porque preciso ver sua cara. Mas ele está cambaleando um pouco e só me nota depois que atravesso quase metade do quintal. Então ele para e solta uma risada irritada.

— Nossa, olha só quem apareceu. O que você tá fazendo aqui?

— Oi, Gabe — digo, atravessando os últimos metros que me separam do babaca do namorado da minha prima. — Ou devo te chamar de Dedo-Duro?

Um nervosismo chocado surge nos olhos de Gabe.

— *Dígame* — acrescento, repetindo o cumprimento da caixa postal que ouvi pelo celular de Boney enquanto observava o quadro de cortiça de Autumn.

Então dou um soco nele.

28

Cal

Só vim aqui uma vez — na semana passada, quando dei carona para Lara depois da escola, porque seu carro estava na oficina.

— Quer entrar e ver meus lápis de carvão novos? — perguntou ela com um sorriso sedutor quando parei na frente da sua casa.

Achei que fosse um eufemismo, talvez, para darmos o próximo passo no nosso relacionamento, mas me enganei. A gente só ficou desenhando até dar a hora de ela sair para encontrar com o treinador Kendall.

Depois de semanas de ansiedade, agora estou feliz por ela nunca ter feito nada além de me enrolar. Assim, é mais fácil lidar com tudo que está acontecendo.

Não há sinal do carro dela na frente da casa, mas isso não significa nada, porque ela tem uma garagem. Vou até a porta da frente e toco a campainha, primeiro de leve, depois apertando o botão com força.

— Oi? — grito. — Lara? — Não me preocupo com os vizinhos; Lara tem poucos. — Preciso falar com você.

Não há resposta, então seguro a maçaneta e giro. Primeiro para a esquerda, depois para a direita, mas nada funciona.

Fico parado ali, pensando. Na última vez em que estive aqui, Lara reclamou que a porta dos fundos não trancava direito.

— Eu devia chamar alguém pra consertar, mas pra quê? — disse ela. — Vou me mudar daqui a pouco.

Eu não queria falar sobre isso, sobre a casa que ela vivia falando que compraria com o treinador Kendall. Eu não acreditava que ela ia mesmo se casar com ele. Durante todo o tempo que passamos juntos, Lara adiou um monte de coisas, e espero que os consertos pela casa continuem fazendo parte dessa lista.

Corro até os fundos, que é cercado por árvores que formam o contorno de uma floresta fechada. Está ficando cada vez mais escuro e mais frio, e os grilos fazem a festa. Não consigo ouvir nada além do seu canto enquanto sigo um caminho de pedras cheio de mato até a porta de Lara. Seguro a maçaneta de latão amassada e puxo — primeiro de leve, depois com força ao sentir a fragilidade do trinco. Balanço um pouco para os lados, puxando cada vez mais até a porta finalmente abrir.

Entro e fecho a porta. Nunca estive aqui atrás — é tipo uma varanda fechada, com um tapete verde e móveis de vime —, mas a casa de Lara é pequena. Sigo pelo único caminho possível — um corredor estreito — até enxergar a pintura amarela familiar da sala de estar. E então vejo...

O grito de Lara é tão ensurdecedor que também grito, me afastando com as mãos para o alto até acertar a parede.

— Desculpa! — exclamo enquanto ela continua a berrar.

— Eu não queria... Eu só... A porta estava aberta. Desculpa!

— Ai, meu Deus — diz Lara quando finalmente me reconhece. Seu rosto está corado, e uma de suas mãos aperta o peito. — Ai, meu Deus, Cal. Você quase me mata de susto, tive certeza de que você era... — Ela respira fundo. — Ai, meu Deus. Tudo bem.

Baixo as mãos enquanto meu coração desacelera, então noto a mala grande ao lado dela.

— Você vai... Aonde você vai?

Lara olha para a mala como se tivesse se esquecido da sua existência, depois volta a me encarar.

— Vou embora — anuncia ela.

Fico surpreso, mas eu devia ter imaginado. Enfio a mão embaixo da blusa e tiro o saco de oxicodona.

— Por causa disto?

— O que... — Lara olha para o saco, sua expressão endurecendo. — Onde você achou isso?

— Na gaveta da sua mesa na escola. A que você deixa trancada. Este era um dos, sei lá, vinte pacotes guardados lá.

Não sei que reação eu esperava, mas não era uma risada amargurada.

— É lógico — diz Lara. — É *lógico* que estava lá.

— É lógico? — A raiva começa a dominar meu humor já ruim. — Tudo bem. Certo. Assim como é lógico que você colocou o nome de Boney na sua *lista de vítimas*, e agora ele morreu.

— Eu fiz o quê? — Ela franze o cenho, nitidamente confusa. — Do que você está falando?

— Da listagem dos alunos do Colégio Carlton, com o nome de Boney circulado? Ivy encontrou na sua agenda. Que ela roubou, aliás. Quando a gente estava na cafeteria.

— Ivy roubou... — A bolsa vermelha de Lara está no sofá, e ela puxa a alça. Depois de revirar o interior por alguns segundos, sua expressão se torna emburrada pelas coisas que ela não encontra. — Argh, aquela vaca intrometida! Ainda bem que eu mandei aqueles vídeos do *A voz de Carlton* pra imprensa. Ela merece toda essa atenção de merda que está recebendo.

— Você mandou... Então você... — Perco o fio da meada, franzindo a testa. A conta não fecha. — Por que você tentou jogar a culpa pra cima de Ivy se não sabia que ela estava com sua agenda? O que você tem contra ela?

— Nada. Eu só precisava de uma distração. — Lara coloca a bolsa no ombro. — Precisava de tempo pra ajeitar umas coisas antes de recomeçar do zero, por assim dizer. Porque, depois que eu for embora daqui, nunca mais vou voltar.

Eu devia sentir medo dela, provavelmente, já que estou atrapalhando seu plano de fuga, seja lá qual for. Mas, por algum motivo, não sinto. Só consigo pensar no quanto eu preciso de respostas e em como seria fácil ela ir embora antes de explicar as coisas.

— Então você matou Boney? — pergunto. — Ou mandou alguém matar ele? Foi isso?

Lara solta outra risada curta, desanimada.

— É isso que você acha? Sério? E eu pensei que você me conhecesse, Cal. — Eu a encaro, sem palavras. — As coisas que sua amiguinha fofoqueira encontrou na minha agenda não eram minhas. — Ela aponta para o saco que continuo segurando. — E *isso aí* não é meu. Mas você acreditou, né? Você achou que fosse. E era exatamente isso que ele queria.

— Quem? — pergunto. — Dominick Payne?

Dou um passo para trás e espero pela reação dela, quase ansioso para ver seu choque quando perceber que descobrimos tudo. E ela parece chocada mesmo, mas não do jeito que eu esperava.

— Dominick? — pergunta Lara, quase se engasgando com o nome antes da sua boca abrir um meio sorriso incrédulo. — Você acha que Dominick Payne é um traficante? Como foi que... Não.

— Não? — Odeio a hesitação na minha voz, mas ainda não estou pronto para abrir mão de Dominick Payne. Em parte porque ele se encaixa, mas também... quem mais está envolvido?

— Não. — Os lábios dela se curvam. — Então você andou bancando o detetive, né? Que decepção, Cal. Eu esperava um palpite melhor.

— Por quê? — pergunto, frustrado.

Lara fecha a bolsa e me encara com um olhar desdenhoso.

— Porque a resposta está bem na sua cara.

29

Ivy

O cascalho estala sob os pneus quando entro em uma rua particular. "Você chegou ao seu destino", informa o GPS, e fico confusa. Por que Daniel e Trevor estariam aqui? Só consigo ver uma casa. Está acesa, mas não tem nenhum carro na frente dela. Diante de mim, no acostamento da rua, outro veículo espera com os faróis ligados. Fora isso, o lugar parece deserto.

Tenho um mau pressentimento, e pego o celular para mandar mensagem para Daniel. *Cheguei. Acho?*

A resposta vem quase no mesmo instante, e os faróis do carro na minha frente piscam. *Já te vi.*

O que vocês vieram fazer aqui?

Trevor precisava deixar umas coisas com um amigo, mas não tem ninguém em casa, e o carro não quer dar partida. Achamos que é a bateria.

Meu nervosismo diminui enquanto respondo: *Vou pegar os cabos pra chupeta.*

Estaciona mais perto primeiro. Vou abrir o capô.

Tá, respondo antes de colocar o celular no banco do carona para andar com o carro. Trevor está com o farol alto ligado, e não consigo enxergar nada além da luz. Paro a alguns metros de distância, coloco a marcha em ponto morto, sem desligar o motor, e abro a porta.

— Aqui já está bom? — grito enquanto saio, mas as portas do outro carro não estão nem abertas.

Espero um instante, batendo com um pé no cascalho. Daniel não responde. Ele provavelmente está rindo de alguma idiotice com Trevor, e todo o ressentimento fraternal que deixei de lado mais cedo começa a voltar. Até que não demorou muito.

— Não precisa ter pressa. Eu faço sozinha — resmungo, girando na direção do porta-malas.

Então faço um esforço para diminuir minha irritação. *Eu sou uma boa pessoa fazendo uma boa ação,* repito para mim mesma enquanto abro o porta-malas e começo a afastar os cobertores e as sacolas de compras reutilizáveis. *Eu sou uma boa pessoa fazendo uma boa ação.*

Se eu *não fosse* uma pessoa tão boa assim, provavelmente estaria irritada por ninguém aparecer para me ajudar antes de eu finalmente encontrar os cabos. É meio chato saber que meu primeiro ato altruísta beneficia dois ingratos preguiçosos feito meu irmão e Trevor.

— Achei! — grito, indo para o lado do carro e acenando para o farol ainda alto.

E então, finalmente, a porta do carro se abre. Do lado do motorista, não do passageiro.

— Trevor? — chamo, apertando os olhos para a luz. Com certeza não é meu irmão. O vulto não é alto nem largo o suficiente para ser ele. — Cadê o Daniel?

Ele não responde e, conforme se aproxima, percebo que também não é Trevor. As linhas de um rosto finalmente ficam nítidas, e pisco em confusão quando identifico quem é.

— Oi — digo. — O que é...

O braço dele se estica, rápido como um raio, puxando os cabos com tanta força que caio aos seus pés.

— Ai! — grito quando pedaços pontiagudos de cascalho pressionam minhas mãos e joelhos. — O que foi *isso*?

Tento me levantar, mas então a mão do sujeito surge, me empurrando de volta para baixo, e entendo que eu não devia estar com raiva. Eu devia estar com medo.

Abro a boca para gritar, mas a mão cobre a parte inferior do meu rosto. De repente, fica difícil respirar, e o pânico toma conta de mim enquanto sou puxada para cima com força.

— Desculpa, Ivy — diz uma voz familiar ao meu ouvido. — De verdade. Mas não tenho muita escolha.

30

Mateo

Gabe tenta revidar, mas não faz diferença. Sou muito maior do que ele, e estou *bem* mais furioso.

Desvio dos seus socos fracos e o jogo de costas no chão, subindo em cima dele e segurando suas mãos até ele só conseguir ficar se retorcendo feito um inseto encurralado.

— Como você soube? — arfa ele.

Eu não tinha certeza até escutar o cumprimento inconfundível de Gabe vindo do número que mandou a senha para Boney. Mas, pouco antes disso, quando olhei para a foto dele no meio do quadro de cortiça de Autumn, me lembrei do que Charlie disse na sala de estar de Ivy: *Você deve ter irritado o cara pra ele trocar o nome da sua prima pelo seu. Não provoca o Dedo-Duro, cara!* Só existe uma pessoa que me odeia a esse ponto — e, imagino, se importa tanto assim com Autumn — que está em todas as festas e conseguiu arrumar dinheiro para comprar um carro chamativo apesar de não ter emprego. E estou segurando esse cara.

— Você deu o meu *nome* — rosno. — Seu *escroto*.

— Eu não tinha opção! — exclama Gabe, engasgado. — Eu precisava... Ele sabia que eram três pessoas, e eu precisava... Eu não podia dar o nome dela.

— Ah, bom, mas alguém descobriu mesmo assim. Ligaram pro chefe dela, e se eu não a tivesse encontrado primeiro...

— Fui eu — diz Gabe, ainda se debatendo. — Pra ver se ela estava bem. Eu queria... eu queria tirar ela da cidade depois do que aconteceu com Boney.

A ideia de que Gabe e eu queríamos a mesma coisa me deixa tão chocado que quase o solto. Quase.

— Que nobre da sua parte, Gabe. Você é o melhor namorado do mundo. Mas não foi problema nenhum ferrar com Boney, né?

— Eu o encaro com raiva, brevemente cogitando lhe dar o tipo de soco que quebraria sua cara. — Foi você que mandou Boney ir até aquele prédio. Você também foi responsável pela morte dele?

— Não! Meu Deus, não! Porra, eu não mato gente, cara! — Gabe se retorce para a frente e para trás, tentando se soltar. — Eu não sabia que aquilo ia acontecer. Não sou... escuta, eu não sou nenhum justiceiro, tá? Eu só descubro as paradas, às vezes marco encontros. Só isso.

— Só, né? Pra quem você faz essas coisas? — pergunto. Quando ele não responde, eu o levanto de leve e bato suas costas no chão, com tanta força que acho que consigo ouvir seus dentes baterem. — *Pra quem você faz essas coisas?*

Gabe solta um gemido.

— Não posso contar. Ele me mataria.

— Se você não me responder, eu te mato — ameaço.

Minha raiva é tamanha que quase estou falando sério, mas os olhos de Gabe brilham de um jeito que é convencido demais para um cara que mal consegue se mexer.

— Não mata, não — responde ele.

Nós nos encaramos por alguns segundos. Ele tem razão, é óbvio, mas não precisa saber disso. Agarro a gola da sua camisa e saio de cima dele, puxando-o comigo para começar a arrastá-lo até o lago.

— Que isso? — grita ele, o cuspe voando na minha cara enquanto ele se torce e retorce, tentando escapar de mim. — Socorro! Alguém me ajuda!

Boa sorte para ele. A festa de Stefan está tão barulhenta que ninguém vai escutar, mesmo que estivesse preocupado com uma briga entre dois caras. Mas Gabe continua se sacudindo, acertando dois socos leves que nem sinto. Quando chegamos na beira da água, jogo metade dele lá dentro e entro no lago também. A água fria invade os meus tênis e encharca minha calça jeans, e Gabe se engasga quando um pouco entra pelo seu nariz. Ele tenta se levantar, mas eu o empurro para baixo de novo.

— Nunca mais quero ver você perto da Autumn — digo entre dentes. — Então vou garantir que isso não aconteça.

— Não acredito em você — insiste Gabe, mas todos os resquícios de presunção sumiram dos seus olhos. Ele parece apavorado, e isso quase me convence a parar. Quase.

Empurro sua cabeça para baixo da água e a seguro. Quando minha mãe obrigou Autumn e eu a fazermos um curso de salva-vidas dois anos atrás, uma das primeiras coisas que aprendemos é que as pessoas conseguem prender o fôlego por dois minutos — mas, em uma situação de afogamento, geralmente entram em pânico em até dez segundos. Conto até vinte, um intervalo agoniante em que Gabe fica se sacudindo embaixo de mim, lutando por sua vida. Então o solto.

Ele puxa o ar com força várias vezes, tossindo e cuspindo. Eu o deixo respirar por alguns segundos, então enfio sua cabeça na água de novo até ela cobrir uma de suas orelhas.

— Última chance, Gabe — digo enquanto sua respiração ofegante se torna apavorada. — Da próxima vez, não vou soltar. Pra quem você passa as informações?

Ele arfa por alguns segundos sem dizer nada. Estou prestes a aceitar minha derrota e soltá-lo, porque não vou conseguir fazer aquilo de novo, quando ele geme:

— Tá, tá. — Ele respira fundo e solta um soluço engasgado antes de concluir. — É pro treinador Kendall. Eu passo as informações pro treinador Kendall.

31

Cal

Eu encaro Lara, paralisado de tão confuso, até ela balançar a cabeça em uma irritação fingida.

— Você não entendeu mesmo, né? Bom, uma coisa é certa, ele realmente enganou direitinho vocês todos. Ele sempre soube manter as aparências.

Lara segura a alça da mala e a gira. Meu corpo recupera a energia e corro até parar entre ela e a porta. Ela tenta passar por mim, mas me mexo junto, esticando os braços para os lados.

— Você não vai embora sem me contar, Lara. Não vou deixar. As pessoas estão encrencadas de verdade.

— Ah, pelo amor de Deus — geme Lara, mas seus olhos voam para o relógio sobre a cornija. Ela deve saber que não vou segurá-la fisicamente, mas vou ficar parado aqui para sempre, se for preciso. — É o Tom, seu idiota. — O nome não significa nada para mim, e isso deve estar estampado na minha cara, porque ela acrescenta: — Tom Kendall. O *treinador* Kendall. Meu noivo, lembra?

Isso me pega tão desprevenido que fico quieto, e Lara tenta alcançar a porta de novo.

— Não, espera! — exclamo, bloqueando o caminho mais uma vez. — O treinador Kendall é traficante? Como? Desde quando?

— Faz uns seis meses que Tom me contou, mas já tem uns dois anos que ele está nisso — responde Lara. — Ele começou pequeno, usando receituários roubados. Aí a demanda foi aumentando tanto que ele começou a recrutar mais gente, trazer drogas de outros estados. Agora, tem toda uma rede de fornecedores e vendedores.

É informação demais para eu digerir, especialmente porque não consegui passar da primeira frase.

— Faz *seis* meses que ele contou pra você? — repito, de repente sentindo como se ela fosse uma completa desconhecida. — E você não foi à polícia?

— Ele é meu noivo — lembra Lara, como se essa explicação bastasse.

— E aí você... o quê? Resolveu deixar pra lá?

Ela solta um rosnado impaciente.

— Não tenho tempo pra isso, Cal. Tom está tentando colocar a culpa em mim, você não entendeu?

Fico boquiaberto, porque realmente não entendi nada disso.

— Está? Por quê?

Apesar da completa incapacidade de assumir os próprios erros que ela demonstrou até agora, ainda espero que Lara me diga que pretende falar com a polícia. Mas ela aperta os lábios e fala:

— Se eu tivesse que adivinhar, acho que deve ser porque ele finalmente descobriu meus deslizes.

— Seus deslizes? — repito. — Você está falando de...

Estou prestes a concluir com "mim", mas Lara me interrompe com um suspiro.

— Eu me envolvi com uma pessoa, mas era meio instável, e talvez Tom tenha visto algumas mensagens que não devia.

Encaro a mala dela.

— Então você vai fugir com... esse cara? — pergunto. Quase digo D, mas prefiro não explicar como sei dessa letra.

Ela franze o nariz.

— Nossa, não. Não era nada sério. No fim das contas, ele era só mais uma distração.

Só mais uma distração. Se eu tivesse tempo para pensar na frase, provavelmente ficaria magoado, mas as perguntas estão surgindo rápido demais para eu ficar enrolando.

— Então como o treinador Kendall está colocando a culpa em você? Ele colocou aquela lista na sua agenda?

Lara suspira.

— Talvez, mas eu nem sabia disso. As coisas começaram a ficar esquisitas tem uns dois dias, quando Tom ficou me perguntando se eu ia pro ateliê hoje, às dez horas, como sempre. Achei estranho, porque ele ficou insistindo muito na *hora*. — Ela gira o anel de noivado no dedo e, pela primeira vez, noto como o diamante é grande. — Achei que ele estivesse tentando me vigiar. Então resolvi não ir, apesar de só pretender ir lá para desenhar. Fui mesmo pra aula de cerâmica. Fiquei esperando Tom mandar mensagem, fazer mais perguntas sobre o ateliê, já que ele tinha sido insistente pra cacete, mas ele não deu sinal de vida. — Ela inclina a cabeça para mim, pensativa. — *Você* deu.

—- Então... — penso nela sentada na Cafeteria Second Street hoje cedo. — Você não sabia mesmo sobre Boney?

— Nem imaginava — responde Lara. — Não entendi nada no começo. Não entendi por que Brian foi lá, por que morreu. Até fiquei me perguntando se Tom pretendia me matar e se Brian só foi pego no fogo cruzado quando não apareci. Mas aí falei com Dominick, que ficou sabendo por um amigo jornalista que encontraram um monte de drogas no ateliê. Dom estava meio histérico, querendo saber por que deixei essas coisas lá. E é óbvio que não fui eu. — Os lábios dela se curvam em um sorriso amargurado. — Aí comecei a pensar na denúncia anônima sobre a mulher loura. No começo, achei que devia ter sido Ivy, mas o intervalo de tempo era conveniente demais. Tudo parecia muito midiático. Uma *performance*. Então eu me perguntei: Se eu tivesse ido pra lá como o combinado, como Tom queria que eu fizesse, o que a polícia encontraria? Eu na frente do corpo de um aluno, em uma sala cheia de oxicodona. Com minhas digitais na arma do crime, imagino, já que Tom pediu minha ajuda pra organizar seringas na semana passada.

— Organizar seringas — repito, minha voz apática com incredulidade. Não acredito que ela está me contando essas coisas como se fosse uma bobagem, como se organizar um esquema de tráfico fosse um hobby inusitado do noivo que ela descobriu sem querer e resolveu apoiar. — Esse é o tipo de coisa que vocês fazem juntos, é?

Lara me ignora e continua falando, gesticulando na minha direção.

— E, agora, você aparece aqui e me diz que tem mais drogas escondidas na minha sala, além de uma... Como foi que você chamou? Uma *lista de vítimas* na minha agenda. São provas demais, né? Eu diria que elas bastariam pra me condenar. E deve ter muitas outras que não achamos.

— Então Boney... — Não sei como terminar essa frase.

— Tom deve ter matado Brian — diz Lara em um tom calmo. — É mais provável que ele tenha mandado alguém fazer isso e passado o dia inteiro na escola, pra não sujar as próprias mãos. Não sei *por que* ele foi o escolhido. Brian deve ter irritado Tom de alguma forma...

— Ele roubou um monte de comprimidos — interrompo. — Ele as encontrou em um barracão no mês passado e começou a vender.

— Ahhhh, tá. Faz sentido — diz Lara. Sua voz é prática, como se Boney não passasse de um item na sua lista de *Motivos para Meu Noivo Ter Me Incriminado*. — Tom deu um chilique quando a oxicodona sumiu, e quase perdeu a cabeça quando a Universidade Carlton anunciou uma guerra contra as drogas três semanas depois. Seu pai não perde tempo, né, Cal? — Sinto uma onda de orgulho, porque ele não perde tempo mesmo, e Lara acrescenta: — É exatamente esse tipo de atenção que Tom não quer. Ele sempre teve o cuidado de manter a vida profissional e pessoal separadas. Tem um cara que é encarregado de ficar de olho nas vendas de drogas pela cidade, só pra Tom acabar com o esquema antes das autoridades se envolverem. Mas, desta vez, tudo aconteceu rápido demais.

Caramba, penso, atordoado. *Stefan tem razão. O Dedo-Duro existe mesmo.*

Não tenho tempo para perguntar quem é o sujeito; Lara está falando muito rápido, como se a adrenalina tensa que a impulsionou durante o dia finalmente estivesse transbordando.

— Matar Brian e colocar a culpa em mim pelo assassinato e o esquema das drogas resolveria todos os problemas dele — diz ela.

As peças estão se encaixando rápido demais para eu acompanhar.

— Então Ivy só estava...

— No lugar errado, na hora errada, com a cor de cabelo certa — completa Lara. — O assassino de Brian devia estar me esperando aparecer só pra ter certeza de que eu estaria mesmo lá quando ligasse para a polícia, e acabou me confundindo com ela. As janelas daquele lugar estão imundas desde que a manutenção foi suspensa. — Ela segura a alça da mala de novo. — Então é isso. Espero que sua curiosidade tenha sido saciada, porque vou embora daqui antes que me joguem na cadeia por uma coisa que eu não fiz.

— Mas, Lara! Espera! — Eu me jogo na frente da porta de novo. — Você não pode ir embora assim. Você precisa falar com a polícia, vão acreditar em você. Um monte de gente te viu hoje de manhã, né? É fácil provar que você não matou Boney, e...

— Não vou contar com a polícia — diz Lara. — Ter um álibi não faz diferença. Você não conhece o Tom. Essa tentativa pode ter dado errado, mas ele não entrega os pontos. Seus esquemas sempre têm um plano B, e não vou esperar pra descobrir qual é.

Ela solta a mala e tenta me puxar para longe da porta.

Fico firme.

— Mas a polícia vai te encontrar! O *treinador Kendall* vai te encontrar.

Os lábios de Lara formam um sorriso amargurado.

— Uma das melhores coisas sobre Tom é que ele conheceu algumas pessoas interessantes nesse ramo. O tipo de gente que pode ajudar você a desaparecer se receber a quantia certa de dinheiro. Que eu tenho. — Ela bate na bolsa em seu ombro, então curva os lábios para mim. — Não faz essa cara de horrorizado, Cal. Mesmo se tudo não tivesse dado errado, eu não ia aguentar ser professora de artes em uma cidade pequena por muito tempo. É melhor assim, pra todo mundo.

Finalmente fico chocado demais para resistir quando ela me empurra, abre a porta e sai. Espero para ouvir o som de sua mala rolando pela escada, mas não escuto nada. Por um instante, o silêncio reina, e então surge um som diferente: um barulho assustado, abafado e choroso que faz meu coração disparar contra as costelas. Não parece vir de Lara, quase soa como...

Eu me inclino sobre o batente e espio. Lara está completamente imóvel, a mala ao seu lado, encarando a cena diante de si. É o treinador Kendall, ainda usando sua jaqueta da equipe de lacrosse de Carlton, com um braço ao redor do pescoço de Ivy e a mão sobre sua boca. Seus olhos, arregalados e apavorados, ficam ainda maiores quando ela me vê.

— Ah, merda — murmura Lara, tão baixo que acho que sou o único capaz de escutá-la. — Esse deve ser o plano B.

32

Cal

Minutos depois, estamos todos na garagem do outro lado da casa de Lara, porque o treinador Kendall tem uma arma e não hesita em apontá-la para nós. Lara se senta primeiro, se acomodando delicadamente em um canto como se estivesse numa festa em uma casa com poucos móveis. Eu desabo feito uma pedra sobre o piso duro de cimento, e o treinador Kendall finalmente tira a mão da boca de Ivy e a empurra para o meu lado.

— Onde está Daniel? — pergunta ela, rouca, assim que consegue falar. — O que você fez com meu irmão?

— Nada — diz o treinador Kendall. Ele baixa a porta da garagem e acende a luz, iluminando o interior com o brilho amarelo fraco da única lâmpada do ambiente. Então coloca a bolsa de lona que estava pendurada em seu ombro no chão e agacha ao seu lado. — Só peguei o celular dele.

Ivy estremece de alívio enquanto meu cérebro tenta absorver todas as informações novas.

— Daniel? — repito. — Então eu tinha razão? Daniel é o Dedo-Duro?

O rosto do treinador Kendall se retorce. Cacete, como eu pude achar que esse cara era simpático? Ele parece um serial killer.

— O quê? Do que você está falando? — Os olhos dele se estreitam. — E por que você está aqui?

— Hm. Por nada. — Calo o bico e tento segurar o saco de comprimidos que enfiei de volta embaixo da blusa, mas é tarde demais e ele escorrega.

O treinador Kendall aponta a arma para mim, e deixo o saco cair no meu colo com relutância.

— Joga pra cá — ordena ele, e obedeço. — Nossa — resmunga o treinador, virando o saco em uma das mãos. — O que você está aprontando, Lara?

— Eu que pergunto, Tom — responde Lara. Levando em consideração as circunstâncias, ela parece extremamente serena. — Pra que a arma e a... — Os olhos dela passam para Ivy. — Refém?

— Como você teve coragem de fazer aquilo com Boney? — interrompe Ivy com a voz trêmula. — Ele era seu *aluno*. Ele confiava em você!

Ela quase parece esperar que ele concorde, como se o cara ainda fosse o treinador fofo que ela acreditava conhecer. Alguém com quem ela pode discutir ou negociar.

— Ele era um ladrão — diz o treinador Kendall, indiferente. — E um traficante pequeno que queria crescer. Foi por isso que ele foi ao ateliê hoje de manhã. Um dos meus caras disse que, se ele devolvesse tudo que pegou, deixaríamos que entrasse no esquema. Mas aquele merdinha teve a pachorra de aparecer sem nada. — As narinas dele se alargam. — Ele achou que isso lhe daria uma *vantagem*.

Ivy e eu trocamos olhares chocados. Charlie não nos contou essa parte, e ele não parecia estar escondendo nada. Boney deve ter bolado esse plano sozinho. Talvez achasse que poderia conquistar Charlie com suas habilidades de negociação depois. *A gente podia pensar grande.*

— Foi por isso que você mandou matarem ele? — pergunto, sentindo a garganta seca.

— Não. — O treinador Kendall me encara com um olhar predatório: alerta, mortífero, completamente impassível. — Ele ia morrer de qualquer jeito. Eu precisava de um corpo pra polícia encontrar. — Ele se vira de volta para Lara. — E pra encontrar junto com *você*. Mas eu queria recuperar meu investimento primeiro.

Nossa, acho que vou vomitar. Isso explica por que a casa de Charlie foi revirada. O treinador Kendall deve ter ficado furioso quando descobriu que Boney não levou os comprimidos. Fico me perguntando se o pessoal dele também invadiu a casa de Boney e a de Mateo, mas não ouso perguntar. Especialmente porque, até onde consta para o treinador Kendall, a gente não faz ideia do envolvimento de Charlie e Autumn.

— E o que você ia fazer com seu *investimento*? — pergunta Lara no mesmo tom calmo que está usando desde que entramos aqui. — Eu devia ser presa como a dona do tráfico de Carlton, né? Isso não dificultaria os negócios?

— Por um tempo. Mas sou um homem paciente. E não é como se a demanda fosse desaparecer. — O treinador Kendall abre um sorriso horrível para ela. — Se você estivesse no ateliê hoje, todo mundo teria recebido o que merecia. Pensei em fazer o oposto, sabe? Matar você e deixar ele levar a culpa. Mas alguns minutos de sofrimento não pareciam suficientes quando posso mandar você pra cadeia pelo resto da vida.

Ela não se abala.

— E agora?

— Agora... — O treinador Kendall esfrega o rosto com a mão. — Estou pensando nisso desde que descobri que você não foi ao ateliê. Não existe uma boa solução, Lara. Você realmente me deixou de mãos atadas. Mas Ivy, por algum motivo, apareceu no lugar onde você deveria estar hoje e nunca mais deu as caras. Não posso mais jogar a culpa da morte de Brian em você. Essa ideia já foi por água abaixo. Mas você pode levar a culpa pela morte dela.

— Quê? Não! — grito, e Lara se vira para mim.

— E Cal? — pergunta ela. — Como você vai explicar Cal? As narinas do treinador Kendall se alargam de novo.

— Cal não devia estar aqui.

— Mas está — diz ela no tom de quem oferece uma dica útil.

Não aguento mais isso. Não consigo ficar sentado aqui com esses dois, sendo só uma peça nesse jogo doentio que estão fazendo um com o outro.

— Meus pais sabem que estou aqui — tento, mas Lara imediatamente solta uma risada desdenhosa.

— Ah, tá. Eles não sabem mesmo. Tom, sejamos diretos. Qual é o plano B?

O treinador Kendall se remexe, desconfortável.

— Você devia levar a culpa por tudo, Lara. Todas as merdas que estão me causando uma úlcera desde o mês passado. Garotos roubando comprimidos e distribuindo tudo por aí como se fosse bala na porra do meu *quintal*. Policiais se metendo em tudo, fazendo perguntas, e você sendo uma vagabunda mentirosa e traidora. — Ele a encara com raiva, o maxilar pulsando, mas ela não reage. — Esse plano já foi por água abaixo, então Ivy pode levar a culpa por matar Brian, e você leva a culpa por matar ela. E Cal, pelo visto. Todos parte do seu império do tráfico, do qual... — Ele bate no próprio peito. — Eu nunca desconfiei e me deixou mais horrorizado do que qualquer um.

— Aham. Tudo bem. — Lara passa a mão pelo cabelo, fitando o treinador Kendall com um olhar quase sedutor. Não, é sedutor mesmo. Que diabos está acontecendo aqui? — Amor, escuta. Não quero me meter na forma como você trabalha, mas esse plano é *horroroso* — diz ela em um tom gentil. Ele faz cara feia, e ela acrescenta rápido: — Você sempre foi bom com a parte numérica da coisa, mas, convenhamos, lidar com pessoas é meio frustrante. Né? — Ele não responde, mas um pouco da raiva desaparece do seu rosto, e ela aproveita a oportunidade. — Você passou o dia inteiro contando que as pessoas seriam previsíveis e obedientes, mas se decepcionou com todas elas.

Especialmente com você, penso, mas o plano dela, seja lá qual for, parece estar dando certo — o treinador Kendall vai baixando a mão que segura a arma enquanto ela fala, então fico quieto. Eu me ajeito no chão, minha mão roçando na de Ivy, e dois dos seus dedos se prendem com força aos meus. Apesar de ela estar tremendo, é um gesto reconfortante.

— Você precisa de ajuda pra sair dessa confusão — continua Lara, afofando o cabelo de novo. — Então me deixa ajudar. Pelo que estou vendo, temos duas opções.

Ele inclina a cabeça, pensativo, depois gesticula para ela com a arma.

— Diga.

— A primeira é que nós dois podemos desaparecer. — Ela olha para a bolsa ao seu lado. — Sei que você já tem sua documentação, e eu tirei a minha agora...

— Você tirou a sua agora? — O rosto do treinador Kendall enrijece de novo. — Não existe *agora*. Essas porras demoram. Há quanto tempo você está planejando ir embora, Lara?

— Eu gosto de estar sempre preparada. Você trabalha num ramo perigoso — argumenta Lara sem hesitar, mas há um brilho de apreensão em seu olhar que não consigo interpretar. É como se ela soubesse que precisa ir com calma. De repente, me ocorre que Lara não se incomodava com o segundo emprego do noivo porque entendeu que poderia usá-lo para financiar sua nova vida. — Escuta, fiquei assustada — continua Lara.

— Mas eu te amo, Tommy. Você sabe disso. — Ela abre para ele o tipo de sorriso que me deixaria alucinado um dia atrás. — Mas faz sentido você ficar com raiva. Sei que eu errei, mas você também. Se a gente escapasse da pressão desta cidadezinha cheia de gente metida, acho que poderíamos consertar todos os nossos problemas. E você merece uma folga, não acha? Você trabalha tanto. Então essa é a primeira opção. A gente encontra uma praia legal pra nos divertirmos e deixar a preocupação de lado.

O olhar do treinador Kendall passa pelo grupo. Ele parece mesmo estar engolindo essa ladainha, e, apesar de essa ser uma boa notícia, também é chocante. Eu descobri recentemente que sou um otário, mas ele está me deixando no chinelo.

— Interessante — diz ele. — Mas seriam anos de trabalho jogados no lixo. Qual é a segunda opção?

Apesar de tudo, me inclino para a frente. Não gosto da ideia desses dois desaparecendo, mas espero que Lara bole outro plano ainda melhor — tipo o treinador Kendall se entregar para a polícia. Talvez seja ingenuidade da minha parte, mas ele parece comer na palma da mão dela. Se existe alguém capaz de convencê-lo, é Lara.

Em vez disso, ela inclina a cabeça para mim e Ivy e diz:

— Colocar a culpa em outra pessoa. Tipo esses dois.

Não. Não. Não, não, não, não, não.

Lara continua falando, apesar de o mundo ter virado de cabeça para baixo e eu imaginar que isso a jogaria de cara no chão.

— Essa aí devia ser inteligente, né? — pergunta ela, apontando com o queixo para Ivy. — Pelo menos ela acha que é. Mas não passa de uma garotinha nojenta e vingativa. Metade da cidade já acha que ela matou Brian. Não seria muito difícil fazer todo mundo acreditar que ela também vende drogas, especialmente se usarmos uma proporção realista. Não faz sentido ela organizar um esquema enorme; pode ser só ela, Cal e uns receituários roubados. — A voz de Lara é meiga e doce, apesar do veneno que escorre da sua boca. — A gente só precisa levar umas coisas pra casa dela, dar uma overdose nos dois e ir cuidar das nossas vidas.

Ivy faz um barulho engasgado do meu lado enquanto Lara pestaneja para o treinador Kendall, enrolando uma mecha de cabelo no dedo.

— Assim, é óbvio que é um pouco mais complexo do que só isso, mas podemos pensar nos detalhes juntos. O mais importante é não perder o controle da situação. Nenhum dos seus colaboradores é incriminado. Ninguém além desses dois — ela aponta para mim e Ivy — sabe do seu envolvimento nem que eu uso o ateliê onde Brian morreu. Tirando Dominick, mas ele não vai dar um pio. O álibi dele é incontestável, porque estava dando uma palestra em outra cidade, e ele não quer arrumar confusão.

Mateo e Charlie sabem, penso, mas me controlo para ficar quieto. Eu disse para Lara que não contaria a ninguém que ela usa o ateliê, e é melhor para todo mundo se ela continuar acreditando nisso.

O treinador Kendall fica em silêncio por uma eternidade, e todo o meu ser está focado em mandar vibrações do tipo *Escolha sumir* para ele. Sei que essa opção não seria uma garantia de que Ivy e eu escaparíamos vivos, mas ofereceria 100% mais chances disso acontecer do que a alternativa.

Mas então ele sorri. *Sorri* mesmo, como o maluco patético e ingênuo que é.

— Gostei da segunda opção — diz.

Ivy puxa meus dedos com força. Quando olho na sua direção, ela aponta com a cabeça para baixo e para a esquerda, como se tentasse me mostrar alguma coisa. Olho para o espaço entre nós, mas não há nada além das nossas mãos entrelaçadas.

— É melhor não perdermos tempo, então — diz Lara. — O que você trouxe na bolsa?

O sorriso do treinador Kendall se torna mais duro.

— Tudo de que precisamos para começar.

Ivy puxa minha mão com mais força e mexe a cabeça de novo. A frustração cresce dentro de mim, porque é óbvio que ela está tentando me dizer alguma coisa, mas não consigo entender. Sua cabeça baixa ainda mais para a esquerda enquanto ela aperta minha mão, e então eu entendo. *Sua esquerda.*

Olho para baixo enquanto passo os dedos pelo chão, vendo e sentindo na mesma hora aquilo que Ivy tentava me mostrar. Tem um pé de cabra no chão ao meu lado; devo ter passado por cima dele sem perceber. Mas Ivy o notou.

O treinador Kendall e Lara continuam falando enquanto meus dedos fecham ao redor da barra de metal.

— ... ajudar você a se preparar — diz Lara.

O treinador Kendall estreita os olhos.

— Não confio em você com uma seringa cheia de fentanil, Lara. Mas você pode amarrar aquele ali. — Ele aponta com a cabeça para mim. — Tem fita no bolso lateral também. Pega.

Minhas mãos se flexionam sobre a barra enquanto avalio a distância entre mim e o treinador Kendall. A mão que segura a arma está ao meu alcance, se eu conseguir dar um golpe decente. O pensamento me paralisa de medo e hesitação, e penso que eu devia ter praticado de verdade com aquele bastão de beisebol no meu porta-malas em vez de usá-lo só para desenho. Nem que fosse só uma vez.

O treinador Kendall está completamente concentrado em Lara enquanto ela abre a lateral da bolsa, a arma apontada para baixo. Ivy quase esmaga minha mão, suas unhas fincadas na minha palma com uma pressão rítmica, frenética, como se ela repetisse a palavra em voz alta. *Agora. Agora. Agora.*

Ela tem razão. Não vamos ter oportunidade melhor.

Pulo para a frente com o pé de cabra e o golpeio com toda a força contra a mão do treinador Kendall. Lara grita e abaixa quando faço contato, e uma onda surpresa de triunfo passa por mim quando a pistola voa até bater na parede e o treinador Kendall berra de dor e raiva. *Eu consegui. Não acredito que realmente consegui, eu...*

E então caio de costas no chão, todo o lado direito da minha cabeça pegando fogo pelo impacto do punho do treinador Kendall. O elemento surpresa acabou rápido demais.

De canto de olho, vejo Lara se levantando rápido, tentando pegar a arma, até Ivy pular em cima dela e a puxar para trás. Elas formam um emaranhado de movimento, cabelos louros, pernas e braços se debatendo. Ivy consegue jogar a arma para longe, e a observo deslizar para baixo de um cortador de grama. Mas não consigo mais prestar atenção nelas, porque um punho vem na minha direção de novo. Se eu pudesse falar, diria para o treinador Kendall pensar duas vezes antes de me deixar inconsciente, já que isso não se encaixaria muito bem na ideia de colocar a culpa na gente. Mas minha boca não funciona, e, pelo seu olhar, ele não está mais pensando com clareza. Então tento escapulir.

E fracasso.

Meu crânio explode em agonia quando o treinador Kendall me acerta de novo, mas me mexi o suficiente para o golpe não atingir a força que ele desejava. Estico as mãos em desespero, tentando alcançar qualquer coisa que possa me ajudar, e meus dedos roçam um tecido grosso. Apesar da dor que irradia por todos os centímetros da minha cabeça, meu cérebro funciona o suficiente para saber que é a bolsa de lona do treinador Kendall. E lembro que ele tem uma seringa cheia de... alguma coisa.

Alguma coisa que poderia ajudar, se eu conseguir encontrá-la.

Eu me retorço e me agito embaixo do treinador Kendall enquanto suas mãos se fecham ao redor do meu pescoço, e vou chegando mais perto da bolsa até meus dedos tocarem a borda dura de um zíper. Puxo o fecho e sinto ele se mover um pouco, criando uma pequena abertura no topo da bolsa. Estou começando a ter dificuldade para respirar, mas puxo o zíper com mais força até conseguir enfiar a mão lá dentro. Dobro os dedos, procurando alguma coisa, qualquer coisa, quando, de repente, a pressão sobre meus joelhos alivia, apenas para ser substituída por uma torção agoniante quando o treinador Kendall tira minha mão da bolsa.

— Boa tentativa — diz ele, e, desta vez, não tenho forças nem para tentar me mexer quando o treinador levanta o punho mais uma vez.

Então, sinto uma dor ardida e vejo estrelas. Elas são de um laranja forte, brilhantes e dançantes, e de repente me ocorre, enquanto a pressão horrível volta ao meu pescoço, que elas serão a última coisa que vou ver.

Nunca aprendi a brigar.

Minhas mãos se fecham em punhos quando resolvo tentar mesmo assim. Golpeio qualquer parte do treinador Kendall que consigo alcançar, mas é como socar uma parede — doloroso para mim, indiferente para ele.

— Não! — O grito de Ivy parece vir de muito longe. — Solta ele! Solta ele!

A pressão ferrenha no meu pescoço desaparece por um segundo, mas então volta, pior do que antes. Todo o fôlego desaparece dos meus pulmões, e minhas mãos caem para o lado, se debatendo inutilmente. As estrelas laranjas ficam maiores e giram pela minha linha de visão, brilhando feito pedras preciosas, muito cintilantes e ardentes.

E manchadas, de repente, com uma luz azul que pisca.

Um barulho diferente surge em meus ouvidos. Não são os gritos de Ivy, os grunhidos do treinador Kendall nem qualquer baboseira que Lara esteja dizendo. É uma voz alta e firme, brusca e oficial, e, apesar de eu só conseguir entender palavras aleatórias — uma delas é "cercados", que parece positiva —, me apego ao som, às luzes azuis e a qualquer resquício de consciência que ainda me resta, enquanto forço meus dedos por baixo da pressão hesitante no meu pescoço. O ar preenche meus pulmões e eu o puxo. Então, de repente, o peso sufocante desaparece.

— Deita! Deita! No chão! Mãos na cabeça! — ordena alguém.

Há passos por todo lado. Tento obedecer, porque acho que a pessoa pode estar falando comigo, mas meu corpo não coopera, e me debato no chão feito um inseto moribundo, fraco e ofegante, até um par de mãos enluvadas segurar as minhas.

— Tudo bem, calma. Você está bem — me tranquiliza alguém. É uma voz desconhecida, brusca e autoritária, mas bondosa. — Está me ouvindo, garoto? O sequestrador foi preso, você está seguro.

— Ivy — arfo, piscando enquanto tento focar minha visão.

Mas não adianta. As luzes ainda piscam diante dos meus olhos, mas são todas azuis agora.

— Sua amiga está bem — promete a voz.

E acredito nela o suficiente para me permitir desmaiar.

Acordo no chão do lado de fora, enrolado em um cobertor contra o qual me debato até ver Ivy entre o círculo de rostos que se agiganta sobre mim.

— Como? — pergunto, rouco, deixando que alguém me ajude a sentar.

Essa é a única palavra que consigo forçar por minha garganta dolorida, mas os olhos de Ivy brilham em compreensão enquanto ela segura meus dedos.

— Alguém mandou a polícia pra cá — explica.

— Quem? — pergunto.

— Não sei. — Ela dá de ombros, tirando do lugar o cobertor que estava em seus ombros. — Você ficou desacordado só por alguns minutos, e ninguém me contou nada.

A policial que está me segurando não é de grande ajuda.

— Que tal vocês descansarem um pouco? — sugere ela. — Chamamos uma ambulância.

Não quero uma ambulância. Eu me sinto bem... mais ou menos. Ignoro a policial, meus olhos focados em Ivy.

— Você acha que foi Daniel? — pergunto. — Ele usou seu supercérebro pra desvendar o mistério?

— Não desta vez — diz Ivy, irônica. — Acabei de falar com Trevor. Os dois estavam no Olive Garden quando o treinador Kendall me mandou mensagem, alheios a tudo. Daniel nem percebeu que tinha perdido o celular. Foi fácil para o treinador desbloquear a tela, já que todos os caras do lacrosse usam a mesma senha pra poder tirar fotos com os celulares uns dos outros durante os jogos. — Ela revira os olhos. — Que bando de idiotas.

— Lara, talvez? — Odeio o tom esperançoso na minha voz.

Ivy finge não perceber, mas a forma como seu rosto enrijece é inegável.

— Ela não ajudou a gente — diz Ivy, apenas.

Um rádio preso no quadril da policial estala ao nosso lado.

— Família da testemunha se aproximando — avisa um colega.

Olho para Ivy com um ar questionador. Ela engole em seco e balança a cabeça.

— Meus pais estão num táxi, presos no trânsito da hora do rush. Devem ser os seus.

Eu me levanto o mais rápido que consigo com a ajuda da policial e observo os arredores, ansioso. Todas as viaturas estão com a luz das sirenes piscando, iluminando tanto a rua que a vizinhança deserta de Lara parece um set de filmagem. Não vejo meus pais, mas sei que os dois estão por perto, o que já me anima. Há uma dezena de viaturas estacionadas ao nosso redor, além do carro de Ivy, e então...

Pisco diante da visão inesperada de um sedã todo quadrado a alguns metros de distância. Não é o carro que me surpreende, apesar de eu não o reconhecer, mas a figura apoiada nele. Estamos longe demais para eu ter certeza, mas juro por tudo que é mais sagrado que é Mateo.

— Aquele é... — começo a perguntar para Ivy.

Mas então escuto a voz nervosa de Henry chamando "Cal!", seguida por um grito forte de alegria de Wes, e todo o resto vai ter que esperar.

33

Ivy

— Isso é ridículo — resmunga meu pai, furando seus ovos com um garfo.

Minha mãe serve um copo de suco verde.

— Só ignora.

— Estou ignorando — diz meu pai.

Fura, fura, fura. Daniel e eu trocamos olhares de lados opostos da mesa da cozinha, e, em silêncio, meu irmão exibe três dedos. Então dois, então um, então...

— Chega! — ruge meu pai, se levantando. Ele marcha pelo corredor enquanto meu irmão e eu esticamos os pescoços para observá-lo. Meu pai escancara a porta da frente e é recebido pelos flashes de meia dúzia de câmeras. Jornalistas fazendo hora perto das vans dos canais de televisão ficam alertas, esticando microfones na direção do meu pai enquanto ele se inclina para fora da porta. — Não queremos dar mais declarações! — berra ele antes de bater a porta e voltar para a cozinha a passos firmes.

Minha mãe toma um gole do suco.

— Eles não vão embora nunca se você continuar fazendo isso.

Engulo um sorriso. Meu pai perde a cabeça fácil, igual a mim. Antes dos jornalistas começarem a passar o dia inteiro acampados na frente da nossa casa, acho que eu nunca tinha percebido como somos parecidos nesse aspecto. Mas ele sabe lidar com essa característica de um jeito muito melhor, geralmente.

Faz cinco dias desde que a polícia nos encontrou na garagem da Srta. Jamison. Ou na garagem de Lara, melhor dizendo. Depois de ser feita de refém junto com outra pessoa, dá para chamá-la pelo primeiro nome. O treinador Kendall está preso, mas Lara, não. Ela logo tratou de arrumar um advogado, se recusando a falar qualquer coisa antes de um dos melhores advogados de defesa do estado concordar em pegar seu caso. Agora, ela está cooperando com os policiais, ajudando-os a encontrar provas contra seu noivo, e insiste que só falou aquelas coisas na garagem para tentar tirar a arma dele. Lara alega que não denunciou o treinador Kendall antes porque sentia medo dele, e os documentos falsos na sua bolsa foram uma tentativa desesperada de fugir de um assassino frio que jamais a deixaria partir. Acho que eu até poderia acreditar nisso se não a tivesse visto fantasiar sobre fugir com ele para uma praia.

Lara também diz que Cal — o coitado do Cal, que passou dois dias em um hospital para tratar sua concussão — interpretou errado a conversa que os dois tiveram antes da chegada do treinador Kendall.

Que Cal interpretou *tudo* errado.

Não engulo essa. Sei exatamente o quanto ela lutou para pegar a arma naquela garagem, e não foi, como ela disse, *para me impedir de machucar a mim mesma*. E nunca vou esquecer o olhar em seu rosto quando ela me chamou de "garotinha vingativa". Mas outras pessoas — pessoas que não têm qualquer parentesco comigo, de toda forma — estão divididas. Algumas parecem acreditar nela, outras agem como se cooperar com a polícia contra o treinador Kendall fosse mais importante do que tudo que aconteceu antes.

A cerimônia de Cidadão do Ano de Carlton foi adiada para uma data ainda indefinida, e continuo me sentindo culpada por isso. Sem mencionar que finalmente admiti o que fiz no Strike-se na primavera passada. Mas existe uma vantagem em ser feita de refém pelo traficante de drogas que era treinador de lacrosse do seu irmão: você consegue se safar de um monte de coisas. Meus pais estão tão felizes por eu não ter morrido que mal pestanejaram ao descobrir que arruinei uma empresa sozinha.

— Vamos acertar as coisas — garantiu meu pai.

Ele passou a semana toda no telefone com a Sra. Reyes, a seguradora e os advogados da Imóveis Shepard. Só tentei escutar a conversa uma vez, quando ouvi meu pai gritando com um dos advogados:

— Não estou preocupado em *minimizar minha exposição na mídia* — alegou ele. — Eu quero fazer o que é certo.

E, apesar de eu ter sentido outra onda de remorso por colocar meu pai nessa situação, também me senti aliviada por ele ser quem é. O tipo de pessoa que *vai* consertar as coisas. E também o tipo de pessoa com quem eu podia ter conversado muito antes, se não estivesse tão cheia de medos e insegurança.

Autumn também tem uma advogada — que não é tão renomada quanto o de Lara, mas uma amiga da mãe de Mateo que aceitou o caso sem cobrar. Seu nome é Christy alguma coisa, e, nossa, como ela fala. Ela apareceu em todos os jornais, sempre insistindo em reabilitação e não punição, e, por enquanto, os políticos locais interessados no caso parecem concordar com a ideia. Todos estão mais focados em desvendar a rede de fornecedores e distribuidores do treinador Kendall do que em prender Autumn e Charlie. O caso de Gabe Prescott já é diferente, porque faz mais de um ano que ele se associou ao treinador Kendall. Stefan St. Clair tinha razão: o trabalho de Gabe era basicamente espionar seus amigos e colegas de escola, recebendo uma pequena fortuna em troca.

Acho que Autumn está bem. Não tenho certeza, porque só falei com Mateo duas vezes desde que tudo aconteceu: uma na delegacia, quando prestamos depoimento, e outra quando telefonei para ele para agradecer por salvar nossas vidas. Fiquei com medo da ligação ir direto para a caixa postal, mas ele atendeu.

— Eu não sabia que vocês estavam em perigo — contou ele.

— Foram os policiais que resolveram ir à casa da Srta. Jamison. Eles acharam que lá podia ser um dos pontos de entrega do treinador Kendall. Aí viram o carro dele, o seu e uma luz acesa na garagem, então... foi isso. As coisas foram acontecendo.

— Bom, obrigada mesmo assim — falei, desanimada.

Não me surpreende ele ter sentido a necessidade de se explicar. Mateo não gosta de levar crédito pelas coisas que acha que não merece. Mas, ao mesmo tempo, sinto como se ele estivesse dizendo: *Não fiz nada disso por você.* Ainda mais porque ele desligou na primeira oportunidade que teve.

Tentei não me incomodar com isso — *se coloque no lugar dele, Ivy, se coloque no lugar dele* —, mas me incomodei. Eu queria que a ligação tivesse seguido um rumo diferente, tanto que passei por cima do meu orgulho e mandei uma mensagem no dia seguinte. *Me avisa se quiser conversar alguma hora.*

Pode deixar, foi a resposta. Já faz três dias.

Eu estava torcendo por um recomeço, mas talvez Mateo não seja a pessoa que vai me oferecer isso.

— Quer jogar arco e flecha? — pergunta Daniel, se levantando da mesa e colocando seu prato na lava-louça.

Eu o imito.

— Tá, pode ser.

Esse é um hábito que começou depois da prisão do treinador Kendall: jogos de celular. Não sei qual é a intenção de Daniel, mas, para mim, é uma forma fácil de passar tempo com meu irmão enquanto tento encontrar uma maneira de nos relacionarmos sem eu me ressentir de tudo o que ele faz.

O fato de Daniel ser surpreendentemente ruim em todos os jogos ajuda. Sei que a satisfação que sinto com isso não ameniza em nada meu espírito supercompetitivo. Um passo de cada vez.

— Ótimo — diz minha mãe, terminando o suco. — Relaxem até o corredor polonês lá na frente ficar entediado. Tenho certeza de que isso vai acontecer quando seu pai conseguir se controlar por mais de dez minutos.

— Isso é assédio — resmunga meu pai. — E aquele desgraçado do Dale Hawkins está no centro de tudo, adorando cada segundo. Apesar de terem sido as matérias irresponsáveis dele que colocaram Ivy em perigo com aquelas acusações falsas.

— Não foram só as matérias irresponsáveis *dele* — argumenta Daniel. — Ishaan e Zack também ajudaram. E ainda estão se aproveitando disso.

Os garotos agora têm o próprio canal no YouTube, com direito a patrocinadores, e passaram a semana toda analisando o caso do treinador Kendall. O auge do programa foi quando Emily concordou em participar — por uma bolada — e corrigir tudo que eles erraram até agora. Ela até convenceu os dois a me pedirem desculpas.

O episódio viralizou um pouco, o que é ótimo. Assistir à minha melhor amiga se transformar em uma estrela das redes sociais é a distração que eu não sabia que precisava.

— Eles são garotos — bufa meu pai. — E não estão na frente da nossa casa.

— É o direito de ir e vir, meu amor — diz minha mãe, serena.

— A menos que eles entrem no nosso quintal. Aí eu deixaria você ligar a mangueira neles. Especialmente em Dale.

Daniel e eu nos acomodamos em lados opostos do sofá da sala, e espero ele dar a primeira flechada. Quando sua pontuação aparece na minha tela, vejo que foram dois erros e um acerto bem no centro.

— Você é muito aleatório — digo, mirando.

Nossa cadela, Mila, que estava tirando uma soneca no sol diante da porta de correr, acorda, sua coleira fazendo barulho ao ser balançada. Ela se espreguiça, nos observa enquanto dá um bocejo imenso e volta imediatamente a dormir.

— Eu sou tudo ou nada — diz Daniel, colocando os pés no sofá.

Baixo o celular para dar um tapa neles.

— Tira os tênis.

— Tira os tênis — imita ele baixinho, como se tivesse cinco anos de idade. Mas de um jeito amigável.

Enquanto Daniel desamarra os cadarços, fico observando o logo estampado da Nike. Eu quase me esqueci do comentário de Cal na sala de Lara sobre o preço dos tênis.

— Onde você comprou? — pergunto.

Daniel se recosta no sofá, agora só com meias nos pés.

— Comprei o quê?

— Os tênis. Cal disse que eles custam mil dólares. Foi por isso que ele achou que você podia ser o Dedo-Duro.

Daniel revira os olhos.

— Que ridículo.

— Tá, mas é sério. Eles custam mil dólares?

As bochechas de Daniel ficam um pouco coradas.

— Bom, se você pagar o preço cheio, sim.

— E você não fez isso?

— É óbvio que não.

— Então onde você comprou?

Ele faz uma pausa antes de responder.

— No eBay.

— Ah. — Faço uma flechada de nove pontos antes de me dar conta de uma coisa. — Espera. Eles são *usados*? Você comprou tênis que já estiveram nos pés de outra pessoa?

O rosto dele mostra que isso é verdade antes mesmo da sua boca se abrir.

— Eles são quase novos — protesta Daniel por cima do meu barulho de ânsia de vômito. — A pessoa que vendeu disse que só usou uma vez. De meia.

— É impossível saber se isso é verdade, e, mesmo que seja, continua sendo nojento — digo.

— Bom, é melhor do que pagar o preço cheio e ser o Dedo-
-Duro.

— Quase nada — digo, e acerto o centro do alvo antes de
devolver o jogo para Daniel.

Ele sorri, e apoio meu celular nos joelhos enquanto espero
sua vez. É uma besteira, estarmos jogando juntos, mas também
é muito importante. Não fazemos nada assim há anos. Quando
eu e meus pais fomos embora da delegacia na noite de terça, não
achei que encontraríamos Daniel na recepção. Mas ele estava
lá — e, quando o vi, comecei a chorar descontroladamente,
porque, por alguns minutos apavorantes, enquanto o treinador Kendall me arrastava pelo quintal de Lara, eu acreditei de
verdade que ele tivesse machucado meu irmão.

Apesar de a polícia ter confirmado que Daniel estava bem,
só fui acreditar nisso quando o vi esperando por mim. Quando
ele me abraçou e me levantou do chão como se eu fosse tão leve
quanto um taco de lacrosse, quando me lembrei de como era
ser abraçada pela versão muito menor e mais jovem do meu
irmão. Acho que foi por causa da intensidade do gesto, e isso
me fez chorar ainda mais.

Naquela noite, nós conversamos sem brigar pela primeira vez
em muito tempo. Eu contei a ele sobre o Strike-se e pedi desculpas por tentar machucá-lo e transmitir a cena para a escola
toda. Daniel levou tudo na esportiva, na verdade. Ele me contou
que vive sob uma pressão imensa o tempo todo, e concordamos
em sermos menos péssimos um com o outro. Faz poucos dias
que isso aconteceu, mas acho que estamos indo bem.

Daniel está mirando, franzido a testa em concentração,
quando meu pai surge na porta da sala.

— É bom ver vocês dois passando tempo juntos — diz meu pai com a voz um pouco embargada.

— Para — alerta Daniel, sem olhar para cima.

— Para com o quê? — pergunta meu pai, sentando entre nós. — Não posso ficar feliz por meus filhos, que eu amo mais do que tudo, estarem seguros, saudáveis e felizes? — Ele funga, seus olhos brilhando.

Daniel baixa o celular com um suspiro.

— Agora é a hora do choro? — pergunta quando meu pai passa um braço atrás de cada um de nós e nos puxa para seu peito.

É. Meu pai anda fazendo isso pelo menos uma vez por dia desde que voltou de São Francisco, e, para ser sincera, não me incomoda. Há coisas muito, muito piores na vida.

— Estou tão orgulhoso de vocês dois — fala meu pai com a voz rouca. — Vocês foram tão corajosos.

— Eu literalmente não fiz nada além de comer pão no Olive Garden — lembra Daniel, sua voz abafada pela camisa do meu pai. Mas isso não é verdade. Daniel precisou lidar com todas as notícias sobre o treinador Kendall, o que não tem sido fácil. Nossa família inteira confiava nele, principalmente meu irmão. Mesmo assim, ele foge de todas as tentativas de elogio. — Ivy que cuidou de tudo.

Meu pai me aperta com mais força, e, apesar de estar ficando difícil respirar, não vou reclamar. O que fiz no Strike-se causou um monte de problemas para ele e para a empresa, e ainda não sabemos como tudo vai ser resolvido. Ao mesmo tempo, levei mais de uma bronca dos policiais, que fizeram questão de lembrar aos meus pais que Cal e eu não precisaríamos ser resgatados se tivéssemos contado o que vimos desde o começo. Meus pais tinham todo o direito de ficarem furiosos comigo — e ficam, todos os dias desde que chegaram em casa. Mas momentos como este equilibram as coisas.

— Eu queria que você tivesse tomado mais cuidado, Ivy — diz meu pai agora. Mila acordou de novo, e está indo de um lado para o outro na frente do sofá, como se buscasse uma abertura para entrar no abraço de grupo. — Mas a maneira como você juntou as peças... Como manteve a calma? — A voz dele falha, cheia de admiração. — Foi completamente extraordinário.

Extraordinário, disse ele. A sensação é tão boa quanto imaginei que seria.

34

Mateo

Eu não entendia o quanto nossa casa é pequena até ela precisar abrigar a fúria da minha mãe.

Ela nunca tinha ficado irritada a ponto de gritar até sua cara ficar vermelha — pelo menos não comigo ou Autumn — até voltar do Bronx na noite de terça. E essa nem foi a pior parte. A decepção é o que dói de verdade, e a forma como ela olha para nós agora. Como se não nos reconhecesse.

Entendo essa sensação. Às vezes, sinto o mesmo.

Duas semanas depois do Dia Mais Merda da Vida, ainda estamos tentando encontrar a normalidade. Ainda é cedo demais para saber o que vai acontecer com Autumn, mas ela está cooperando com a polícia, e Christy é uma ótima advogada, então tentamos nos manter levemente otimistas com a possibilidade de ela só receber liberdade condicional e serviço comunitário. Que Autumn já começou, em um abrigo especializado no tratamento de vícios.

Ou melhor dizendo, *nós* começamos.

— Você vai fazer a mesmíssima coisa que ela — disse minha mãe em um tom raivoso, e eu não pretendia discutir.

Podia ser muito pior. Os pais de Charlie St. Clair o despacharam para um colégio militar em New Hampshire.

Autumn e eu fazemos trabalho voluntário no abrigo três vezes na semana, à tarde; se o objetivo for fazer com que nos sintamos uns merdas por termos colaborado com a crise dos opioides, missão cumprida. Eu sabia, na teoria, que Autumn, Charlie e Boney venderem remédios para adolescentes privilegiados em Carlton fazia parte de um problema maior. Mas ver isso na prática é muito diferente, ainda mais porque parte do meu trabalho é coordenar atividades para as crianças que vivem no abrigo. Depois de jogar basquete com um menino de oito anos que, entre os arremessos, me contou sobre a terceira recaída da mãe, nunca mais tomo qualquer coisa mais forte do que uma aspirina.

Na tarde de sexta, Autumn e eu estamos exaustos depois do nosso turno no abrigo, e é um alívio chegar a uma casa silenciosa. Hoje, minha mãe tem uma reunião com James Shepard, como teve em quase todos os outros dias da semana, então ela não está aqui para nos lançar o Olhar do Julgamento.

— Você vai trabalhar hoje à noite? — pergunta Autumn, tirando os tênis antes de desabar em um canto do sofá. Nossa casa voltou ao normal. Quando começamos a limpar tudo, fiquei aliviado ao ver que a maioria dos móveis estava intacta. Precisamos substituir algumas coisas, e vários utensílios da cozinha, mas o seguro bancou tudo. No fim das contas, minha mãe tem uma cobertura muito melhor para nossa casa do que tinha para o boliche.

Sento do lado oposto do sofá.

— Sim, mas só às sete — digo. Não preciso especificar onde. Agora que vamos receber uma compensação pelo que Ivy fez com o Strike-se, só estamos com um emprego cada. Eu mantive o Garrett's, apesar de ser mais distante, e Autumn continua dirigindo a van da morte. O Sr. Sorrento foi muito compreensivo com a situação toda. — E você?

— Não — boceja ela, esfregando os olhos. — Estou de folga.

— Quais são seus planos? — pergunto.

Autumn solta uma risada irônica.

— Ah, muitos. Netflix, sorvete, cortar Gabe de todas as minhas fotos e tacar fogo em sua cabeça. Um programão.

— Parece divertido. Depois me avisa se você precisar de ajuda com a última parte.

Minha prima deu um pé na bunda de Gabe assim que descobriu que ele deu meu nome para o treinador Kendall. Talvez ela tivesse continuado com ele sabendo da sua identidade como Dedo-Duro, porque se sente toda culpada pela própria participação no esquema do treinador Kendall, mas o fato de Gabe ter usado meu nome selou seu destino. A única vantagem desse desastre, acho, é finalmente termos nos livrado daquele babaca.

— Como você vai pro Garrett's? — pergunta Autumn.

Seguro um suspiro.

— Meu pai vai me levar.

Cumprindo sua promessa — pela primeira vez na vida —, meu pai voltou a Carlton, está trabalhando no Empório de Música White & West e se inseriu na minha vida como o melhor amigo adulto que nunca desejei. Estou sendo maldoso, eu sei. Mas é difícil não me ressentir dele quando sua atenção repentina, que é meio inútil e intrusiva agora, poderia ter mudado tudo alguns meses atrás.

Mas vou a tudo que ele me convida, porque minha mãe insiste que devo fazer isso e não vou irritá-la por enquanto.

— É só... — começo, mas sou interrompido pela porta se abrindo.

Minha mãe entra, e ficamos em silêncio no mesmo instante. Tento avaliar sua expressão enquanto ela se aproxima e afunda em uma poltrona. Ela parece menos emburrada do que o normal? Talvez?

— Vocês dois foram ao abrigo hoje? — pergunta, e nós concordamos com a cabeça feito dois fantoches. — Que bom.

— Ela massageia um dos joelhos, mas é um gesto distraído, não de dor. Tomar os remédios com regularidade parece estar melhorando bastante a doença. — Chegou a hora de nós três termos uma conversinha.

Autumn e eu nos olhamos.

— Tá bom — digo, hesitante.

Minha mãe abre um sorriso apertado.

— Eu fiquei irritada *demais* com vocês dois — começa ela, e então para, como se não soubesse como continuar.

— A gente percebeu — digo.

Autumn me dá um chute forte, e fico quieto.

— E ainda estou irritada — continua minha mãe. — O que vocês fizeram foi... Tá, eu falei pra mim mesma que não ia me distrair com outra bronca. — Ela respira fundo. — O negócio é o seguinte. Me ocorreu que estou sendo um péssimo exemplo para vocês dois enquanto faço minhas reuniões com James Shepard e discuto os próximos passos.

— Quê? — Eu me inclino para a frente, confuso. — Você é um exemplo *ótimo*.

— Sempre gostei de pensar assim — diz minha mãe. — Mas passei boa parte da vida de vocês fazendo tudo sozinha. Sem nunca pedir ajuda, apesar de não ter nada de vergonhoso em precisar disso. Eu queria que vocês dois fossem fortes e independentes, o que vocês são... mas passaram do limite. E eu passei também. — Ela se remexe na poltrona. — Vou contar uma coisa que é um pouco difícil de admitir. Antes do processo, eu estava pensando em fechar o Strike-se. Estava exausta de gerenciar tudo sozinha e queria tentar algo novo. Mas não queria dar a notícia pra vocês. Era como se eu fosse admitir meu fracasso. E então os DeWitt entraram na justiça e... eu não lutei tanto quanto poderia. O seguro não cobria tudo, é verdade, mas eu podia ter dado um jeito. Preferi não fazer isso. E eu devia ter contado essa parte pra vocês.

Ela se recosta na poltrona como se esperasse por uma resposta, então tento pensar em alguma coisa, apesar de ser difícil entender suas palavras. Autumn parece igualmente confusa, puxando uma mecha de cabelo enquanto bate com um pé no chão.

— Então você... queria que o Strike-se falisse? — pergunto, por fim.

— Acho que eu não usaria esses termos na época — explica minha mãe. — Mas, olhando para trás, acho que sim. — Seu rosto se ameniza quando ela vê nossas expressões incrédulas. — Sei que aquele lugar era tudo pra vocês. Ele foi uma parte imensa das suas vidas por tanto tempo. Eu tinha orgulho de lá, de ter uma empresa familiar, mas também estava exausta. E é nesse ponto que eu quero chegar.

Autumn franze a testa.

— Qual ponto?

— Que eu preferi fracassar completamente a admitir que eu precisava de ajuda. Isso é um problema, né? Porque passei essa mesma característica pra vocês dois. — Os olhos escuros dela encontram os meus. — Nem sempre é ruim ser orgulhoso e teimoso. Isso nos impulsiona. Mas, quando fiquei doente e tudo desmoronou, nenhum de nós soube lidar com isso.

Autumn morde o lábio.

— Tia Elena, você não é culpada por eu...

— Não estou dizendo que a culpa é minha — interrompe minha mãe. — Estou dizendo que reconheço que transmiti alguns comportamentos problemáticos para vocês. E já chega. — Ela se inclina para a frente, seu rosto se tornando mais animado. — James me deu liberdade total para fazer o que quiser com o Centro de Entretenimento Carlton, incluindo dispensar todos os planos e reconstruir o Strike-se exatamente como era antes. Mas não quero isso. Gosto da ideia do CEC, ele faz sentido. E gosto da visão geral de James, então vou entrar pra Imóveis Shepard como diretora-executiva do setor de entretenimento.

Ela espera pela nossa resposta, animada.

— Então você vai trabalhar pro pai de Ivy? — pergunto.

Não sei por que chamei ele assim em vez de *James*. Deve ser por causa dos meus pensamentos ultimamente.

— Vou. É um emprego fantástico, com ótimos benefícios. Com o plano de saúde, meu remédio vai custar vinte dólares *mesmo*. — Ela estreita os olhos para Autumn, que de repente ficou muito interessada em um fiapo da almofada do sofá. — Vai ser bom fazer parte de uma equipe, e é exatamente disso que eu preciso neste momento da minha vida. Também é o que *vocês* precisam, porque sustentar esta família não é uma obrigação sua. Desculpem por eu ter deixado que acreditassem que era.

Todos ficamos em silêncio por um instante, assimilando as palavras. Ainda não consegui digerir todas as informações que ela nos deu — a ideia de que o Strike-se não era um alicerce da nossa família, mas um peso nos ombros dela —, mas sinto certo alívio, de repente, em deixar isso para trás. Porque, talvez, eu possa deixar outras coisas para trás também.

— Nós vamos ficar bem. Mais do que bem — diz minha mãe, determinada. — Estou otimista com o seu caso, Autumn. Ainda estamos no começo, mas acredito que seu arrependimento e o fato de você ter se entregado vão fazer diferença. Enquanto isso, tenho uma chance de criar algo novo, e, por favor, acreditem em mim quando digo que estou feliz. — Ela lança um último olhar perspicaz na minha direção. — Então não quero que nenhum dos dois continue se ressentindo do que aconteceu na primavera passada, com o acidente de Patrick DeWitt. Nós não podemos julgar ninguém. Combinado?

Nós dois concordamos com um resmungo enquanto minha mãe se levanta.

— Ótimo — diz ela. — Vou descansar um pouco antes de fazer o jantar.

Ela segue para o andar de cima, e Autumn espera escutarmos o som da porta do quarto batendo antes de falar.

— Bom — diz ela. — Temos muito o que digerir.

— Pois é — murmuro, massageando a têmpora. Tenho uma cicatriz pequena agora, de quando Charlie me bateu com o taco de golfe.

— Acho... acho que isso é bom, né? — pergunta ela, hesitante. — Tia Elena parece feliz.

— É. Parece mesmo.

Autumn trança a franja da almofada do sofá.

— Diretora-executiva do CEC. Quem diria?

— A primeira coisa que ela precisa fazer é mudar esse nome — digo, e Autumn dá uma risada pelo nariz antes de me encarar com um olhar irônico.

— Então... talvez você possa mandar mensagem pra uma certa pessoa agora? — sugere ela. — Em vez de ficar fingindo que não quer e andando por aí todo emburrado e resmungão?

— Eu sou assim normalmente — rebato. Ela faz uma careta, e acrescento: — Mas o problema não é o que Ivy fez no Strike-se. Minha raiva por causa disso acabou quando ela quase morreu.

Mesmo agora, dizer essas palavras me enche de pavor. O treinador Kendall estava descontrolado naquela noite e poderia muito bem ter matado todo mundo ali. Minhas últimas palavras para Ivy teriam sido: *Nunca mais quero ver nem falar com uma pessoa tão patética.*

— Então por que vocês não estão se falando? — pergunta Autumn.

Afundo ainda mais no sofá.

— O que eu falei pra ela no carro de Cal. Dá pra alguém voltar atrás de uma coisa assim?

— Não — admite Autumn. — Você pode pedir desculpa. Cabe a ela aceitar ou não, mas acho que ela aceitaria. — Eu não respondo, e ela bate no queixo com um dedo. — Hm. Bem que eu queria me lembrar de um exemplo recente de alguma coisa que deu muito errado porque alguém nesta família foi... O que mesmo ela disse? Orgulhoso e teimoso? Está na ponta da língua, como se tivesse *acabado de acontecer*, mas...

— Cala a boca — digo, jogando um travesseiro nela para esconder meu sorriso.

Já que vou de carona para o Garrett's hoje, tenho tempo de fazer uma coisa primeiro.

A frente da garagem de Ivy está ocupada pelos carros da família, então estaciono na rua. Quando me aproximo da porta, eu a vejo sentada diante da janela do seu quarto, lendo. Seu cabelo está solto, batendo nos ombros — Charlie tinha razão, ele fica ótimo assim —, e a visão faz meu peito doer.

A varanda da frente está apenas a alguns metros de distância, mas paro no meio do caminho de pedra, refletindo sobre minhas opções. É óbvio que os pais de Ivy estão em casa, e não sei se quero conversar com eles agora. Ainda não sei o que pensar sobre a notícia do CEC, levando em consideração o tempo que passei odiando o lugar. Além do mais, James Shepard anda meio exagerado ultimamente. Nós nos vimos duas vezes desde a sua volta de São Franciso, e em todas ele jogou um braço por cima dos meus ombros e disse:

— Este cara. Onde a gente estaria sem este cara?

E, quando dei por mim, ele estava chorando no meu ombro. Sei que ele tem boas intenções, mas prefiro evitar essa cena específica antes de conversar com Ivy.

O caminho onde estou parado é ladeado de pedras pequenas, e cogito pegar uma delas e jogar na janela para chamar a atenção de Ivy. Mas isso seria muito brega, né? Além do mais, as pedras formam uma linha tão definida que a ausência de uma seria perceptível. Eu também poderia jogar forte demais, acabar quebrando a janela e...

— Você vai ficar parado aí o dia todo? — pergunta uma voz.

Olho para cima e vejo Ivy inclinada sobre a janela agora aberta.

— Talvez — grito de volta, meu coração acelerando com o tom da sua voz. Ela parece feliz em me ver. — Ainda estou resolvendo.

— Tá bom — diz Ivy, cruzando os braços sobre o peitoril. — Me avisa quando decidir.

— Pode deixar. — Enfio a mão no bolso e exibo a caixa que comprei no caminho para cá. — Eu trouxe um negócio pra você.

— São Sugar Babies?

— São.

Ela abre um sorriso que ilumina seu rosto todo, mesmo de longe.

— Você não tem outra cantada?

— Só essa — admito.

— Mas funciona — diz ela. — Já vou descer.

35

Cal

Espiral de boatos leva professora polêmica de Carlton a pedir demissão.

Sento à mesa da cozinha na manhã de sábado, quase um mês depois do treinador Kendall tentar me matar na garagem de Lara, encarando a manchete no Boston.com e me perguntando se algum dia vou me acostumar a ser chamado de *espiral de boatos*.

Achei que meu relacionamento com Lara fosse bem fácil de entender. Mas ela só admite que era "muito próxima" de mim, chegando ao ponto de trocar mensagens de texto e de me encontrar fora da escola. Ela entregou seu celular para os investigadores, e quando reli nossas mensagens para me preparar para o que eles veriam, me dei conta de como ela sempre foi cuidadosa. Eu pareço um adolescente apaixonado — e era exatamente isso que eu era, sejamos justos — e Lara passa a imagem de uma adulta carinhosa, porém respeitadora.

Mas meus pais acreditam em mim. Em relação a tudo, e estão furiosos.

Wes se senta diante de mim com uma caneca fumegante de café, exibindo o tipo de olhar pensativo que me avisa que ele está cuidadosamente analisando minha reação à matéria.

— Ainda existe uma questão de dois pesos, duas medidas quando se trata de encarar mulheres como predadoras — diz ele, por fim.

É assim que ele chama Lara, e, apesar de eu ter resistido ao termo no começo, entendo agora. Especialmente pela maneira como ela fica distorcendo a verdade para se adequar à imagem que deseja passar: a testemunha prestativa, aliviada e grata por ter conseguido escapar do ex-noivo controlador, que faz tudo que pode para compensar os crimes dele.

— Pelo menos ela pediu demissão — digo.

Por um tempo, Wes e Henry debateram prestar queixa contra Lara por corrupção de menor ou algo assim. Talvez essa fosse a decisão certa, mas a ideia do nosso relacionamento ser ainda mais dissecado me deixou tão horrorizado que eles desistiram. No fim das contas, pelo menos por enquanto, os dois resolveram se concentrar na suspensão da sua licença para lecionar. Quando se demitiu, ela já tinha sido suspensa pelo Colégio Carlton e aguardava uma investigação do caso.

Releio a matéria, mas não encontro nenhuma novidade. Lara admitiu ter um caso amoroso enquanto estava noiva do treinador Kendall, mas se recusou a contar o nome do cara, e, como ele não tem qualquer envolvimento com a investigação, a polícia não insistiu. Então acho que nunca descobriremos a identidade de D, e lembro a mim mesmo que isso não importa.

Wes franze a testa, envolvendo a caneca com as duas mãos.

— Sei que ela está ajudando a polícia com informações importantes, mas eu queria que isso não tivesse se transformado em uma armadura tão grande — diz ele.

Não respondo, porque seria bom mudar de assunto. Já falamos demais sobre isso. Várias vezes. E apesar de eu ser grato pelo apoio dele — meus dois pais estão sendo ótimos, ainda mais levando em consideração o quanto eu menti —, preciso de uma folga da minha participação nas manchetes de vez em quando. Fecho a matéria e decido ler minhas mensagens, abrindo uma que Ivy mandou às duas da manhã.

— Você sabia que, em média, uma pessoa passa seis meses da vida esperando o sinal vermelho ficar verde? — pergunto para Wes.

Ele aceita a mudança de assunto com um sorriso.

— Essa é uma das curiosidades de Ivy?

— É.

Ela voltou a mandá-las o tempo todo para mim, o que é legal. Respondo com trechos da minha história em quadrinhos mais recente, *O Dia Mais Merda da Vida*, que é de longe a coisa mais sombria, raivosa e emotiva que já criei. E também, de acordo com Ivy, a melhor.

— É bom ver você recuperando o contato com seus antigos amigos — diz Wes, tomando um gole demorado do café. — E fazendo novos.

Eu não sabia como as pessoas me tratariam naquela primeira semana na escola depois de receber alta do hospital. Se eu seria visto como um herói por sair vivo da garagem, apesar de ter levado uma surra no processo, ou um idiota graças à insistência de Lara em dizer que nada aconteceu entre nós. Descobri logo enquanto caminhava pelo corredor para a primeira aula do dia e alguns caras da minha turma começaram a cantar "Hot for Teacher", que significa "a fim da professora" em inglês, a plenos pulmões. Todo mundo riu, e meu rosto ardeu de humilhação quando percebi como o restante do meu último ano seria uma porcaria. Então senti um braço se apoiar nas minhas costas.

— Nem pensem em encher o saco do meu camarada Cal — anunciou Ishaan Mittal em uma voz reverberante, me puxando pelo corredor. Na direção oposta a da minha aula, mas tudo bem.

O programa no YouTube transformou Ishaan em uma celebridade no colégio, e, assim que ele resolveu que eu era seu *camarada* — algo um tanto irônico, já que seu episódio mais assistido até agora é aquele em que ele não faz a menor ideia de quem eu sou —, as pessoas pararam de rir. Agora, ele me convida para tudo quanto é canto, e, apesar de eu não aceitar sempre, tenho que admitir que ele não é a pior das companhias nos dias em que não fica insistindo que eu grave uma entrevista.

Além do mais, é bom ter outras pessoas com quem passar tempo de vez em quando. Ivy e Mateo retomaram seu romance épico interrompido, e, apesar de eu estar feliz pelos dois, nem sempre quero ficar de vela.

— De nada — falei para Ivy ontem, enquanto ela flutuava pelo corredor ao meu lado, depois de se despedir de Mateo diante do armário dele.

— Hm? — perguntou ela em um tom sonhador.

— Se vocês tivessem começado a namorar no nono ano, teriam terminado um mês depois — falei. — Minha interferência fez vocês protelarem até um ponto da vida em que relacionamentos não são mais medidos em semanas.

Ela nem tentou discutir comigo, o que só prova o quanto Ivy está mais tranquila.

Nós dois voltamos imediatamente aos velhos hábitos. Com Mateo, estou tentando criar novos. Quando refleti sobre minha sabotagem dos Sugar Babies de anos atrás, me ocorreu que sempre me senti um pouco ameaçado por ele. Não como um rival em questões amorosas, mas nas de amizade. Eu achava que, do nosso trio, Ivy e eu éramos os mais próximos, e não gostei de descobrir que estava errado. Então tentei proteger nossa dupla em vez de permitir que ela se expandisse. Depois de tudo que nós três passamos com o treinador Kendall, acho que ficou bem nítido que, apesar de Ivy e eu formarmos uma boa equipe, ficamos muito melhores com o equilíbrio de Mateo.

Então fico decepcionado quando a próxima mensagem que vejo é a dele. *Não consegui encontrar ninguém pra cobrir meu turno no abrigo, então não vai dar pra ir na exposição. Desculpa mesmo.*

Sem problemas, respondo com um suspiro. *O abrigo é mais importante.*

Wes, que agora está hiperalerta a qualquer mudança no meu humor, baixa o café e pergunta:

— O que houve?

— Nada demais — digo. — Mateo não pode ir à exposição da Kusama hoje. E Ivy já combinou de se encontrar com Emily, então acho que vou sozinho.

Comprei os ingressos para a exposição de Yayoi Kusama no Instituto de Arte Contemporânea no sul de Boston no começo de setembro, quando achava que poderia levar Lara. Kusama faz umas instalações multimídia chamadas salas espelhadas, e é possível caminhar pela exposição cheia de luzes, espelhos e arte. Dizem que é uma experiência imersiva única. Sinto minha criatividade borbulhar só de ver as fotos pela internet, e eu estava empolgado para ver tudo ao vivo. Mas fico desanimado só de pensar que não vai ter ninguém para conversar comigo sobre a exposição depois.

— Você não consegue comprar um ingresso para Emily? — sugere Wes.

— Impossível. Eles acabaram quase na mesma hora em que começaram a ser vendidos.

— Por que você não convida algum dos seus amigos novos?

— Hm... — Olho para a última mensagem que recebi, que é de Ishaan. *Você vai na festa de Lindsay hoje?* — Acho que meus amigos novos não vão querer ir.

— Você só vai descobrir se tentar — diz Wes em um tom animado.

Acho que ele tem razão, então mando o link da exposição para Ishaan e digo: *Não posso, vou nisso. Tenho um ingresso a mais, quer vir?*

Ishaan responde quase no mesmo instante. *Parece esquisito.*

Jogo o celular na mesa, tentando ignorar a ansiedade inquieta que tem sido minha companhia constante ultimamente. Esse tipo de resposta quase me faz sentir saudade de Lara, e eu queria muito que não fosse assim. Apesar de meu círculo social ter se expandido de um jeito positivo, às vezes ainda me sinto excluído.

Wes me observa com um olhar preocupado, então abro um sorriso forçado.

— Acho que vou fazer panquecas com gotas de chocolate. Quer?

— Eu ia adorar — aceita Wes, se levantando. — E seu pai também, que devia ter acordado há meia hora. Vou chamar ele.

Espero ele sair da cozinha antes de seguir para a geladeira. Não faz sentido eu ficar triste por não ter companhia para a exposição. Isso é besteira, ainda mais considerando tudo que aconteceu no último mês. Mas é um evento que estava me deixando nervoso por ser algo que planejei pensando em Lara, e seria legal — simbólico, de certa forma — substituir a presença tóxica dela pela de outra pessoa. Pela de *qualquer* pessoa.

Coloco os ovos e o leite na mesa da cozinha e vou para o fogão, mas então paro e me viro quando escuto o celular vibrar. É outra mensagem de Ishaan.

Curti. Que horas?

YOUTUBE, CANAL IZ

Ishaan e Zack estão sentados em um sofá duro no porão de Ishaan, em um plano geral que mostra Emily sentada na ponta de uma poltrona à esquerda. Ishaan exibe um corte de cabelo novo, e Zack usa uma jaqueta de couro da moda.

ISHAAN: Emily, você sabe o que vamos perguntar.

EMILY: A resposta é não.

ZACK, *puxando os punhos da jaqueta*: Você chegou a perguntar pra ela?

EMILY: Nem preciso. Ivy nunca concordaria em dar uma entrevista pra vocês.

ISHAAN: Você não consegue convencer ela? *(Une as mãos em oração.)* Vai, Emily. Seria o auge se ela topasse.

EMILY: Por incrível que pareça, Ivy está pouco se lixando pra ser o *auge* de qualquer coisa. Tudo finalmente está voltando ao normal, e ela não precisa ser lembrada do pior dia da sua vida.

ZACK: Mas as visualizações iriam explodir. *(Baixa os olhos enquanto puxa os punhos de novo.)* Estas mangas são compridas demais, ao mesmo tempo que... não. Que coisa esquisita.

EMILY: Não sei por que vocês ficam me enchendo pra ajudar com isso quando vocês mesmos não conseguem convencer seus *próprios* amigos a participarem.

ZACK, *sem olhar para cima*: Você conhece Mateo?

EMILY, *se virando para Ishaan*: E Cal? Vocês não são amiguinhos agora?

ISHAAN: Somos, mas Cal tem uma relação complicada com o programa.

EMILY: Por que ele só reconheceu a existência dele há pouco tempo?

ZACK: Talvez a gente possa tentar falar com Charlie de novo. *(Desiste dos punhos da jaqueta* *e empurra as mangas para cima*.) Aquela escola militar deve deixar ele usar o celular em algum momento.

ISHAAN: Sei não, cara. O lugar é tenso.

EMILY: Ou... Sei que vou dar uma ideia radical, mas me escutem. Vocês podem falar sobre alguma coisa que *não* tenha ligação com o caso do treinador Kendall.

ISHAAN, *piscando*: Pra quê?

EMILY: Talvez porque exista um mundo imenso lá fora? E do que resta falar? Já faz seis semanas desde que ele foi preso. Tudo está voltando ao normal, as pessoas estão seguindo em frente. Sei que Ivy está.

ZACK: Mas ainda tem o julgamento. Além do mais, a entrevista pode ser uma experiência catártica para Ivy. Ela recebe muito apoio dos nossos espectadores.

ISHAAN: Com certeza. A gente seria só amor, mas não, sabe, de um jeito esquisito. De um jeito muito respeitoso e apropriado.

EMILY: Não me convenci. De jeito nenhum.

ISHAAN: Escuta, o negócio é o seguinte: não me venha com essa lenga-lenga de "seguir em frente". Quando um caso é estranho desse jeito, as pessoas deviam começar a se preocupar com as coisas ficando tranquilas.

EMILY, *arqueando as sobrancelhas*: Por quê?

ISHAAN: Porque é a calmaria antes da tempestade.

36

Ivy

— Em conclusão, se tal comportamento flagrantemente predatório não for punido com a maior severidade possível, então nenhum estudante no estado de Massachusetts poderá se sentir seguro.

Eu me encosto em Mateo, que está sentado na sua cama enquanto leio a carta que acabei de escrever em seu notebook para o Conselho de Educação.

— O que você achou? — pergunto.

Ele enrosca uma mecha do meu cabelo no dedo.

— Acho que *flagrantemente* é uma palavra que faz as pessoas se distraírem um pouco — diz ele. — Mas, fora isso, está ótimo.

— Sério? Achei que era forte. — Franzo o cenho para a tela. — Que tal *absurdamente*?

— Que tal você fazer uma pausa? — sugere Mateo. Ele beija minha têmpora, depois minha bochecha, então vai descendo os lábios pelo meu pescoço. — Você está escrevendo isso desde que chegou aqui.

Resisto à vontade de me derreter sobre ele.

— Quero que fique bom — digo.

— Eu sei — murmura Mateo, ainda beijando meu pescoço.

— Mas você não é responsável por acabar com a Srta. Jamison sozinha. Esse é o trabalho de outra pessoa.

— Pois é, tirando que essa pessoa não está fazendo *nada* — digo, frustrada. Não aguento saber que a mulher que tentou me matar há dois meses ainda não perdeu nem sua licença de professora. — Talvez seja melhor eu falar com a tia Helen.

Isso chama a atenção de Mateo. Ele para de me beijar, e me arrependo de ser tão linguaruda.

— Tia Helen? A escritora dos romances? Por quê?

— Ela é amiga da Subsecretária de Educação — digo, fechando o notebook e colocando-o sobre a mesa de cabeceira ao lado da cama de Mateo.

Ele pisca.

— De Massachusetts?

— Não, dos Estados Unidos. Tia Helen estudou em Harvard. Ela conhece muita gente importante. — Deito de costas e encaro o teto. — Estou me esforçando para não me apegar às coisas que não posso controlar, mas fico louca só de pensar que Lara vai escapar de tudo.

Mateo se estica ao meu lado.

— O carma vai dar as caras em algum momento — diz ele.

— Mas vai ser devagar demais pro meu gosto. Ela deve ter escondido o dinheiro das drogas pela cidade toda enquanto espera as coisas se acalmarem. — Giro para me apoiar em um cotovelo e levanto as sobrancelhas para Mateo. — E deve estar fazendo algum outro cara de bobo por aí, pra que ele faça seu trabalho sujo sem nem perceber. Aposto que eu, você e Cal descobriríamos um monte de coisa se a seguíssemos por metade de um dia.

Os olhos de Mateo ficam alertas.

— Não — diz ele no mesmo instante.

— Por que não? A gente é bom nesse tipo de coisa!

— Nós somos péssimos nesse tipo de coisa. Se dependesse da gente, a polícia teria prendido Dominick Payne.

— Tá bom, faz sentido — admito. No fim das contas, apesar de todas as nossas suspeitas, Dominick Payne é apenas uma artista normal e sofrido que tomou decisões ruins nos negócios, em questões imobiliárias e nas suas amizades. — Mas a gente aprendeu muito desde então.

— É, nós aprendemos a cuidar da nossa própria vida. — Mateo me puxa para perto até nossos rostos estarem a centímetros de distância. — Ivy, escuta. *Não* vai dar uma de bomba atômica com a Srta. Jamison — sussurra ele, seus olhos escuros me fitando com seriedade. — Não vale a pena se irritar com ela. Tá?

— Tá — sussurro de volta, pouco antes da sua boca encontrar a minha. Por alguns minutos perfeitos, ele é a única coisa em que penso.

Então uma voz persistente alcança meus ouvidos.

— Mateo! — grita a Sra. Reyes. Pela terceira vez, pelo que o tom da sua voz indica.

Sento na mesma hora, ajeitando o cabelo e lançando um olhar ansioso para a porta. A Sra. Reyes tem esse efeito sobre mim. Apesar de ela já ter me dito várias vezes que me perdoa pelo Strike-se e que está adorando o trabalho novo, não consigo me livrar da culpa.

— O quê? — grita Mateo de volta. Suas mãos ainda seguram meu quadril, prontas para me puxar de volta assim que ele terminar de falar com a mãe.

— Seu pai está aqui.

— Está? — Desta vez, Mateo me solta. — Por quê?

— Vou subir — anuncia a Sra. Reyes, porque ela é maravilhosa assim. Sempre avisa com antecedência. Quando ela surge na porta de Mateo, ele está apoiado na cabeceira, sobre um edredom esticado, e eu estou sentada na beira da cadeira da escrivaninha. — Oi, Ivy — cumprimenta a Sra. Reyes em um tom gentil.

— Olá. Estamos fazendo o dever de casa — digo, apesar de a) ser sábado e b) ninguém ter perguntado.

Mateo se senta e joga as pernas para fora da cama.

— Por que meu pai está aqui?

— Ele quer levar você para almoçar — diz a Sra. Reyes.

Mateo enrijece, um músculo pulsando em sua bochecha. Aos poucos, ele está se acostumando com a presença mais constante do pai, mas ainda se irrita sempre que acha que o Sr. Wojcik está forçando demais a barra.

— Diz pra ele levar Autumn — responde Mateo. — Ivy e eu já temos planos.

— Autumn está no abrigo — diz a Sra. Reyes. Autumn trabalha no abrigo para pessoas em situação de rua praticamente em horário integral agora, e está pensando em estudar assistência social na faculdade, agora que está quase certo que sua sentença será um período longo de liberdade condicional, sem tempo de prisão. — E tenho certeza de que seu pai não vai se importar se Ivy for junto.

— Mas por que Ivy precisa sofrer? — resmunga Mateo, parecendo tão emburrado que quero me jogar no seu colo e arrancar a expressão do seu rosto com beijos. Mas todas as expressões dele fazem eu me sentir assim.

— Eu não me importo — ofereço. É verdade. Eu gosto do Sr. Wojcik. Ele é simpático, apesar de ser meio exagerado e bobo, e não sinto culpa nenhuma na sua presença.

— Obrigada, Ivy — diz a Sra. Reyes, sorrindo para mim antes de voltar a encarar o filho. — Parece importante pra ele, querido, então acho que você devia ir.

E isso resolve tudo. Mateo é tão incapaz de dizer não para sua mãe quanto eu.

— Tá, tudo bem — suspira ele.

Nós seguimos a Sra. Reyes até o andar de baixo, onde o Sr. Wojcik espera perto da porta da frente, segurando sua boina onipresente. Ele é bonito de um jeito diferente de Mateo, com o cabelo ruivo-escuro, uma barba bem-aparada e olhos verde--claros. Espero que eles se enruguem em boas-vindas ao me ver, como sempre acontece, mas, em vez disso, sua expressão se torna levemente nervosa. E só piora quando Mateo anuncia:

— Ivy também vai.

— Ah. — O Sr. Wojcik retorce a boina nas mãos. — Ah, eu não... Bem. Isso muda, hm. Ahn. Desculpa, Ivy, eu não sabia que você estava aqui. Então, oi.

— Olá? — digo, hesitante. Foi um pouco difícil acompanhar esse discurso.

— Talvez a gente devesse deixar pra... — O Sr. Wojcik se interrompe, depois balança um pouco a cabeça, como se reunisse coragem para alguma coisa. — Não, quer saber? Isso é bom.

Por que não, né? Vai ter que acontecer uma hora. Está ótimo. Que bom que você vai, Ivy.

— Então tá? — digo no mesmo tom incerto.

Mateo revira os olhos enquanto busca nossos casacos no armário do corredor. Ele parece pensar que a gagueira estranha do Sr. Wojcik é apenas seu pai sendo irritante como sempre, mas achei meio diferente.

— Da próxima vez, tenta avisar a ele com um pouco de antecedência, tá, Darren? — resmunga a Sra. Reyes discretamente para o ex-marido enquanto seguimos para a porta.

É um dia fresco e ensolarado no fim de novembro, e as últimas folhas do outono ainda permanecem agarradas nos galhos. Quase dois meses se passaram desde a morte de Boney, e as coisas estão... meio que normais? Melhores, no geral, do que naqueles primeiros dias logo depois do acontecido. Boney foi enterrado, e seu funeral lotou tanto que as pessoas precisaram assistir à cerimônia da calçada. Eu me despedi dele no seu túmulo, sozinha, com um último pedido de desculpas silencioso. E a promessa de nunca mais ser tão mesquinha com outra pessoa como fui com ele no dia da sua morte.

Depois que coloco o cinto no banco de trás, dou uma olhada no Instagram e sorrio para uma foto de Cal e Ishaan Mittal fazendo careta com algum super-herói da Marvel em um festival de histórias em quadrinhos no Centro de Convenções Hynes.

— Adoro que Cal e Ishaan são, tipo, melhores amigos agora — comento, virando o celular para Mateo ver a foto.

Por um tempo, achei que Ishaan só estivesse sendo legal com Cal para convencê-lo a participar do programa, mas acabou que os dois têm muito em comum.

— Eles deviam visitar os pinguins depois — comenta Mateo.

O Sr. Wojcik tagarela sobre esportes por todo o caminho até um restaurante italiano muito fofo no centro de Carlton que meus pais adoram. É um lugar caro, e começo a me sentir nervosa de novo enquanto ele estaciona o carro.

— Se for uma ocasião especial, talvez seja melhor eu... — começo, mas, assim que saio pela porta, Mateo agarra minha mão e pressiona os lábios contra minha orelha.

— Não me deixa sozinho, por favor — sussurra ele.

Hm. Então tá.

— Por que a gente veio aqui? — pergunta Mateo para o pai em um tom de voz normal enquanto nos aproximamos da entrada. — Você não costuma vir a lugares assim.

— Verdade, verdade. Bom... — O Sr. Wojcik usou sua boina enquanto dirigia, mas, agora, a remove e volta a retorcê-la. — Acho que você tinha razão, Ivy. Hoje é uma ocasião especial. Sabem, eu... eu conheci uma pessoa.

Ai, meu Deus. Se Mateo não tivesse me implorado para ficar, eu cairia *fora* daqui. Não acredito que entrei de penetra na apresentação da namorada nova.

— Que legal — digo enquanto o rosto de Mateo fica sério.

— *Conhecer* talvez seja o verbo errado — acrescenta o Sr. Wojcik, passando direto pela recepcionista e entrando no salão. A música suave sai de caixas de som próximas ao teto, fácil de ouvir pela óbvia ausência de vozes e do tilintar de talheres. Só vim aqui na hora do jantar. O espaço fica bem mais vazio no almoço. — Faz um tempo que estou interessado nessa pessoa, e, para ser sincero, voltei para Carlton em parte porque queria que as coisas dessem certo com ela. E, por sorte, tudo se resolveu.

— Entendi — murmura Mateo baixinho.

Eu aperto sua mão, sentindo uma pontada de decepção por ele. Mateo sempre insistiu que o pai não voltou só para ajudar a família, e sempre respondi que ele devia ser menos cético. Seria tão melhor se ele não estivesse certo.

O Sr. Wojcik continua falando, abrindo caminho entre as mesas de toalha branca desocupadas.

— Eu queria reunir vocês antes, mas as coisas estavam meio complicadas. Pra ser sincero, ainda estão, mas essa pessoa é muito especial pra mim, então... Ah. — A voz dele se torna mais suave. — Lá está ela.

Sigo seu olhar e fico imóvel, meu estômago se revirando. Pisco várias vezes seguidas, torcendo desesperadamente para ela ser uma miragem que vai desaparecer. Isso não acontece. Pior ainda, quando vê que paramos de andar, ela se levanta da mesa e começa a vir na nossa direção.

— Nem fodendo — rosna Mateo, seu braço me envolvendo com um ar protetor. — Você ficou doido?

O Sr. Wojcik se enfia na nossa frente, puxando a boina com tanta força que talvez a rasgue.

— Escuta, se você conseguir manter a cabeça aberta...

E então ela surge ao lado dele, seu cabelo louro brilhando enquanto sua boca abre um sorriso doce para Mateo.

— Mateo, venha se sentar, por favor. Estou tão animada pra gente se conhecer melhor. — Então ela se vira para mim. — Ivy, que bom ver você de novo.

Como se nós não tivéssemos brigado para pegar uma arma da última vez que nos vimos. Como se ela não estivesse espalhando mentiras sobre Cal sempre que pode. Eu a observo de boca aberta, tão horrorizada que não consigo nem fingir o mínimo de educação, e ela solta uma risadinha.

— Darren, pelo visto você devia ter avisado aos dois — diz ela.

Darren. *Darren.* Ai, meu Deus. O pai de Mateo é o D.

— Desculpa, meu anjo — diz o Sr. Wojcik, fitando-a com um olhar venerador antes de se virar para o filho. — Mateo, eu sei que você vai precisar de um tempo pra se acostumar. Vocês passaram por uma situação complicada. Mas Lara também, e todo mundo seguiu em frente, então agora parecia o momento certo pra contar que...

Então ele continua falando. Mas não escuto nada, porque Lara levanta a mão esquerda para prender uma mecha de cabelo na orelha, e meu sangue começa a fervilhar quando vejo o brilho de um diamante novo em seu dedo.

Ela não gosta do Sr. Wojcik. Sei que não, porque Cal nos contou o que ela disse sobre D — *no fim das contas, ele era só mais uma distração.* Mas agora que ela precisa bancar a santa para a polícia e melhorar sua imagem, ele é útil. Não existe propaganda mais positiva do que ficar noiva do pai de um dos adolescentes envolvidos na tragédia das drogas de Carlton. Afinal, se *ele* acredita na sua versão da história, ela só pode ser verdade.

Acaba que eu estava quase totalmente certa quando falei para Mateo que Lara devia estar fazendo outro cara de bobo. Eu só não imaginava que esse cara era o pai dele.

Todos os meus sentidos se apuram quando seguro a mão de Mateo e me viro de costas para os dois, puxando-o na direção da porta.

— Vem — digo, ignorando o olhar chocado de um dos garçons. — Vamos embora daqui.

— E pra onde a gente vai? — pergunta Mateo. Sua voz está rouca e falhada, como se ele tivesse acabado de acordar de um pesadelo e descoberto que a realidade é ainda pior. — Você esqueceu que estamos sem carro?

— Não faz diferença — digo, apesar de obviamente fazer. Mas esse é um problema apenas de logística, e, agora, precisamos pensar grande. Chegamos à porta do restaurante e eu a empurro com minha mão livre, todas as células do meu corpo vibrando com determinação. — Nós vamos dar uma de bomba atômica.

AGRADECIMENTOS

Entreguei o primeiro rascunho deste livro para minha editora em janeiro de 2020, e só comecei a revisá-lo dois meses depois — no começo do que se tornou a pandemia que mudou o mundo. Como todos os ramos, o mercado editorial correu para se adaptar, e tenho muitas pessoas para agradecer por cuidarem desta obra durante tanta confusão.

Minhas agentes, Rosemary Stimola e Allison Remcheck, que sempre me guiam com sua luz, brilharam mais forte do que nunca durante este ano incerto. Obrigada por sua sabedoria, seu apoio e sua fé inabalável em meus livros. Obrigada também a Alli Hellegers por seu trabalho na parte internacional, a Pete Ryan e Nick Croce por sua ajuda com as operações administrativas e a Jason Dravis por seu conhecimento no mundo do cinema.

Sou grata a muitas pessoas na Delacorte Press, que cuidadosamente guiaram este livro pelo processo de edição e produção, especialmente minha editora brilhante, Krista Marino, que encontra significados profundos em toda história, e Beverly Horowitz, Judith Haut e Barbara Marcus. Obrigada também a Kathy Dunn, Lydia Gregovic, Dominique Cimina,

Kate Keating, Elizabeth Ward, Jules Kelly, Kelly McGauley, Jenn Inzetta, Adrienne Weintraub, Felicia Frazier, Becky Green, Enid Chaban, Kimberly Langus, Kerry Milliron, Colleen Fellingham, Heather Lockwood Hughes, Alison Impey, Ray Shappell, Kenneth Crossland, Martha Rago, Tracy Heydweiller, Linda Palladino e Denise DeGennaro.

Não viajei no ano passado, mas meus livros foram longe. Obrigada a Clementine Gaisman e Alice Natali, da Intercontinental Literary Agency, Bastian Schlueck e Frederike Belder, da Thomas Schlueck Agency, e Charlotte Bodman, da Rights People, por encontrarem lares pelo mundo todo para esta obra. Um agradecimento especial para todas as editoras internacionais que apoiam meu trabalho e o levam para leitores em mais de quarenta países.

Obrigada a Erin Hahn e Kit Frick por seu feedback cuidadoso sobre o rascunho final, e a todos os amigos maravilhosos que me ajudaram a me sentir conectada neste ano, especialmente Samira Ahmed, Stephanie Garber, Kathleen Glasgow, Lisa Gilley, Aaron Proman e Neil Cawley. Muito amor para o meu filho, Jack, e toda a família — sou tão grata por termos passado por este ano com a saúde relativamente boa, apesar de eu sentir falta de encontrar vocês.

E, finalmente, obrigada a todos os leitores que passam tempo com meus livros — vocês são o motivo por que continuo escrevendo mais deles.

Este livro foi composto na tipografia Minion Pro,
em corpo 11/16, e impresso em
papel off-white no Sistema Cameron da
Divisão Gráfica da Distribuidora Record.